© D.R.

Arnaud Poissonnier est un entrepreneur social français au parcours aussi riche qu'atypique. Ancien banquier spécialisé en gestion de fortune, il a quitté le monde de la finance pour se consacrer à des projets à fort impact social. Il est notamment le fondateur de Babyloan.org, l'un des premiers sites de crowdfunding dédié au microcrédit solidaire. Visionnaire et engagé, Arnaud Poissonnier multiplie depuis les initiatives innovantes.
Depuis plusieurs années, il s'intéresse de près à l'univers de la rencontre en ligne, un sujet qu'il explore à la fois par expérience personnelle et par un travail de recherche approfondi mené sur plus de deux ans. De ces réflexions est né son ouvrage percutant « Boîtes de Conserve », dans lequel il dissèque les rouages et dérives des plateformes de rencontres numériques.
Avec son regard acéré Arnaud Poissonnier s'affirme comme un observateur critique et passionné de nos transformations sociétales à l'ère du numérique. Son travail interpelle, questionne et invite à repenser notre manière d'aimer et de nous connecter.

Arnaud Poissonnier

Boîtes de conserve

Dans les filets des sites de rencontres

Éditeur de personnalités à part

Table des matières

CHAPITRE III
Merde en Boîte

CHAPITRE IV
Out of the Box

« Le 9 décembre dernier,
Un juge américain a décidé que les utilisateurs
de l'application de rencontres de Match qui l'accusent
de les avoir rendus dépendants de manière trompeuse
doivent faire valoir leurs droits dans des affaires
d'arbitrage individuelles plutôt que dans
des actions collectives devant les tribunaux fédéraux. »

Boursorama, le 11 décembre, 2024

Bourse de New York,
Le 15 mars 2024.

Depuis 2021 le cours de l'action Match Group
a perdu 70 % de sa valeur.
Celui de Bumble 83 %.
Depuis 2023, TINDER a perdu 30 % de ses membres payants…

Mes amis préfaciers

Docteur Christine Barois

Psychiatre à Paris, auteure, conférencière

Je suis psychiatre et j'exerce à Paris où, depuis de nombreuses années, j'accompagne des patientes et des patients en souffrance psychique. Parmi eux, de plus en plus nombreux sont ceux qui évoquent leurs expériences sur les sites de rencontres. Ils y sont allés avec l'espoir simple de rencontrer quelqu'un, de partager leur vie, de ne plus être seuls. Très souvent, ils racontent des histoires qui les ont blessés, découragés.
Au fil des récits, j'observe, lorsque ces sujets sont abordés, plus que la déception ordinaire d'une rencontre manquée : je vois des hommes et des femmes abîmés par une mécanique de la répétition – attente, espoir, rejet, humiliation – qui finit par fragiliser profondément l'estime de soi. Le déséquilibre entre les attentes des utilisateurs et la réalité des plateformes est flagrant : 75 % des personnes s'y inscriraient à la recherche d'une histoire sérieuse, mais seuls 5 à 7 % parviendraient à construire une relation durable. Chez les plus de 50 ans, l'écart se creuse davantage encore, avec un déséquilibre numérique massif : jusqu'à 25 hommes pour une femme, rendant la quête amoureuse plus incertaine, plus violente parfois.
Quant aux plus jeunes, s'ils se montrent plus aguerris aux codes du swipe, ils ne sont pas épargnés par la logique du fast-*dating*, où le lien se consomme, se zappe, et laisse un goût amer d'inachevé. La sexualité s'y vit plus vite, mais l'attachement, lui, semble plus difficile à construire. Le modèle économique de ces plateformes repose sur l'angoisse d'abandon et le besoin d'attachement, son corollaire.
Arnaud Poissonnier, dans ces pages, met en lumière avec une grande justesse ce que l'on entend trop peu : les effets psychologiques délétères de ces plateformes pensées pour fidéliser l'utilisateur bien plus que pour favoriser sa sortie du célibat. Il parle de « *dating* fatigue », d'addiction, d'humiliations ordinaires, mais aussi de la solitude qui se creuse dans ce monde saturé de faux possibles.
En tant que psychiatre, je sais combien l'amour, la rencontre, le lien, sont au cœur de l'équilibre psychique de chacun. Ce livre n'est pas un réquisitoire contre la rencontre numérique, il est une alerte, un appel à réfléchir à la

place que nous laissons à ces outils dans nos vies, et à la manière dont ils façonnent nos représentations de l'autre et de nous-même.
À l'heure où les plateformes de rencontres continuent de séduire par la facilité qu'elles promettent, il me semble essentiel d'écouter cette voix singulière, documentée, incarnée et ses propositions, parce que l'amour n'est pas un produit, parce que le lien affectif n'est pas un fonds de commerce, parce que le désir mérite mieux qu'un algorithme, parce que derrière chaque profil il y a une personne et une sensibilité.

Olivier Zagdoun

Président d'Unicis, premier réseau français d'agences de rencontre

En me référant à la définition du terme « rencontre », il m'est proposé : circonstance fortuite, hasard. Lorsqu'on demande à nos parents comment ils se sont rencontrés, il y a un petit sourire, empreint de mystère, comme si le divin était intervenu. « Ah, si je n'avais pas loupé mon bus et pris le suivant, je n'aurais jamais rencontré ta mère ! » On ne prévoyait pas une rencontre. Elle se faisait au travail, lors d'un repas entre amis, ou au karaoké.
Aujourd'hui, la majorité des rencontres se fait par le biais d'une appli. Rien de fortuit, pas de hasard, tout est analysé. Au début des années 2000, souvenez-vous qu'on annonçait la fin du célibat avec l'arrivée des sites de rencontres. Une prophétie n'engage que celui qui l'écoute. Il y a en 2024 plus de 18 millions de célibataires en France. Une hausse constante de 2 % en moyenne chaque année depuis deux décennies (chiffre INSEE).
Quand Arnaud m'a parlé de son projet d'écrire un livre sur les applications de rencontres, j'étais intrigué. Tout le monde sait qu'il y a de faux profils, des personnes mariées, des arnaqueurs. De là à écrire un livre... Puis le titre m'a été dévoilé « Boîtes de conserve ». Un titre original qui a piqué ma curiosité. Mais la question me taraudait. Qu'est-ce que l'auteur va pouvoir raconter pour tenir en haleine son lecteur pendant 250 pages ? Car soyons sincères, le sujet est périlleux. Parler de rencontres, de déceptions, d'amour, c'est entrer dans l'intime. Il y a des vérités qui dérangent. On en parle à deux. Et à voix basse.
J'ai lu le livre et le résultat m'a stupéfié. Personne n'est allé aussi loin dans la compréhension du système obscur des applis. En plus de témoignages (grinçants, tendres ou humiliants), d'analyses fines, de réflexions profondes sur les rapports à autrui, l'auteur arrive à percer le mystère des algorithmes de la rencontre.

Je connais le monde de la rencontre. Je suis Président du réseau de franchise Unicis qui compte 90 agences de rencontres en France. Je suis donc témoin au quotidien de la douleur que peuvent ressentir certains adhérents de nos agences qui ont connu la souffrance et la déshérence – les termes ne sont pas galvaudés – liées aux applis. Mais comment a-t-on pu en arriver là ? Jacques Brel disait : « Être célibataire, c'est l'état dans lequel on peut avoir le plus d'espoir, on a tout à conquérir. » Bien des célibataires inscrits sur les applis auraient du mal à partager cette vision.
La lecture de ce livre, je l'espère, apportera une prise de conscience collective, ainsi qu'un regard nouveau sur notre manière consumériste d'appréhender l'amour tout en nous éclairant sur les méfaits de ce qui devrait nous procurer bonheur et réconfort.

Olivier Orna

Cofondateur de Theotokos,
application de rencontres et agence de voyages chrétiennes

Le livre d'Arnaud m'a fait du bien. Sa lecture m'a réconforté sur la vision de la rencontre en ligne. Entrepreneur du *dating*, je suis convaincu qu'au-delà de la liberté des mœurs, des modes et des analyses psycho-journalistiques sur les nouvelles façons d'aimer, chacun n'a qu'un désir : aimer et être aimé en vérité pour ce qu'il Est.
Il y a 20 ans, j'ai découvert avec stupeur les pratiques de l'ère « post-minitel rose » des acteurs du *dating*. Un modèle économique basé sur le principe des boîtes de nuit (gratuit pour les femmes, payants pour les hommes), avec hôtesses, robots de dialogue, faux profils, bases de données obsolètes, voire falsifiées, pseudos exotiques, systèmes de réabonnement automatique, absence de service client téléphonique… Contre vents et marées, nous n'avons jamais voulu céder à ces sirènes lors de la création de notre plateforme de rencontres.
Avec l'arrivée des algorithmes de plus en plus « sophistiqués », les royaumes de l'illusion, du fantasme, de la frustration et de l'addiction ont de « beaux jours » à venir dans l'univers de la rencontre.
Ce livre souligne avec une rare justesse les dommages induits par les mauvaises pratiques des sites de rencontres et l'inquiétant avenir de la relation amoureuse fantasmée que dessine l'intelligence artificielle.
Il ne s'agit pas de jeter le bébé avec l'eau du bain mais de reconnaître avec lucidité que ces dommages relèvent d'objectifs dont la convergence s'avère toxique si elle n'est pas clarifiée. Un site de rencontres est un outil. Il permet

d'élargir son champ relationnel lorsque celui de son quotidien s'avère limité. Sa responsabilité est d'offrir un cadre sécurisé et transparent pour permettre des échanges sereins, sains et édifiants. Mais la marchandisation des profils pour maximiser les profits tend à le transformer en miroir aux alouettes.

Bien des célibataires ont une aspiration. Celle de faire couple. Statistiquement 50 % des personnes ont un style d'attachement insécure. Dans ces conditions, le taux de divorce de près d'un couple sur deux, n'est pas étonnant. Plongez un célibataire, son aspiration, sa détresse affective et son insécurité dans le shaker de l'illusion, des fausses promesses et d'algorithmes fallacieux ; il en ressort blessé, essoré et frustré au point de remettre aussitôt une pièce dans la machine puisque quelques-uns ont décroché le Graal !

On ne se sauve jamais en s'abandonnant à quelqu'un d'autre. Encore moins à des outils promettant le « toujours mieux » relationnel au détour d'un clic. La convergence saine des objectifs de plateformes de rencontres et des célibataires passe la responsabilisation de chaque partie prenante. D'une part, par un cadre législatif imposant transparence et bonnes pratiques aux acteurs du *dating*. D'autre part, par une information claire, voire une sensibilisation des célibataires dans la définition réaliste de leur projet. Sortir du simple désir de « rencontrer quelqu'un pour ne plus être seul ». Qui suis-je vraiment ? À quoi j'aspire ? Que suis-je en mesure d'offrir ? Quelle sera notre fécondité ? En somme, dis-moi ton histoire, je te dirais la mienne, afin d'écrire éventuellement la nôtre. Cela passe par un désir, une élection, un discernement et un engagement. La clairvoyance de passer, avec intelligence non artificielle, du virtuel au réel !

On ne choisit pas d'aimer

Chanson de Bénabar

On ne choisit pas d'aimer

Ça vous tombe dessus
Magique, inespéré
Toujours inattendu
Le lieu et la date ne sont
Jamais de notre ressort
Le cœur a ses raisons
Et parfois il a tort
On ne choisit pas d'aimer

Ce serait trop facile
C'est malpoli, c'est grossier
L'amour n'est pas docile
Pour les coups de foudre
Pas de paratonnerre
L'amour est un fourbe
Qui attaque par-derrière

Il ou elle, malgré nous
Change tout du tout au tout
Il ou elle, qu'on le veuille ou pas
Change nous, de toi à moi

On ne choisit pas d'aimer
Qui demande ton avis
Une question même pas posée
À laquelle on ne répond que oui
Tu peux faire le blasé
Arguer que tu t'en moques
T'as pas fini d'pleurer
Si ce n'est pas réciproque

Il ou elle, malgré nous
Change tout du tout au tout

Désarçonnés comme tombés
D'un cheval imaginaire
On se retrouve sonnés
Le cul par terre
Il ou elle, qu'on le veuille ou pas
Change nous, de toi à moi

On ne se dit pas un matin
C'est pour aujourd'hui
Je vais tomber amoureux tiens
Cet après-midi
Mais on se dit un soir
Quelque chose a changé
Plus rien à faire, trop tard
On ne choisit pas d'aimer

Il ou elle, malgré nous
Change tout du tout au tout
Il ou elle, qu'on le veuille ou pas
Change nous, de toi à moi

Désarçonnés comme tombés
D'un cheval imaginaire
On se retrouve sonnés
Le cul par terre
Le cul par terre

Il ou elle, malgré nous
Change tout du tout au tout
On ne choisit pas d'aimer
Il ou elle, qu'on le veuille ou pas
Change nous, de moi à toi

... On ne choisit pas d'aimer,
Là est peut-être tout le problème...

CHAPITRE I

Boîte à musique

Au supermarché du dating, certaines boîtes attirent plus que d'autres. Elles reviennent en tête de gondole, toujours aussi parfaites, toujours aussi bien présentées, comme si elles étaient éternelles. Dès qu'on les repère, on les imagine savoureuses. Mais attention : entre la photo de l'emballage et ce qu'on trouve réellement à l'intérieur, il y a parfois un monde. La taille peut varier, la couleur aussi, et certains produits ont l'air plus fatigués que d'autres une fois déballés. Alors, quand on ouvre enfin une boîte attendue depuis des années, que reste-t-il de la promesse initiale ? Une révélation gourmande, ou un goût amer d'arnaque ?

Sainte-Marie

Mars 2021, après 25 années de mariage je me retrouve célibataire. Depuis ce temps-là, je n'ai eu de cesse de chercher, notamment sur les sites de rencontres, la femme du reste de ma vie. À l'époque, je pensais que cela me prendrait 3 semaines. En réalité, j'ai pratiqué pendant 10 ans au moins 7 sites dont Attractive World, Meetic, Adopte, Gleeden, Theotokos, Elite rencontres, Tinder... J'estime que cela m'a coûté la bagatelle d'environ 5 000 euros.
J'aime le prénom Marie, qui, à mes yeux, est d'une grande douceur et très féminin. Cette impression vient peut-être de mon éducation judéo-chrétienne. J'adore ses photos. Sur l'une d'elles, chevelure brune au vent, elle arbore un immense sourire qui fait rayonner l'intégralité d'un paysage maritime. Sur l'île de Ré ? J'aime cette hypothèse. Je traîne sur les sites de rencontres depuis des années et j'ai eu plusieurs histoires grâce à eux mais cette fois-ci, c'est particulier. Une sorte de coup de foudre numérique. Oui, ça arrive. Cela doit bien faire 5 ans que je l'ai repérée sur *adopte*. Chaque fois

que l'algorithme me présente son profil plein de féminité, d'énergie et d'humour, un truc se passe en moi. Ses clichés sont très attirants, j'adorerais la rencontrer. Est-il possible de tomber amoureux d'un simple profil ? Ça n'a pas de sens.

Elle n'a jamais répondu à mes « charmes » et je suis frustré chaque fois qu'elle vient me narguer. L'algorithme est-il sadique ? Pourquoi ne me répond-elle jamais ? Ne suis-je pas assez bien pour elle ? Pas son style ? Trop vieux ? Certaines femmes écrivent sur leur profil « chauve ou décati, passe ton chemin ». Moi qui le suis, ça calme. Jolie comme elle est, elle doit crouler sous les sollicitations. On ne m'a jamais dit que la côte des matchs homme-femme peut monter jusqu'à 25 contre 1. Et si elle n'était qu'un faux profil ? Après tout, avec 340 000 points au compteur et sur ces sites, il ne faut rien exclure.

Au gré de mes recherches, son joli minois revient me provoquer ce soir de 2021, toujours aussi séduisante. Ses photos n'ont pas changé, elle semble immortelle. Je déteste cet algorithme, l'impression qu'il tourne en rond malgré l'immense communauté du site. Comment le savoir ? Il semble ne me donner accès à des nouveaux profils qu'au compte-goutte. Pourquoi ne me donne-t-il pas accès à tous les profils ? Pour gagner du temps et me faire payer plus longtemps ? À moins qu'il n'y ait beaucoup moins de membres actifs que ce qu'ils en disent. Je songe à changer de site.

Mais alors que j'ose une ultime tentative d'invitation, j'en suis gêné, elle m'ouvre enfin la porte. Pourquoi ce soir-là et pas avant ? Faute d'être un plan cul, serais-je son plan B ou C ? Une acceptation de seconde zone ? Un match par défaut ? Un désespoir de cause ? Je ne le saurai jamais. Je suis bien trop heureux qu'elle ne soit pas un fake et que ces superbes photos m'aient enfin accordé les honneurs d'une discussion. Dans un doux moment d'euphorie, mon cerveau me balance une bonne dose de dopamine. Parov Stellar à fond dans les oreilles, j'ai envie de danser tout seul dans ma longère paumée. Qu'il est bon de se sentir désiré. Marie, la juste récompense de cinq années d'attente ? Je réalise vite fait des captures d'écran de ses photos et de son profil, histoire d'éviter de revenir sans cesse sur sa page. La maîtrise de la capture d'écran est essentielle dans le monde du *dating*.

Soudain, une angoisse me gagne. Et si notre match n'était dû qu'à une erreur de clic de sa part ? Après tout, ça arrive. Un missmatch technique. J'ai peur comme toujours que mes premiers mots ne soient maladroits et qu'elle s'enfuit dès mon premier message, si tant est qu'elle le lise. Je crains également qu'elle n'entame d'autres discussions en même temps, me laissant ainsi brutalement de côté sans la moindre explication.
Tandis que j'ai toujours cette impression d'être dans la tromperie dès que j'échange avec deux personnes à la fois sur ces applications, certains usagers misent sur plusieurs profiles à la fois, transformant cette activité en un véritable call center. Le ghosting est une pratique courante sur les sites de *dating*. Cela me fait craindre aussi que l'on ne parvienne pas jusqu'à l'étape de la rencontre. Bref, j'ai peur tout court. N'étant pas un chasseur de coups d'un soir, ces sites deviennent une source constante de stress pour ceux qui croient encore à la beauté des rencontres.
Trop fier, trop fort. Nos premiers échanges démarrent très bien. Tout paraît fluide. De message en message, nous semblons être sur la même longueur d'onde. Cela dure depuis plusieurs jours, on s'écrit un peu sur tout, sur nos vies, nos boulots, nos aventures ratées, nos mariages disloqués. Je parle de mes enfants et elle de ceux qu'elle n'a pas (encore). Nous parlons de nos lieux de vie et de nos passions... Il y a tant à découvrir de part et d'autre. Elle a mentionné habiter Paris, alors qu'elle vit au Chesnay, dans le 78. Mais bon, passons sur cette petite entorse à la réalité. 25 minutes en scooter, c'est tout à fait faisable. La confiance s'installe dans nos échanges. Depuis ce soir de 2021, je vis non-stop avec elle, grisé. Notre messagerie *Adopte* reste ouverte en permanence et je me balade un peu partout avec elle, attendant ses adorables petits messages. En rendez-vous, dans le métro, chez moi avant de m'endormir, elle m'accompagne partout. Nous sommes super connectés, c'est indéniable. En plus elle est drôle. J'ai raconté à ma meilleure amie, Sompras, que j'avais un super feeling, elle était contente pour moi. Elle trouvait les photos de Marie très jolies. J'ai fini par lui envoyer mon numéro de téléphone afin que l'on poursuive nos échanges sur WhatsApp, mais elle ne m'a pas envoyé le sien ; elle reste prudente me dit-elle, après avoir été

harcelée plusieurs fois suite à des rencontres en ligne. Je comprends parfaitement. Le harcèlement est une pratique courante sur les sites. Elle prend son temps. Même si je préfère habituellement les dates rapides, sa prudence me plaît. Nous avons tout le temps, notre temps. Notre tour de chauffe dure trois semaines. Est venu le temps de la rencontre, « Bon, on va boire un verre ? Ça s'impose, non ? ». On en rit et on décide de se retrouver du côté de Montparnasse. En ce moment, je propose parfois mes dates dans ce coin-là, à la *Brasserie Odessa* notamment. Ils y ont quelques tables un peu discrètes. Je lui propose un dîner. Après tout, nos échanges valent mieux qu'un simple verre de chardonnay ou un « *smoke dating* »[1]. Je ne crains pas les dîners même si je suis toujours un peu intimidé. La peur du « qu'en-dira-t-on » des deux tables voisines joue aussi. On ne s'y habitue jamais tout à fait. J'arrive le premier. Les tables discrètes sont déjà prises. Je m'installe alors en terrasse et guette son arrivée. Elle m'a donné son numéro de téléphone depuis deux jours. Une pointe de stress m'asticote le cœur et le ventre. Après quelques minutes, une femme s'approche de moi, grand sourire aux lèvres, l'air à la fois timide et amusé. Je mets un certain temps à la reconnaître, elle ne ressemble pas du tout à ses photos, mais c'est bien elle. Je lui donne au moins 10 ans et 10 à 15 kilos de plus que sur ses clichés. Elle a les cheveux courts. J'ai déjà connu intimement des femmes rondes, là n'est pas le sujet. Mais on nage ici en plein mensonge, ses photos ne correspondant pas à la réalité.

En six secondes, le charme de sa galerie s'est effondré. 158 millions de secondes d'espoir évanouies en 6 petites secondes. Plus tard, la psychiatre Christine Barois m'expliquera que 6 secondes, c'est le temps maximum nécessaire à notre part d'animalité pour jauger une personne que nous découvrons pour la première fois. C'est simple et binaire : attirance ou indifférence. Je ne peux rien y faire, c'est plus fort que moi. Je n'ai pas le temps de réfléchir, si ce n'est de me dire : « Oh punaise, j'ai encore fantasmé pour rien. Comment ai-je pu balancer toute ma vie par messages à une personne pour qui

---

1. « Se voir le temps d'une clope » signifie une rencontre rapide, souvent juste pour évaluer si la connexion fonctionne, au cas où cela ne matche pas.

je ne ressens strictement rien ? » J'ai croisé le parfait goujat qui laisse arriver la femme en premier et s'enfuit avant même de venir s'asseoir à table si elle ne lui plaît pas. 6 secondes.

J'essaye de faire bonne figure malgré ma déception, mais le choc de la première vraie rencontre est terrible. Elle commence par me dire qu'elle s'appelle Sandrine. Oups, j'adorais Marie ! On entame les échanges sur des banalités, sur le fait qu'il est amusant de se rencontrer enfin. Elle bosse dans le paramédical et son patron est un connard. On enchaîne les platitudes. Je ne comprends pas, je ne retrouve plus ma Marie devenue Sandrine. Elle semble triste et stressée. Elle n'a pas grand-chose à dire et n'est plus drôle du tout. La complicité a disparu. Où est donc passée la merveilleuse répartie de ses petits messages joueurs ? Je suis face à un grand vide. Il faut dire que je peine à lui donner le change. Je ne suis plus là.
Que s'est-il passé pour que l'on bascule en 6 secondes d'un état d'euphorie à un sentiment de vide émotionnel ? Nous dînons rapidement, j'ai hâte que cela se termine. Je me sens blessé et frustré. Je vois qu'elle est accrochée à moi, moi pas. J'enrage, tout cela me dégoûte. Les sites de rencontres ont beau être à l'origine de 25 % des nouvelles relations en France, ils sont un gigantesque piège émotionnel, surtout quand ça ne marche pas, c'est-à-dire le plus souvent.
Comment vais-je lui dire maintenant que je n'ai aucune envie de donner suite ? J'ai l'impression de devoir rompre, alors que nous ne sommes même pas ensemble. Dire ces choses-là fait peur, surtout après 5 ans d'espoir et trois semaines de si beaux échanges. En partant d'Odessa, on s'est dit au revoir. Je n'ai pas osé lui dire à Dieu. Encore la peur, peut-être un brin de lâcheté ? Le lendemain matin, j'ai pris ma plume Azerty pour essayer de lui expliquer tout en douceur pourquoi notre rencontre n'aurait pas de lendemain, pour m'en excuser, pour proposer qu'on reste en contact amical. Elle n'a pas bien réagi. Sa réponse était glaciale. Nous ne nous parlerons plus jamais. J'aime les relations humaines et j'ai noué quelques amitiés via ces sites, mais uniquement avec celles avec qui il n'y a jamais eu de relations. J'ai « rencontré » il y a huit ans Olivia, l'une de mes bonnes amies, sur un grand site de rencontres. On échange

fréquemment ensemble, par téléphone ou par messages, parfois pendant des heures, sans nous être jamais rencontrés. Elle ne le veut pas, s'enfuit chaque fois que je lui propose. Elle m'a surnommée son « grand frère ». Notre relation est comme cela. Les sites de rencontres sont (aussi) plein de surprises.

Il est 23 heures lorsque je rentre à la maison. Je ne me sens pas bien. Je n'ai pas envie de dormir, frustré par cette nouvelle déconvenue. Une de plus. Que de temps perdu. Sonia, ma vieille amie prof de danse, m'a pourtant dit de ne jamais mettre mes émotions et mes sentiments dans un smartphone. Je suis encore tombé dans le piège. Je pense alors à mes quatre frères et sœurs, tous mariés. Que vais-je raconter à mon amie Sompras de ce nouveau fiasco ? Je me glisse sous la couette – l'un de mes moments préférés lorsque l'on est à deux – et saisis mon ordinateur. J'ouvre alors Netflix et l'application *adopte* pour me (re)plonger dans le catalogue, enfin, ce que l'algo veut bien m'en dévoiler. Je me sens addict à ce truc. Même pas le temps de faire le deuil de cette déception que j'y retourne. Je culpabilise à l'idée que Marie puisse voir que je suis déjà reconnecté. En regardant le nouvel épisode d'une série sans intérêt, je modifie mes critères de recherche et me façonne un nouvel idéal féminin. Je révise mes exigences. Je re-teste le filtre « rousse », puis « origine maghrébine », pourquoi pas. Je sens que pour sortir des profils qui me sont toujours présentés depuis des semaines, il me faut jouer avec l'algorithme, lui montrer autre chose de moi, des nouveaux goûts ou des styles de femmes que je n'appréciais pas forcément auparavant. Je relance, je « charme », encore et encore. Peut-être en ai-je sollicité cinq ce soir-là. Je ne sais plus. Certaines me semblent attrayantes, d'autres à peine. Ce n'est pas grave, ça m'aide à oublier. Je comble ma solitude en plongeant dans le catalogue des âmes seules. Je m'endors après avoir lancé tous ces hameçons. Avec un peu de chance, je me réveillerai demain matin avec une ou deux prises, qui sait. Vive la pêche !

Mon histoire avec Sandrine du Chesnay est une histoire vraie. Mais elle aurait pu s'appeler Julie, Virginie, Lucie ou Stéphanie. Combien d'histoires de ce type n'ai-je pas vécues lors de mes dix années de pratique des sites de rencontres, 10, 20, 50, plus ? Je ne sais pas, je ne sais plus. Je n'ai jamais compté le nombre de mes déceptions, de mes frustrations et de la fatigue émotionnelle issue de ces dates totalement ratées, qui pourtant suivaient de magnifiques échanges virtuels. Judith parle de *Dating Fatigue*[2]. Une histoire banale, qui n'a rien d'exceptionnel, des millions d'utilisateurs l'ont vécue, eux aussi, d'une manière ou d'une autre. Il suffit de se promener quelques minutes sur les multiples forums thématiques. Certains enchaînent trois ou quatre dates par semaine et courent plusieurs lièvres à la fois pour augmenter leurs probabilités de faire une belle rencontre. C'est aussi cela, le monde de la rencontre en ligne : une illusion probabiliste, un enchevêtrement d'espoirs et de désespoirs instantanés, de rêves et de frustrations, parfois violentes, qui vous renvoient sans cesse à votre célibat et à vos erreurs de casting. C'est une machine infernale dans laquelle, plus vous ne trouvez pas, plus vous plongez, et plus vous risquez de perdre...

Le passage en quelques secondes d'un état de séduction et de complicité totale à rien du tout peut être une expérience destructrice, humiliante et frustrante. Et il faut une sacrée dose de recul et de détachement pour ne pas trop en souffrir ou pour s'en amuser. Est-ce cela la rencontre du XXIe siècle ? Payer pour cette violence en contrepartie d'une très faible probabilité d'y trouver sa moitié. Comment n'avons-nous rien pu inventer de plus efficace, de plus humain, de plus respectueux des autres (et de nous-même) pour rencontrer l'amour ? Sommes-nous, les célibataires, dans un tel état souffrance et de vide sentimental que d'accepter la répétition incessante de cette forme de violence psychologique ? Les sites de rencontres me font penser au célèbre slogan du Loto « 100 % des gagnants ont tenté leur chance ». Mais à la fin, on ne gagne (presque) jamais le gros lot et on continue à jouer. Séverine, psychologue clinicienne à Paris, se prête en clin d'œil à une autre comparaison : « On dirait les machines à sous pousses pièces, vous savez, ces machines dans lesquelles on glisse des pièces en espérant que le râteau fasse tomber dans le bac des dizaines d'autres. Mais cela n'arrive presque jamais. Le système

2. Judith Duportail, *L'Amour sous algorithme* (Flammarion, 2018).

se joue de votre avidité et vous payez toujours plus pour vous prendre râteau sur râteau ».

Oser un *date* c'est une sorte de loterie qui commence chaque fois par une injection de dopamine et se termine bien souvent par une belle déception. Combien de fois suis-je rentré après un *date* pathétique, me replongeant dans le moteur de recherche d'un site pour oublier et semer de nouvelles graines, espérant qu'elles pousseront le lendemain ? Utiliser un site de rencontres, c'est aussi se mettre au diapason du rythme de ses utilisateurs : un peu de trafic le matin, un peu aussi à la pause déjeuner et le gros rush entre 19h et 23h30. Une bonne partie du Week-end aussi. Mieux vaut rester devant son ordinateur lors des pics de fréquentation. Certains célibataires ne sortent plus pour ne pas rater ces heures de pointe. Imaginez si vous ratiez la prochaine histoire du reste de votre vie pour être allé voir Brad Pitt au cinéma !

Je ne conteste pas l'utilité des sites et des applications de rencontres, pas plus que les succès dont ils peuvent aussi se targuer. Grâce à eux, j'ai vécu quelques belles histoires en dix années de pratique. Je connais bien des personnes qui ont aussi vécu de belles expériences de *dating* en ligne, d'autres qui se sont mariées avec une personne rencontrée sur Internet, nous en connaissons tous. Certains de mes amis, mariés depuis trente ans, envient ma liberté comme j'envie leur stabilité affective. Je ne suis pas un « mal baisé » des applis, j'en suis sorti depuis plus de deux ans. C'est grâce à cela et à une bonne prise de recul que je me sens légitime à écrire sur le sujet. Je n'écris pas sous le coup de l'émotion mais plutôt dans l'état d'esprit d'un ancien combattant. Mais lorsque des ami·e·s, notamment femmes, me demandent si ça vaut le coup d'y aller ou pas, je leur réponds toujours : « Vas-y, mais attention, ça pique ! ». Les sites et les applis sont bien souvent décrites comme des ascenseurs ou de montagnes russes émotionnelles. Ils ne génèrent pas que des déceptions du type de celle que j'ai vécue avec Marie. Ils véhiculent également une multitude de pratiques de merde qui vous assènent des baffes à chaque fois que vous les vivez et qui posent de vraies questions sur l'humanité et l'amour.

Contexte

Bonne nouvelle pour vous, je vais vous épargner les 30 pages de remplissage sur la genèse et l'historique du *dating*, trop de choses à dire par ailleurs. « Droit au but » comme on dit à l'OM.
Dans le roman *Mission Sofia*[3], le personnage (semi-autobiographique) imaginé par Pierre Schneidermann plante le décor :

> « … En huit ans d'applis de rencontres (installées, désinstallées, puis réinstallées.), sur 118 prises de contacts réussies, 31 ont débouché sur des rendez-vous à base de pintes de bière et promenades dans les parcs. 27 des filles rencontrées ne m'ont pas plus et ont été balayées d'un revers de la main, 4 ont débouché sur un second rendez-vous, 3 sur des plans cul plus ou moins réguliers, 1 sur une histoire de trois semaines. Un cimetière de déceptions… J'ai bien conscience que les applis ont fait naître des couples solides et donné lieu à des familles unies. Pour d'autres comme moi, ce sont de cruels moulins à malentendus. Malgré les promesses de futurs radieux non tenus. Je reste persuadé que nos ancêtres célibataires vivaient mieux leur solitude sans la tentation de ces catalogues addictifs… »

Thibaut est dans la vraie vie. À l'occasion d'un *Dating Anonymes*[4], il nous décrit son vécu des applis : « Après plus de 10 ans sur les applis de rencontres et plus d'une centaine de RDV (je n'ai pas compté mais je suis certain d'avoir franchi ce cap), pas la moindre relation. Je suis *écœuré* par ces applis où je me sens considéré comme une marchandise, rencontrant parfois des filles qui se comportent en petites clientes exigeantes, congédiant sans ménagement, ghostant sans craindre de faire mal… »
J'ose le dire – et ce sera le postulat de départ de ce livre – les plateformes d'intermédiation relationnelle ne marchent pas, ou

3. Pierre Schneidermann, *Mission Sofia*, Paris, Presses de la Cité, mars 2024.
4. Dans le cadre de cette étude nous avons organisé 6 *Dating anonymes*, sur le format des alcooliques anonymes : la réunion de 20 personnes en souffrance des sites et applications de rencontres.

alors tellement mal. Elles ne délivrent pas ce pour quoi elles sont attendues. Pire, elles ont un impact délétère sur notre rapport à l'autre et à l'Amour. Mais on paye pour ça, toujours plus avides de confier notre vie privée aux algorithmes de l'économie collaborative. Le *dating* se complaît dans ses dysfonctionnements parce que « *plus on y reste inscrit longtemps, plus il en est heureux* ». Dans notre quotidien, personne n'achète quelque chose qui ne fonctionne pas. Mais les sites sont en situation de monopole technique. Les agences matrimoniales ont presque disparu ou sont trop élitistes et les boîtes de nuit font faillite ou sont fréquentées par des personnes trop jeunes pour moi. Pourquoi changer une équipe qui gagne sur le dos du célibat ? Pourquoi changer un modèle extrêmement rentable quand la majorité des célibataires pense que les sites et les applis – par défaut – sont le meilleur moyen (ou le moins pire ?) de trouver l'amour ? Pourquoi changer un modèle qui vous laisse croire que si vous avez autour de vous des amis qui ont trouvé l'amour par internet, il n'y a pas de raisons que cela ne vous arrive pas à vous non plus ? Il ne relève pas du hasard s'il est actuellement (au moins) cinq nouvelles applications de rencontres en gestation en France.

Voilà l'univers dans lequel je me propose de vous emmener, celui du *Deceptive Dating*[5]. Je souhaite vous faire part de ma vision des choses, de mon angle d'observation à travers l'analyse de mes propres expériences. Celles-ci sont depuis des années largement confortées par les nombreuses études, les parutions sectorielles, d'innombrables témoignages de membres, le constat de psychologues et des coachs quotidiennement confrontés à la détresse et aux effets pervers des logiciels de la rencontre. L'histoire de Marie ? Je peux vous en citer des dizaines autour de moi ou sur les réseaux sociaux. Je vous recommande par exemple une visite sur la page Facebook *Neurchi de date claqué* et sur le compte Instagram *Tinder et ses pépites*. Ils en regorgent ! Elles sont le quotidien et l'enfer des utilisateurs. Si c'est parfois drôle, c'est souvent dégradant, fatiguant, humiliant et triste. Ce sont d'ailleurs ceux qui n'ont jamais mis un doigt de pied sur un

5. Rencontres trompeuses.

site de rencontres qui en font la meilleure promotion, et pour cause, ils ne savent pas!

Pour renforcer cet essai et au tout début de notre travail, nous souhaitions commander une grande étude sur les méfaits des sites de rencontres auprès d'un institut de type *Opinion Way*[6] ou *BVA*[7]. Mais cela coûtait 15 000 € au minimum et l'indépendant que je suis ne les avait pas. Nous avions travaillé avec Min Wey et Edwige Lefort, stagiaires à mes côtés, sur un questionnaire que nous envisagions de soumettre à ces instituts, avant de découvrir le prix. 30 questions pour mieux comprendre les pratiques, les effets collatéraux et les souffrances nées des sites de rencontres. Après 9 mois d'écriture, l'idée de lancer l'étude auprès de mon entourage et sur mes modestes réseaux sociaux me vint à l'esprit. Je l'appelais « *l'enquête (presque) sérieuse sur les sites et les applis de rencontres* » en y ajoutant une touche d'humour pour éviter qu'elle ne soit confondue avec une enquête d'institut et pour qu'elle puisse faire le buzz. Elle revêt en effet la forme d'un sondage instantané, comme les utilisateurs souvent les médias et n'est pas le sondage d'un panel représentatif des utilisateurs de sites de rencontres. J'en ai bien conscience et je l'assume. Telle est la valeur que nous lui attribuerons au fil des pages qui suivent, ni plus, ni moins.
À ma grande surprise, lesdits réseaux s'en emparèrent et nous collectâmes plus de 330 réponses à ce questionnaire en quelques semaines, ce qui était inattendu. Mieux encore, les enseignements de ce questionnaire sont sidérants, bien qu'ils ne proviennent pas d'un panel représentatif des usagers du *dating*. Ils n'ont fait que conforter la quasi-totalité des hypothèses développées dans ce livre, ainsi que dans les études et autres littératures sur le sujet. Quelle bonne idée nous avons eu d'intégrer un appel à anecdotes dans l'enquête! Nous recevions des dizaines de témoignages, dont certains incroyables ou désopilants, que vous retrouverez tout au long du livre sous la

6. OpinionWay est un institut français spécialisé dans les études d'opinion et de marché.
7. BVA (Bureau de Vote et d'Analyse) est un institut de sondage français réalisant des études dans les domaines sociaux, politiques et marketing.

rubrique « Histoires vraies ». Ils renforcent la dimension concrète, pragmatique et appliquée des propos qui suivent. Les résultats détaillés de l'enquête sont annexés à la fin d'ouvrage.

Un chiffre m'a sauté aux yeux à la première analyse des résultats de cette enquête. Elle a été remplie à 82 % par des femmes, alors que, dans la réalité, elles ne représentent qu'une petite moitié des utilisateurs de sites. Que signifie cette disproportion par rapport à la réalité et par rapport à une enquête dont l'objectif est notamment de sonder les utilisateurs de sites, tous genres confondus, sur les dérives et les potentiels méfaits des sites de rencontres ? Nous osons ici une interprétation qui relève autant du bon sens que des nombreuses observations réalisées par ailleurs : ce sont les femmes qui sont les premières « victimes » des sites et elles ont besoin de le faire savoir. Ce sont elles qui sont le plus en décalage, en contradiction et en souffrance, par leur utilisation, avec la conception qu'elles se font de la rencontre, de la relation, voire de la romance.

Lorsque l'on propose à notre échantillon, essentiellement composé de femmes, de comparer les sites de rencontres à une liste de films célèbres, les trois premiers qui ressortent, dans l'ordre, sont :

1. *Le jour le plus long* ;
2. *L'homme pressé* ;
3. *Tout ce que vous avez voulu savoir sur le sexe sans jamais oser le demander...*

En dernières positions, *Pretty Woman* et *Singing in the Rain...*

Forts des résultats de notre enquête et des dizaines de témoignages que nous avons reçus, nous avons décidé d'aller plus loin. Pourquoi ne pas faire rencontrer des usagers insatisfaits des applis de rencontres pour qu'ils en discutent ensemble ? Cela nous permettrait sans doute de renforcer ou d'affiner les résultats de notre étude. La Villa Violet à Paris comme base d'accueil, la complicité de quelques influenceurs/podcasters[8] et l'affaire était lancée. Les premiers *Dating Anonymes*, sur le modèle des *Alcoolique Anonymes*, eurent lieu en juin 2024. Le succès fut immédiat. Cette expérience,

8. Merci notamment à Christine Barois, Axelle Denis, Marina Stanek, Louisa Amara pour leur aide à la diffusion.

qui se poursuit et dont nous reparlerons dans le livre, fut, humainement, la plus forte de notre travail de recherche.
En écoutant récemment une chronique de *France Info* sur la rencontre en ligne, un usager témoignait : « cela fait cinq ans que je suis inscrit, c'est amusant de chercher, de swiper, de faire des rencontres avec un tel outil, mais à vrai dire je n'y ai jamais fait LA grande rencontre, jamais ressenti les fourmillements d'un coup de cœur. Et puis franchement, payer pour rencontrer l'amour, ça me fait drôle, pas trop mon truc ». À en croire les études convergentes sur le sujet, une très grande majorité de leurs utilisateurs n'en sont pas satisfaits et la frange de ceux qui ont touché le gros lot relève du cache-misère qui ne doit pas occulter la triste réalité des choses. À l'heure où l'IA débarque dans cet univers et alors qu'on nous annonce que 60 % des rencontres seront bientôt générées par le numérique contre 25 % aujourd'hui en France, nous sommes en droit de lever le voile et de poser quelques questions fondamentales.

Ce livre n'est pas le premier sur ce thème et sûrement pas le dernier tant la matière est riche et le chantier de la nécessaire rénovation du *dating* est vaste. Il n'est pas un essai scientifique sur les secrets de la rencontre ou de l'amour à l'heure du numérique, je n'en ai ni la compétence, ni la prétention. C'est déjà fait et refait. À ce titre j'en assume les imperfections et les biais. Il relève, je dirais, de l'analyse empirique d'un utilisateur révolté. Il est aussi le fruit de mes quinze dernières années passées à développer une entreprise sociale, ainsi que de l'observation et de l'étude des mécaniques de l'économie collaborative et du crowdfunding. Mes écrits sur le sujet autant que les dizaines de formations et de conférences que j'ai pu donner en France et à l'étranger sur la désintermédiation numérique m'ont permis d'adopter un regard analytique et critique sur les plateformes collaboratives, dont le *dating* est une excroissance, pour ne pas dire l'une des origines. Je commençais souvent les formations que je donnais à l'APM[9] sur l'ubérisation par une introduction au sujet

9. L'APM (Association Progrès du Management) est un réseau francophone de dirigeants d'entreprise engagé dans le développement du leadership et de la reflexion manageriale.

de *Meetic* et *Match*, précurseurs de la plateformisation galopante de tous nos actes de vie. *L'Amour uberisé* aurait pu être un second titre pour ce livre.

En ce qui concerne les grandes analyses, je vous renvoie notamment aux travaux approfondis de Marie Bergström, Fabrice Di Mino ou Pascal Lardelier (qui avait ouvert la voie) sur la rencontre numérique. Mais aussi vers les passionnantes recherches d'Eva Illouz sur l'évolution de l'amour. Sans oublier le dernier ouvrage d'Aurélie Jean. Leurs points de vue sont parfois diamétralement opposés. *L'algorithme de cupidon, Amour et sexualité au temps des algorithmes, les réseaux du cœur, le cœur Net, les nouvelles lois de l'amour*, etc. Les titres et sous-titres de leurs ouvrages parlent d'eux-mêmes, ce n'est pas mon biais.

D'autres, tels que Stéphane Rose, Judith Duportail, Hanna Anthony ou Pierre Schneidermann sont entrés dans le sujet par la description empirique et expérimentale, ou la fiction semi-biographique. Ils sont, au passage, beaucoup plus critiques. On peut d'ailleurs s'interroger sur le grand écart de contenus entre les écrits des théoriciens, souvent bienveillants voire complaisants et ceux des usagers, systématiquement virulents. Il ne tient peut-être pas du hasard si l'une des auteures les plus critiques sur le sujet, Eva Illouz, les a elle-même pratiqués paraît-il. Cela donne à ses écrits, et au-delà de leur qualité, une légitimité d'autant plus grande.

Le sujet est également largement couvert par les médias. Il n'est pas une chaîne radio, par exemple, qui n'ait abordé la pratique du *dating* dans sa programmation, ce qui témoigne, au passage, de l'importance du sujet. Et pour cause, en perspective historique, près de 21 millions de personnes (31 % des Français) auraient déjà utilisé de tels sites (8,7 millions pour les femmes, 12,1 millions pour les hommes). Quatre millions y seraient actives[10]. Tous les Français ont leur propre opinion sur les sites de rencontres.

En revanche et en me promenant en ligne et en réécoutant l'une ou l'autre de ces émissions, je suis surpris d'y retrouver à chaque fois les mêmes plateaux et la même musique : un auteur, un psychologue

10. Étude Ifop pour Facebook, octobre 2020. 31 % des Français, soit près d'un tiers d'entre eux, ont été inscrits sur un site de rencontre en ligne.

ou un psychiatre et un coach de couples qui devisent pendant des heures, témoignages d'utilisateurs à l'appui, sur les vertus de l'outil, les jolies histoires, les façons de s'en servir sans se mettre en danger psychologiquement ou quelques méthodes de drague en ligne.
Mis à part Stéphane Rose et Judith Duportail, qui elle, n'a pas eu peur de rentrer dans le lard de *Tinder* et d'expliquer ses souffrances, l'image du *dating* véhiculée par toutes ces émissions est globalement assez positive. On en ressort avec l'idée qu'avec un peu de prise de hauteur et de détachement, l'outil est assez sympa pour y rencontrer l'autre. Ces émissions contribuent à une forme de dissymétrie d'image notamment du fait d'une surreprésentation de ce que j'appelle « les histoires bavardes », ces jolies histoires d'amour nées du *dating* numérique dont elles sont friandes et qui paradent autour de nous depuis que le tabou est tombé. La place accordée à ces belles histoires est totalement disproportionnée par rapport à ce qu'elles représentent dans la vraie vie et à la masse de ceux et celles qui ne trouvent, ou ne trouveront (malheureusement) jamais, le grand amour par l'intermédiation numérique.
Pire encore, elles véhiculent une vision déformée du sujet auprès du grand public. En particulier, elles diffusent l'idée répandue que les sites de rencontres seraient le reflet d'un nouveau modèle relationnel et sexuel voulu par les Français. Pour les plus jeunes, ces sites seraient même le parfait outil d'expérimentation sexuelle. Mais en est-on si sûr ? Les sites doivent se frotter les mains lorsqu'ils les entendent. Laisser circuler ces visions simplistes est socialement dangereux à double titre. Ceux qui n'y sont pas pourraient se laisser tenter avec une image trop embellie des vertus l'outil. D'autres, déjà membres, et qui galèrent depuis des mois ou des années, risquent d'être confrontés à une forme d'injonction à la réussite, qui peut faire peser une injuste pression sur leurs épaules. On pourrait la résumer en deux phrases : « Pourquoi est-ce que ça ne marche pas ? » ou pire « Qu'est ce qui ne va pas chez moi pour que je galère de la sorte ? ».
Nous nous poserons clairement la question : est-ce l'évolution de nos comportements qui expliquent la généralisation du recours aux sites et applications de rencontres ou est-ce, à l'inverse, le *dating* qui modifie notre relation à l'Amour ?

Attirés par les mauvais chiffres de Tinder, les médias se sont retournés depuis quelques mois et commencent à se faire écho des dysfonctionnements, des ratés et des désillusions générés par le *Dating*. Le sujet émerge, enfin. Les sorties de Judith Duportail n'y sont pas totalement étrangères non plus, qu'elle en soit remerciée. La couverture de nos premiers *Dating Anonymes* par *Le Parisien, 20 Minutes, France Info* et le *JT de France 2* ne relève pas du hasard. Lors de mes interviews avec des utilisateurs, l'un des propos qui m'est revenu le plus fréquemment est : « Tellement hâte de ne plus y être ! » et « Quelle perte de temps ! ». Le meilleur moment sur un site de rencontres serait-il l'instant où, après l'avoir longtemps cherché, l'on clique sur l'icône de désinscription ? J'espère en être enfin libéré (ou vacciné) et cet exercice d'écriture apportera peut-être une pierre, parfois teintée d'humour, à la réflexion de celles et ceux qui, utilisateurs ou curieux de la recherche de l'âme sœur en ligne, s'y aventureront ou s'y sont déjà essayés. S'il permet aussi à certains sites de se regarder dans le miroir, on peut toujours rêver, tant mieux. Est-il normal que des célibataires tombent en dépression à cause des sites de rencontres ? Est-il acceptable qu'ils y subissent irrespect, harcèlement ou tentatives d'arnaques ? Est-il logique de se découvrir addict, de perdre confiance en soi ou même – si, si – de devenir impuissant, à cause d'un outil censé m'ouvrir les portes du bonheur conjugal ?

Mais il faut aller plus loin. On ne peut plus se contenter d'une approche descriptive, analytique et parfois idyllique de ce qui se passe en ligne puis sous la couette. Sous couvert de jolies romances mises en vitrine, cela fait 25 ans que le monde du *dating* nous sert la même salade (pour rester poli !) et ne se réforme pas sur le dos de ses utilisateurs. Et pour cause : on les qualifie souvent de « cash machines » et leur EBITDA[11] peut atteindre les 65 %. C'est 25 ans de trop ! Ici, je vais dénoncer certaines pratiques des sites ou les effets

11. L'Ebitda est une notion de gestion analytique des entreprises qui permet d'évaluer leur rentabilité intrinsèque. Il s'agit du Bénéfice de l'entreprise Avant Intérêts, Impôts, Dépréciations et Amortissements.

collatéraux de leurs mécaniques. Je vais aussi faire ce qu'aucun auteur n'a fait sur le sujet; appeler les pouvoirs publics à se pencher sur la question. Le monde de la rencontre en ligne ne peut plus se réfugier derrière la liberté d'internet ou une pseudo-obligation de moyens pour ne pas se pencher sur les effets collatéraux de ses outils. Au-delà des grandes réglementations sur la protection des données ou la protection des mineures, il doit être réformé en profondeur et spécifiquement pour protéger ses usagers contre eux-mêmes autant que contre certaines pratiques abusives ou dommageables de ses acteurs. Je ne sais pas si *Boîtes de conserve* sera beaucoup lu mais il est une certitude, une poignée de députés, de ministres et de médias le recevront gracieusement.

À la recherche du Graal

C'est un fait avéré et constant qui ressort des études, des sondages ainsi que des témoignages : la grande majorité des utilisateurs y cherche l'âme sœur ou, à tout le moins, des histoires sérieuses et durables.

Une utilisatrice, Marie-Claire, assume : « J'adore les sites de rencontres parce que cela fait des années, depuis que mon mari est décédé, que je ne recherche plus l'amour. Ce n'est vraiment pas fait pour les fleurs bleues. » Parmi une multitude de pratiques il existe deux grandes catégories d'utilisateurs des sites de rencontres : ceux qui y recourent par amusement et ceux qui les utilisent avec la croyance, chevillée au corps, qu'ils vont pouvoir y trouver l'âme sœur. Les premiers s'en jouent, ils s'y baladent, draguent, butinent et rencontrent au gré de leurs recherches des partenaires éphémères avec lesquels ils vivront une expérience essentiellement sexuelle ou amicale. On a envie de penser que l'outil est fait pour eux. Ils peuvent s'y adonner à toutes sortes de pratiques et d'expérimentations décomplexées, libres ou libertines. L'essentiel de ces utilisateurs est souvent composé de jeunes. Les enquêtes et les sondages semblent le confirmer, puisque 76 % des jeunes de 18 à 35 ans considèrent que les sites de rencontres favorisent les relations d'un soir. Cette tranche d'âge exprime également le taux de satisfaction de plus élevé envers l'outil[12].

Le butinage en ligne n'est pas réservé aux jeunes. On le retrouve chez d'autres catégories d'utilisateurs, dont des divorcés voire des personnes en couple. Il est aussi l'apanage de celles et ceux qui revendiquent un besoin viscéral d'autonomie et d'indépendance. Des personnes pour qui le célibat est devenu un art de vivre voire un étendard assumé. Comme l'évoque avec malice Thomas Sicsic, thérapeute de couples : « Les sites de rencontres, c'est bien pour te rappeler que t'es bien tout seul ». Parmi les utilisateurs des applications de *dating*, quelle proportion représente cette masse de jeunes ou moins jeunes pour qui les pratiques de la rencontre numérique sont alignées avec cette forme de liberté, d'indépendance et de butinage ? Si l'on en croit ces mêmes études, environ 25 %. Il est difficile de dresser une liste exhaustive des raisons pour lesquelles les individus utilisent les sites de rencontres ; l'éventail est tel que leur analyse relève d'autres études. Les meilleures études sociologiques se sont déjà prêtées à cet exercice.

Que la population des butineurs me pardonne mais nous l'ignorerons ici allègrement pour nous concentrer sur une autre catégorie d'utilisateurs, celle pour laquelle l'enjeu est tout autre : utiliser les sites de rencontres dans l'intention profonde d'y rencontrer l'âme sœur en format hétéro ? Toutes mes excuses également à la communauté LGBT que je n'ai pas intégrée spécifiquement aux pratiques décrites ici.

Que l'on parle de 60 ou de 80 %, selon les études, cela ne change pas grand-chose au sujet, ils représentent la grande majorité des utilisateurs, c'est incontestable. Le résultat de notre enquête relève du plébiscite : 88 % des personnes ayant répondu à l'enquête disent rechercher une histoire longue. Elles y recherchent presque toutes l'amour, ni plus ni moins.

Le truc que l'on voit le plus souvent dans les profils de femmes est : « *Si tu cherches un coup d'un soir, passe ton chemin* », y compris

12. Étude Harris interactive de décembre 2015, Le regard des 18-35 ans sur les sites et applications de rencontres.

sur *Tinder*, soi-disant spécialiste du plan cul. Les sites l'ont bien compris et leur marketing est principalement concentré sur l'espérance de romance et d'amour, en ne mettant en scène et en photos que de belles histoires durables, de *love stories* idéales, des magnifiques représentations de couples parfaits aux sourires *Ultra Brite* qui rayonnent de bonheur et de beauté. La galerie « Nos vraies histoires » de *Meetic* est saisissante. Elle ne présente quasiment que des couples qui veulent se marier, acheter une maison ou faire des enfants, parfois les trois. Preuve que c'est bien cela que ce site mythique essaie de vendre. Les galeries de portraits et de témoignages sur *Bumble* commencent par un étalage de belles histoires d'amour, pas des passades de deux semaines. Pareil chez POF (*Plenty of Fish*), la filiale canadienne de *Match group*. Le site de luxe *Hinge* affiche haut et fort « L'application destinée à être supprimée » ou « Bienvenue dans votre dernier premier date ». Avec comme slogan « l'amour vous attend », le site *Elite Rencontre*, comme bien d'autres, revendique également ce positionnement.
On continue ? Ils sont dans le juste. Malgré certaines évolutions de leurs pratiques sexuelles, notamment chez les jeunes ou certains divorcés, les Français restent profondément attachés au grand amour et à la romance. Des utilisateurs aux sociologues, il y a consensus sur le sujet. Les grands sites généralistes le savent parfaitement bien et là est bien leur promesse.
On voit ici tout l'enjeu. Contrairement à ce que l'on entend et lit souvent, une immense part des utilisateurs ne rigole pas du tout avec le sujet et y place leur confiance, leurs espérances (et leur argent) dans le secret espoir d'y dénicher l'histoire du reste de leur vie et de fuir l'ambiance nauséabonde de ces pseudos-fournisseurs d'amour. Le *dating*, au-delà des rires entre copines qui se racontent leurs plans foireux, est bien souvent vécu comme une pratique intime, émotionnelle et profonde. Et pour cause : la majorité de ses utilisateurs y jouent gros. Se concentrer sur la population des chercheurs d'âme sœur, le périmètre du présent essai, revient donc à s'attaquer à un sujet social et sociétal essentiel : quelle est la contribution et l'impact des sites de rencontres sur ce que j'appellerai ici le « célibat subi » ?

Dating et célibat subi

Aborder le sujet du *dating* revient donc à s'interroger sur celui du célibat, notamment subi, afin de délimiter la sphère d'impact des sites et l'utilité de notre étude. Cela revient aussi à mieux connaître l'étendue des bienfaits ou des dégâts causés par les sites de rencontres sur la vie des célibataires, et que les statistiques ne permettent pas de mesurer. Étonnamment, les études sur le *dating* se concentrent presque toutes sur ce nouveau mode de rencontre, ses fonctionnements et les façons dont ses utilisateurs se l'approprient, plutôt que sous l'angle de la réponse qu'ils apportent (ou pas) à leurs aspirations profondes. De là vient peut-être le malentendu : le secteur de la rencontre en ligne et ses analystes semblent tous concentrés sur l'acte de rencontre numérisé bien plus que sur la finalité et les résultats de cette rencontre.

Qu'est-ce que le célibat subi ? Si l'on s'en tient à la définition la plus simple, le célibat désigne le statut d'une personne qui est en âge de vivre en couple ou d'être mariée, mais qui, bien que le souhaitant, n'a pas de conjoint dans sa vie sentimentale ou sexuelle. En gros, ce n'est pas la joie. Selon les études, 30 à 40 % des célibataires le vivent mal et préféreraient vivre à deux. Sur 18 millions de célibataires, cela représente donc 5,4 à 7,2 millions d'entre eux qui veulent absolument en sortir. Si l'on en croit une étude publiée en 2022 par le site *Badoo*, 67 % des célibataires auraient ressenti de la tristesse du fait de leur statut, 62 % de la frustration, 56 % des troubles de l'anxiété (contre 42 % de la population en général), 65 % présentent des symptômes dépressifs légers (contre 47 % de la population en général) dont 37 % des ressentis existentiels, 37 % ont pris des décisions contraires à leurs valeurs pour en sortir, 39 % ont persévéré dans une histoire bien qu'ils sachent qu'elle n'avait aucun avenir, etc. L'ambiance est posée[13].

Combien sont-ils à utiliser les sites de rencontres pour en sortir ? Une étude de janvier 2024 réalisée par l'IFOP pour la marque *Good Fair*, fait ressortir que face à la solitude, les Français se ruent sur

---

13. Étude Ipsos pour Badoo, *Être célibataire en 2022*, février 2022.

les réseaux sociaux, les animaux domestiques et… les sites de rencontres. 32 % des personnes souffrant de solitude y ont recours. Cela représenterait près de 2,7 millions de personnes actives utilisant les sites de rencontres au moins une fois par semaine et 2,3 millions quotidiennement. En d'autres termes, si le nombre d'utilisateurs actifs du *dating* en France (toutes motivations et fréquences confondues) semble tourner autour de 4 millions et que 2,7 millions d'entre eux sont des célibataires qui veulent en sortir, la proportion d'utilisateurs cherchant des histoires longues est donc mécaniquement d'au moins 67 %. CQFD. Les célibataires en souffrance ne sont pas masochistes, ils ne vont pas sur les sites avec l'intention de replonger le plus vite possible dans le célibat.

Mais le problème du célibat n'est pas seulement celui de la recherche de nombreuses personnes souhaitant en sortir. Il engendre des conséquences profondes tant pour l'individu que pour la société. En conséquence et au-delà de l'organisation de la journée du célibat le 11 novembre de chaque année, la question du traitement du célibat subi, ou des outils qui peuvent aider à en sortir, relève d'un sujet de société tout autant que d'une démarche personnelle. On aide bien les gens qui le souhaitent à arrêter de fumer, pourquoi ne pas faire de même pour le célibat ?

Sur ce point, comme tend à le montrer l'étude de Badoo, les avis et les enquêtes semblent converger. Le célibat a un impact négatif sur la santé mentale et physique, sur la précarité économique, l'espérance de vie autant que, peut-être, sur la natalité. Par exemple 60 % des célibataires vivent avec moins de 1500 euros en moyenne par mois contre 36 % des personnes en couple. De nombreuses études montrent que la mortalité ainsi que nombre de pathologies sont accentuées du fait du célibat. Il a par exemple été démontré par des enquêtes danoises et anglaises que les hommes ayant connu de nombreuses ruptures et années de célibat sont davantage sujets aux inflammations que les autres. Globalement, la mortalité des personnes seules est plus importante que celle des personnes mariées. On constate ainsi une augmentation de 1,4 % des risques de décès chez les hommes célibataires, pour une tranche d'âge comprise entre 20 et 65 ans, tandis que leurs compatriotes mariés

ont, au contraire, vu leur probabilité de décéder baisser de 2,3 %. Vive la vie à deux!
L'impact sur la natalité de l'augmentation du taux de célibat couplé à la baisse du nombre de mariages est moins démontré, mais le raccourci est plus que tentant. En effet, la baisse du taux d'enfants issus du mariage (due à la baisse régulière du nombre de mariages) est compensée par une augmentation constante des naissances hors mariage, hors couple, voire en monoparentalité. Néanmoins, bien qu'il n'y ait pas de corrélation clairement identifiée par les études, la stabilité affective est un facteur globalement favorable à la procréation, ce que ne permet pas ou peu le célibat ou la vie affective en pointillé. On se trouve ici face à un sujet de santé publique, ni plus, ni moins. La superposition de la courbe d'évolution des naissances en France avec celle de la montée en puissance du *dating*, bien qu'elle ne prouve rien, a de quoi interpeller. Vu sous cet angle, l'enjeu (pour ne pas dire la responsabilité) des sites de rencontres prend une tout autre dimension. On aurait envie de proposer au président de creuser un sujet qui mérite qu'on s'y penche. Il rêve de « réarmement démographique » ? Que ne s'interrogerait-il pas, dès lors, sur les méfaits et les effets collatéraux du *Dating*.
Dans ces conditions, il paraît légitime de se demander si les sites donnent satisfaction à leurs utilisateurs. Si tel n'est pas le cas, nous risquons une situation de cumul de souffrances, celle du célibat subi à laquelle viendrait se greffer celle de la frustration de ne pas en sortir grâce (ou à cause) aux sites de rencontres. Les sites de rencontres ne feraient-ils qu'ajouter de la souffrance à la souffrance ? On est d'autant plus en droit de se poser la question qu'un constat ressort des études sur le *dating* : la majorité de ses utilisateurs n'y enchaînent que des histoires courtes.

Le monde des abeilles

Les chiffres parlent d'eux-mêmes et lorsque l'on examine les études, il n'y a pas franchement matière à se réjouir. Selon celles-ci, le taux d'insatisfaction envers les sites de rencontres oscille entre

60 et 85 %. Ils sont notés 1,6 sur 5 sur *Trustpilot.com.* Le site français dit de *slow dating, Once,* récemment vendu pour 18 millions de dollars à un groupe russes, dévoilait le résultat d'une étude menée par l'institut Yougov et au titre de laquelle 83 % des utilisateurs européens se disent insatisfaits des sites de rencontres. Une autre étude de Statista en 2016 montrait que 65 % des utilisateurs estiment que les sites ne permettent pas de générer une relation durable[14]. Elle révèle aussi que 60 % des personnes en couple ne recourraient pas aux sites de rencontres en cas de rupture. Une étude réalisée par l'Ined montrait que les sites ne sont pas, pour une majorité des Français, le bon lieu pour trouver l'amour. Notre propre enquête dévoile également un taux d'insatisfaction de plus de 60 %, etc. On continue ?

Pourquoi de tels chiffres d'insatisfaction ? Il n'y a sans doute pas de cause unique et nous décrirons plus loin les pratiques infernales générées par les sites ainsi que les comportements insupportables et irrespectueux d'une grande partie de leurs membres. L'insatisfaction vient aussi et clairement du fait qu'en cherchant l'âme sœur en ligne leurs utilisateurs n'ont majoritairement accès qu'à des histoires courtes (quand ils ont la chance d'accéder à une histoire tout court). Le *dating* vous transforme en abeille, qui sort butiner tous les jours de nouvelles fleurs, avant de devoir rentrer au bercail au soleil couchant. Car la réalité des choses est bien loin des affichages marketing et des promesses de façade. Selon les études, le taux d'histoires longues générées par les sites de rencontres oscille entre 5 et 7 %. L'émission *Marié au premier regard* en fait par exemple son argument de vente : « les sites de rencontres génèrent 5 % d'histoires longues, chez nous c'est bien plus… ». En d'autres termes et si l'on met dans le panier tous les moyens possibles de rencontre, vous avez une chance sur vingt de rencontrer l'âme sœur par internet. Ça calme, non ? La seule question valable est donc : êtes-vous prêts à prendre ce risque, perdre du temps, beaucoup d'énergie et payer pour ça ?

14. Étude Yougov de juin 2020, sur les sentiments et les ressentis des utilisateurs de sites et applications de rencontres en Europe.

Ce grand écart entre l'offre et la demande alimente une frustration généralisée qui ressort de toutes les enquêtes. En clin d'œil, Pascal Lardelier[15], présente un raisonnement empreint de bon sens. Pourquoi les sites sont-ils en si forte progression ? S'ils généraient suffisamment d'histoires longues, le nombre de leurs membres devrait mécaniquement baisser, tout au plus stagner. Or c'est le contraire qui se passe. Bien vu. En réalité, les nouveaux arrivants s'agrègent à la grande masse des utilisateurs historiques qui s'y cassent les dents, enchaînent les histoires courtes et doivent réactiver sans cesse leur profil. L'addition de nouveaux membres et d'anciens membres de retour : voilà les ingrédients d'un marché du *dating* en pleine croissance. C'est imparable et c'est le cœur de la promesse qui est ici questionnée, ni plus ni moins.
Intrigué par l'enchaînement d'histoires en pointillé et ma douloureuse inefficacité à trouver l'âme sœur par le *dating*, je rencontrai un beau jour de 2014, l'un des fondateurs du célèbre site *Attractive World*. Membre du site au moment de notre café et d'un naturel curieux, je ne résistai pas à l'idée de lui poser de nombreuses questions sur leur fonctionnement. Jusqu'à celle-ci :

– Quelle est la durée moyenne d'adhésion de vos membres ?
– Cinq.
– Tu veux dire 5 mois ?
– Non, Arnaud, 5 ans !

Il s'agit sans doute de la statistique la mieux cachée de tous les sites de *dating* : la durée moyenne d'inscription cumulée d'un membre. D'un seul coup, tout s'éclaire dans mon esprit et je comprends mieux pourquoi je vois certains profils défiler depuis des mois sur le site (et parfois sur plusieurs sites en même temps). Il y a d'autres profils qui « clignotent », faisant des va-et-vient sur le site au gré de l'enchaînement de leurs « épisodes » relationnels. Ce ne sont pas des faux profils, mais simplement des gens qui y traînent indéfiniment ou en pointillé, errant sans jamais trouver la moitié

15. Étude proposée par Statista en 2016, met en évidence la morosité ambiante. 65 % des participants pensent qu'un site de rencontre est inefficace pour nouer une relation durable.

qu'ils y cherchent. Cela m'attriste pour eux – je ne savais pas à l'époque que j'y traînerais pendant dix ans moi aussi – véritables « naufragés de la rencontre » comme les qualifie Christine Barois. 90 % des personnes à qui je pose la question sur la durée moyenne me répondent entre 3 et 6 mois. Ce réflexe en dit long sur le décalage qui existe entre la perception qu'ont les Français du *dating* et la réalité de ses pratiques. Les agences matrimoniales se sont vues imposer un délai maximum de contractualisation tacite afin de parer à la tentation de garder au chaud leurs clients en les faisant payer indéfiniment pour rien... Rien de tel sur les applications de *dating*. Y aurait-il deux poids, deux mesures chez les opérateurs de rencontres ?
Sa réponse opéra dans mon esprit comme un révélateur et me fit comprendre que ces sites ne marchent pas ou pas bien. Comment peut-on dire que ça marche s'il faut y rester abonné pendant 5 ans avant d'en pouvoir sortir ? Et encore, la statistique ne précisait pas les raisons pour lesquelles les gens finissent par en sortir. Pour switcher sur un autre site ? Par désespoir et capitulation ? Ou par rencontre avec le grand amour ? En d'autres termes, il existe un nombre significatif d'utilisateurs qui finissent par jeter l'éponge et quitter les sites pour cette seule raison et contribuent donc à une minoration de la durée moyenne d'adhésion. Fanny, une bonne amie rencontrée sur *Adopte*, fait partie de ces gens qui, dégoûtés des sites, décidèrent de les quitter il y a quelques mois de cela. Ils sont des dizaines de milliers.
D'autres indices confortent cette idée, notamment le retour en grâce des agences matrimoniales ou l'organisation par les sites de rencontres d'évènements physiques, voire de voyages, pour leurs membres. Pourquoi revenir à l'organisation de rencontres collectives et réelles entre célibataires si la rencontre sérieuse par le numérique fonctionne si bien ? Tout simplement parce qu'au risque de perdre vos clients et quand votre produit de base ne répond que très marginalement à leur attente, il faut bien leur proposer d'autres alternatives.
Mieux encore, le chiffre qui tue : 3,6. Il représente le nombre moyen de sites utilisés par les célibataires membres. Si *Meetic, Tinder, Happn,*

Bumble, *Elite* ou *adopte* étaient aussi efficaces que cela, pourquoi les utilisateurs changeraient-ils 3,6 fois de site ? Cela explique-t-il pourquoi j'ai vu les mêmes femmes sur plusieurs sites en même temps ? Ce faisceau d'indices me paraît bien plus qu'une simple illusion guidée par quelques échecs de ma quête d'histoire durable.
J'ai vécu cette forme d'addiction qui consiste à s'inscrire sur deux, voire trois sites en même temps. Mû par une impatience de trouver, et convaincu qu'en étant sur deux sites, l'on démultiplie naturellement ses chances de trouver l'amour. Cela relève de l'illusion. Nous jouons à ce petit jeu avec Delphine, une utilisatrice que je découvre simultanément sur *adopte* et *Meetic* où nous sommes tous les deux connectés.
« Je préfère ton profil sur Adopte, il est plus sympa, me dit-elle.
– Tu devrais remplacer cette photo adopte par la seconde de ta galerie *Meetic*.
– Tu préfères qu'on papote sur Meetic ou sur Adopte ? »
Je joue à lui adresser des messages sur les deux plateformes. Nos messages se croisent d'un site à l'autre. Je réponds à ses questions *adopte* sur *Meetic* et inversement. On en rit, on se mélange les pinceaux. Labyrinthique et sans suite.
Le *dating* nage donc en plein paradoxe et alimente un gigantesque écart entre l'offre et la demande, entre la perception et le vécu, entre ceux qui y cherchent l'âme sœur et à qui l'on offre des relations kleenex : rapide et jetable. Voilà le sujet. Je dénonce leur capacité à faire souffrir ceux qui n'y trouvent rien ou rien d'autre que des histoires courtes à répétition en leur faisant croire qu'ils y trouveront le grand amour. Aurélie Jean, interrogée par Louisa Amara ne dit pas autre chose lorsqu'elle répète à l'envie : « N'attendez pas des sites de rencontres qu'ils vous offrent ce pourquoi ils ne sont pas faits et n'espérez pas y trouver le grand amour[16]. »
Je critique le fait qu'un sujet aussi important que le célibat subi, véritable enjeu d'intérêt général, soit en grande partie traité par des sites mercantiles, souvent américains et dont l'objectif est d'optimiser leur rentabilité sur le long terme plutôt que de réellement rendre

16. Louisa Amara, podcast *Single Jungle*, interview d'Aurélie Jean, janvier 2024.

service aux célibataires. Toutes proportions gardées, savoir que les groupes *Tinder* et *Bumble* côtés à la Bourse de New York me fait un peu penser au scandale des EHPAD et des crèches privées, dont l'obsession de la profitabilité sur le dos de leurs clients de 1 à 99 ans, a été mis en lumière grâce aux écrits de Vincent Castanet[17], de Bérangère Lepetit et d'Elsa Marnette[18]. Je demande une intervention des pouvoirs publics français sur le sujet de la rencontre en ligne.

Tromperie

J'entends déjà ceux qui me diront « Vous vous trompez, 25 % des rencontres en France se font grâce aux sites de rencontres. Regardez autour de vous tous les couples qui se sont rencontrés par internet, il y en a plein ! C'est un outil comme un autre qui a acquis ses lettres de noblesse ». À l'heure où nous écrivons, la communication de *Meetic* est tellement drôle. Elle affiche sur sa page d'accueil : « Plus de 10 millions d'histoires ont commencé grâce à nous »[19]. On a envie d'applaudir des deux mains, vous rendez-vous compte ? 18 millions de célibataires en France et 10 millions de couples fondés grâce à eux ! Respect ! Mais je ne résiste pas à l'idée de vous livrer, à la virgule près, le commentaire de bas de page du site écrit en lettre minuscules. Il donne tout son sens à la notion de caractères minuscules :
Allez-y comprendre quelque chose. Vous noterez aussi les subtilités sémantiques : « *groupe Meetic* », soit onze marques en Europe ou « avoir été en couple », ce qui ne veut en aucun cas dire « être toujours en couple ». Certains ont peut-être été "en couple" deux fois, cinq fois, dix fois avec un site du « *groupe Meetic* », et comptés comme tel, sans

17. Vincent Castanet, *Les Fossoyeurs*, Éditions Fayard ; *Les Ogres*, Flammarion.
18. Bérangère Lepetit et Elsa Marnette, *Babyzness*, Robert Laffont.
19. Estimation du nombre de couples formés sur les sites du groupe Meetic en Europe. Chiffre obtenu par l'extrapolation des résultats d'une enquête réalisée par Dynata en avril 2018, sur 59 931 personnes résidant en Europe (France, Royaume-Uni, Allemagne, Pays-Bas, Italie, Espagne et Suède) âgés de plus de 18 ans, à la population totale de cette tranche d'âge (Source eurostat 2018). Il résulte de cette étude que 6 % des personnes interrogées ont déclaré avoir été en couple avec une personne rencontrée sur un des sites du groupe Meetic.

avoir jamais rencontré l'âme sœur, etc. De l'enfumage total pour ceux qui vendent le grand amour. *Elite Rencontre* n'est pas en reste et affiche en 2024 sans scrupule une pseudo-statistique de ses activités européennes de 2018 : « 155 000 *inscriptions en moyenne par mois* ». Je suis tout excité à l'idée de savoir que je vais (enfin) pouvoir planifier un date avec une vieille fille grecque du Péloponnèse. On continue ? De nombreux sites ont au moins la décence de ne pas se risquer à de tels affichages, n'affichant que le simple concept de rencontres sans (trop) promettre le grand soir.
S'il est peut-être exact que les sites de rencontres sont à l'origine 25 % des relations, cela ne signifie pas pour autant 25 % d'histoires longues, nuance. Cela ne veut donc en aucun cas dire qu'ils répondent aux attentes des célibataires. Cette statistique inclut aussi les histoires de deux mois. Si cela aide les statistiques, profitez-en bien, mais cela ne va pas durer. Les quelques amis autour de moi qui se sont rencontrés de cette manière ne signifient pas que les sites permettent à tous de trouver le grand amour. Loin s'en faut.
La communication des sites et les études qu'ils commandent jouent sur cette ambiguïté entre le nombre d'histoires enclenchées et les réelle réponses à la demande. C'est de cette impression tenace et de mes déceptions à répétition que s'est imposée à moi l'idée que ça ne marche pas, voire que les sites de rencontres sont destructeurs du concept même de relation. Pire, ils ne sont globalement que de véritables machines à cash qui se targuent de leurs success stories pour y embarquer une grande masse de célibataires, qui vont majoritairement s'y casser les dents.

Obligation de moyen

Le chiffre d'affaires du *dating* en France, tel qu'estimé par Statista, s'élèverait à 170 millions d'euros en 2020 pour une projection à 205 millions à l'horizon 2025. Les sites de rencontres sont avant tout des prestataires de services, fournisseurs de rencontres pour des gens qui cherchent majoritairement à sortir de leur célibat. La question primordiale n'est donc pas de savoir comment les gens les utilisent (l'approche analytique ou sociologique que l'on retrouve un peu partout) mais bien de savoir si leurs services ou leurs produits sont adaptés à la demande de leurs clients (l'approche empirique). C'est le principe le plus basique du commerce, qu'il soit en ligne ou qu'il concerne l'amour. Il est donc normal qu'ils soient jugés sur leurs résultats. Je ne suis ni sociologue, ni chercheur, ni docteur en algorithmie, je suis un entrepreneur social. C'est donc sous l'angle de l'efficience de la réponse à une demande sociale que je me sens le plus légitime pour aborder ce sujet complexe.

Poser l'importance de l'enjeu et mettre le doigt sur le gigantesque décalage entre l'offre et la demande revient aussi à confronter les sites de rencontres à leurs responsabilités. Sont-ils à la hauteur des attentes de leurs membres ? En ont-ils seulement quelque chose à faire ? Sont-ils des acteurs fiables, honnêtes et légitimes pour traiter sérieusement la problématique du célibat subi ? Comme le dit malicieusement la pub 2024 d'Engie : « *Un service qui ne rend pas service n'est pas un service* » et ils ne croient pas si bien dire lorsqu'il s'agit du *dating*. Pire, les sites ne font-ils pas subir à leurs membres l'incroyable injonction paradoxale dans laquelle ils sont, par nature, englués : tout faire pour que leurs clients les quittent au plus vite, alors qu'ils n'y ont strictement aucun intérêt. N'ont-ils pas tout au contraire intérêt à vous faire mariner quelque temps ? N'ont-ils pas intérêt, en empruntant cette image à l'univers capitaliste, à cultiver une forme d'obsolescence programmée de la relation, gage d'un retour rapide de leurs clients au bercail ?

La question n'est pas qu'anecdotique, elle pourrait revêtir une dimension juridique. Poussés dans leurs retranchements sur le taux d'échec des dates ou l'énorme proportion d'histoires (trop) courtes issues de leur intermédiation, les sites, lorsqu'ils répondent, bottent en touche et mettent en avant le taux de rencontres générées en France grâce à eux. Ils se réfugient derrière une forme d'obligation de moyen (le mot est lâché) protégés de toute obligation de résultat :

> « Nous ne sommes pas responsables de ce que les gens font ou ne font pas de nos sites et de leurs rencontres, nous n'avons aucune

> obligation à ce que les gens restent ensemble longtemps s'ils ne sont pas faits pour ça. »

me lâche sous couvert d'anonymat le cadre d'un grand site. Baratin de circonstance qui tombe sous le sens, quoi que...
L'ex-juriste que je suis est interpellé. En droit français, l'obligation de moyen a une définition très claire : « L'obligation consistant en l'engagement obligatoire du débiteur à mettre en œuvre tous les moyens nécessaires et dont il dispose pour réaliser les objectifs et prestations de services prévus au contrat ». Posons donc clairement la question à laquelle je vous laisse instantanément et spontanément répondre dans votre esprit : les sites de rencontres mettent-ils en œuvre tous les moyens nécessaires à la matérialisation, dans les meilleures conditions possibles, de rencontres correspondant aux besoins et à la demande de leurs membres, par ailleurs clients au sens juridique et commercial du terme ? Si tel n'est pas le cas (et il est permis d'en douter) quelles peuvent en être les conséquences au titre de leur responsabilité ? Cela relève-t-il de la tromperie ? Du dol ? Prenons un seul exemple bien entendu pris au hasard. S'il était démontré que l'algorithme d'un site était subtilement conçu pour ne pas me présenter immédiatement tous les profils qui me correspondent le mieux, serions-nous dans ce cas de figure ? L'hypothèse ne relève plus de la simple théorie depuis qu'un collectif d'utilisateurs américains a saisi la justice en accusant *Tinder* de les avoir rendus dépendants de manière trompeuse.
À la lecture des conditions générales des sites de rencontres, on comprend qu'ils ont conscience du risque. C'est ceinture et bretelles. Le nombre d'exclusions de responsabilité est tel qu'il est difficile d'imaginer qu'ils soient faits pour promouvoir et favoriser l'amour. Leur seul engagement formel ? Fournir une plateforme technologique fonctionnelle de mise en contact. Ni plus, ni moins. Mais alors, comment expliquer le décalage abyssal entre cet engagement plus que minimaliste et le déluge de promesses et de rêves dont ils abreuvent leurs clients ? Ce grand écart entre le discours commercial et les alinéas de leurs conditions générales de vente n'est-il pas, en lui-même, constitutif de tromperie ? Amis juristes...

Dissonance cognitive

Avant d'aborder les explications techniques sur les dysfonctionnements du *dating* et ses dommages collatéraux que nous évoquerons plus tard, il est un paradoxe saisissant qui interpelle : le *dating* n'a cessé de croître ces dernières années et de gagner des parts de marché sur les autres méthodes de rencontre alors que ses résultats sont aux antipodes de ce qu'en attendent la majorité de ses utilisateurs. Comment cela est-il possible ?
Plusieurs arguments forts expliquent la croissance du secteur. Un premier facteur de succès des sites réside dans la discrétion. Comme l'évoque *Marie Bergström*, les sites offriraient un confort incomparable, celui de contribuer à la « privatisation de la rencontre »[20]. La drague peut en effet s'y exercer en toute discrétion, à l'abri des regards et du jugement de ses proches, amis ou collègues. De fait, elle fait exploser les barrières entre les personnes, qui peuvent interagir en toute liberté et permet de tenter une expérience discrète avant de dévoiler la relation au grand jour, si elle est concluante. En ce sens, cette privatisation opère tel un sas ou un ballon d'essais particulièrement efficace.

Mais attention, la privatisation de la rencontre et l'envolée de la proportion de rencontres permises par le *dating* ne sont pas gratuites et sans contrepartie. Nous y reviendrons. Elle porte en elle autant de potentialités que de dangers. Ne voir le verre qu'à moitié plein expose ses adeptes à de bien mauvaises surprises. S'il est vrai qu'elle permet de s'extraire de l'influence et de la pression que leurs réseaux (travail, famille, amis, bars habituels…) peuvent exercer sur la recherche, elle les embarque dans un champ de mines insoupçonné. Celui d'être seuls, livrés à eux-mêmes dans un monde où toutes les perversités, les malignités et les violences peuvent s'exercer à visage masqué et hors de tout contrôle social. Ce champ de mines est d'autant plus dangereux que bien des célibataires qui s'y aventurent, poussés par une envie irrépressible de combler un vide sentimental,

20. Marie Bergström, *Les Nouvelles Lois de l'amour*, éditions la découverte, 2019.

regardent souvent l'objectif final plutôt que le terrain à traverser pour y parvenir. Le meilleur moyen de ne pas voir qu'un ou une détraqué(e) est en train de vous prendre la main. La privatisation de la rencontre est donc une opportunité magnifique autant qu'une catastrophe potentielle. Elle est le terrain de jeu d'une foultitude de pervers et de dérangés de la relation.
La seconde raison du succès tient bien évidemment à l'illusion de facilité, celle d'un accès en ligne à un choix infini de candidats qu'aucun autre mode de rencontre ne peut concurrencer. Dès lors que l'on a (assez vite) épuisé le champ des recherches dans ses écosystèmes personnels, il est bien évidemment tentant de plonger dans l'universalité des candidats, accessible en quelques clics sur un site. Pour ceux qui s'en souviennent, c'est un peu le BHV ou le catalogue de La Redoute, on y trouve de tout. C'est l'argument massue que tous les utilisateurs ressortent lorsqu'on interroge leurs motivations. Il est intéressant d'observer l'évolution des différents types de rencontres aux États-Unis. Depuis l'apparition du *dating*, les courbes relatives aux modes de rencontres traditionnels s'effondrent. Bars, réseaux, travail, amis tendent vers les 0 % alors que le taux de rencontres en ligne augmente de manière exponentielle pour frôler les 60 %. Même si la base de calcul de l'infographie qui circule sur ce point est assez contestable, les tendances sont là, saisissantes et annonciatrices de ce qui nous attend en Europe.
La troisième clé de succès réside dans la numérisation généralisée des actes de la vie courante. L'écran devient notre interface quotidienne par défaut au point que les adultes français y passent désormais 4 heures et 37 minutes en moyenne par jour[21]. C'est-à-dire près d'une journée et demie par semaine. Ce temps consacré aux interactions par écran, réduit d'autant le temps disponible pour les activités déconnectées. L'écran s'est immiscé dans tous nos actes de vie, il remplace les magasins, les restaurants, le temps de sexe physique, la culture, l'échange entre amis etc. Les jeunes font de moins en moins l'amour, en partie à cause du temps passé devant Netflix, ce qui est assez révélateur. Dans ce contexte, pourquoi

21. Étude Médiamétrie, janvier 2024.

le numérique n'envahirait-il pas également nos démarches de rencontres ? Notamment lorsque celles-ci sont perçues comme complexes, trop étroites, énergivores, intimidantes, voire coûteuses. Cela semble couler de source.

Ces trois raisons (non exclusives) expliquent pourquoi le nombre d'utilisateurs d'application de *dating* continue d'augmenter avec une hausse de 9 % en France entre 2022 et 2023, par exemple. Ce faisant, ils semblent se retrouver prisonniers d'un étonnant paradoxe. Si une majorité des usagers estime qu'il est plus facile de nouer des relations par le *dating*, ils reconnaissent en parallèle qu'il y est beaucoup plus difficile d'y établir des relations sérieuses[22]. Ils s'y ruent donc par facilité, confort et discrétion tout en ayant conscience qu'ils vont ainsi se rendre dépendants d'un outil qui ne répond pas à leur aspiration profonde. La facilité semble prévaloir sur la finalité. Le *dating*, c'est un comme entrer et rester chez Ikea pour y chercher un meuble en chêne massif alors que l'on sait très bien qu'ils n'en vendent quasiment pas. Mais alors, ses usagers sont-ils incohérents ? Débiles ? Inconscients ou masochistes ? Serait-ce le reflet d'une société du moindre effort ? Sans doute pas. Nous la poserons ici comme une des pistes de réflexion possibles, mais il n'est pas exclu que chaque utilisateur, lorsqu'il s'inscrit (et dans une démarche d'auto-rationalisation ou d'alignement), soit victime d'une forme de dissonance cognitive. Celle-ci lui laisserait à penser qu'il est au-dessus de la masse et qu'avec lui, cela fonctionnera en dépit des statistiques collectives qui démontrent le contraire. L'ego versus le taux. Cette piste de réflexion s'inscrit assez bien dans les analyses de Marie Bergström qui décrit la construction du profil comme une démarche particulièrement narcissique et autocentrée de son auteur. Le fait par exemple, que nombre d'utilisateurs tentent de draguer en ligne des personnes plus belles qu'eux, montre un biais de surestimation de soi qui interpelle également. Ce bug cognitif me fait penser au livre, *Le Bug humain*, de Sébastien

22. Étude INED, Les sites de rencontres, qui les utilise en France ? Qui y trouve son conjoint ? par Marie Bergström, 2016.

Bohler[23]. Il y démontre que, malgré leur conscience collective des méfaits qu'ils causent à la planète, les êtres humains, par confort, facilité, addiction ou conditionnements neuronaux, ne parviennent pas à se départir de comportements néfastes qui amplifient les dérèglements environnementaux et climatiques. Le phénomène renvoie aussi au biais de surestimation des joueurs et autres parieurs de casinos, ils savent que leur risque de perte est infiniment supérieur à leur chance de gagner, mais la carotte du pactole est la plus forte. Est-il possible que, dans une forme de jouissance, d'espoir du jackpot conjugal et de facilité à court terme – Je pense notamment à la possibilité de trouver facilement un ou une partenaire et à la sexualisation de la rencontre grandement favorisée par les sites de rencontres – les candidats à l'amour soient prêts à s'exposer à de plus grandes souffrances futures ? Celles de ne jamais y trouver le grand amour. Mon amour du chocolat calorique est incompatible avec ma volonté de perdre du poids et pourtant je n'arrive pas à m'en départir. Y aurait-il un bug de la rencontre numérisée caché au plus profond de chacun d'entre nous ? Si l'on adhère à cette hypothèse, elle n'est pas innocente et nous n'échapperons pas au questionnement sur ses effets dans notre rapport à l'amour et aux autres.

Le brouillard des bavards

Les gens qui ont rencontré le grand amour sur internet sont-ils dangereux pour ceux qui s'y évertuent ? J'en conviens, la question peut surprendre, pour ne pas dire choquer. Lors de l'écriture de cet ouvrage et avant le lancement de notre enquête presque sérieuse, je postais à plusieurs reprises sur mes réseaux sociaux des petits teasers sur mon travail expliquant en quelques lignes que j'écrivais un essai sur les sites de rencontres et leurs méfaits. J'y appelais aux témoignages de celles et ceux qui auraient des histoires difficiles et violentes à partager sur leurs expériences actuelles ou passées. Comme je m'y attendais, j'ai reçu par ce biais

23. Sébastien Bohler, *Le Bug humain*, Robert Laffont.

une bonne dizaine de réactions de personnes m'expliquant qu'elles étaient prêtes à témoigner des horreurs qu'elles avaient subies. Certaines sont intégrées dans cet ouvrage. Elles se reconnaîtront. J'ai été surpris en revanche de recevoir de nombreux commentaires qui exprimant la satisfaction de certains. Alors que je sollicitais des témoignages de mauvaises expériences, je recevais ceux de personnes qui, de leur côté, y avaient rencontré l'âme sœur. Mieux encore, nombre d'entre eux me suggéraient d'intégrer leur témoignage dans le livre. Parmi eux :

Valérie.

Tu devrais aussi faire témoigner des expériences neutres ou intéressantes quand c'est géré avec conscience.

Thierry.

J'ai rencontré la mère de mes enfants sur un de ces sites il y a 18 ans ! C'est comme dans la vie non virtuelle, il faut être naturel et cela se passe bien.

Christian.

J'ai rencontré ma femme il y a 33 ans via le Minitel ! Mais c'était avant le grand bordel des « résosocios »... Une autre époque. C'est une très belle histoire de couple qui dure encore.

Nathalie.

Hello Arnaud ! J'ai moi-même une histoire très heureuse suite à une rencontre sur un site. Nous sommes depuis plus de 3 ans ensemble. Pour nous ça a marché !

Une proche parente.

Pourquoi tu critiques ? J'espère que tu vas aussi parler des belles histoires. J'en connais autour de moi.

Hugues.

Je me permets de réagir à un de tes posts que je découvre. Je n'ai jamais été utilisateur de dating mais me permets quand même d'attirer ton attention sur un point de vigilance qui me semble important dans ton enquête : ne pas être manichéen ou idéologue. S'il y a malheureusement des abus et scandales liés à cet outil de mise en relation, il y a sans doute aussi de belles histoires...

Cette situation me plongeait dans la perplexité. Pourquoi me narrer leurs histoires et vouloir témoigner sur une question que je ne posais pas et sans connaître le contenu de mon livre ? Sont-ils achetés par les sites de rencontres pour en être les ambassadeurs ? Évidemment pas. Me serais-je égaré dans le rapport de 25/5 entre histoires courtes et longues, mon postulat de départ ? Un taux plus réaliste serait-il de 50/50 ? Non, aucun doute là-dessus, les études et les statistiques convergent totalement sur le sujet.
Si mon réseau Facebook n'est pas un panel représentatif des utilisateurs de sites de rencontres, une autre explication me vient à l'esprit. Depuis que le tabou autour de l'utilisation des sites de rencontres est tombé, les 5 % de couples durables générés par ces sites sont très fiers d'y être parvenus et le font savoir. J'appelle cela « les histoires bavardes ». On me parle souvent de la gêne à en parler, mais c'est tout le contraire que je constate autour de moi. Ils font du bruit autour de leur réussite. L'épreuve n'étant pas gagnée d'avance, il semble y avoir chez eux une envie de montrer qu'ils y sont parvenus. Ego ou simple joie d'en être sorti par le haut ? Impossible à savoir. Et c'est tant mieux pour eux bien entendu. Il est aussi très intéressant de constater qu'avec ces personnes, la réussite opère un peu comme une ardoise magique qui semble avoir effacé les sombres expériences qu'ils ont pu vivre sur internet ou entendre autour d'eux avant d'y avoir rencontré l'âme sœur. Comme on dit dans le football, la victoire fait oublier la fatigue. Moi-même aujourd'hui, absent de ces sites depuis plus de deux ans, lorsque je me surprends à évoquer à mes expériences passées, les galères et les souffrances de l'époque me paraissent anodines, comme si elles n'étaient que des anecdotes. J'y repense désormais avec amusement et non avec amertume.
J'évoquais ce sujet en introduction, tout comme Stéphane Rose dans son ouvrage *misere-sexuelle.com*. Un déséquilibre similaire se retrouve dans de nombreuses émissions médiatiques, articles de presse, ainsi que dans les émissions radio et TV. Les auteurs qui analysent le *dating* sous un angle idéalisé, occultant systématiquement ses méfaits, ne sont pas en reste. Il existe une forme de dissymétrie entre le bruit des sachants et des gagnants et le silence des galériens de la rencontre, cachés dans l'ombre de leurs échecs

et constamment renvoyés à une solitude parfois culpabilisante. Il y a sans doute chez un grand nombre d'entre eux, notamment les hommes, une forme de honte à reconnaître leurs souffrances. Par tristesse ou par honte ? Là encore, difficile à cerner. On m'a suggéré de contacter Jean-Marc, dans le village qui, me dit-on, a connu de grosses galères sur les sites ? Je lui adresse deux messages, mais ils restent sans réponse. D'autres de mes contacts semblent ne pas trop vouloir en parler, bien que je connaisse l'enfer qu'ils ont vécu. Bien des personnes m'ont promis de me mettre en contact avec des amies ayant galéré, sans donner de nouvelles ensuite. Dans le cadre des premiers « *Dating* Anonymes » à Paris en juin 2024, les femmes s'y inscrivent, très peu d'hommes. Ils ne sont pourtant pas en reste de leur lot de souffrances par le *dating*.
Au-delà des proportions résultantes de ce test, cette impression m'interpelle. Si globalement les gens qui ont réussi communiquent plus que ceux qui galèrent sur les sites, l'image de ces derniers ne s'en trouve-t-elle pas déformée et tronquée ? Si 50 % des utilisateurs qu'on entend sont des anciens utilisateurs heureux (et le font savoir autour d'eux) alors qu'ils ne représentent que 5 % des histoires d'amour, l'image des sites en est forcément survalorisée par rapport à la réalité de leurs résultats. Si l'on ajoute à cela la puissante communication des sites et les études analytiques froides qui n'abordent que très peu les souffrances générées pas ces plateformes, cela pourrait renforcer l'image selon laquelle « c'est possible » et amplifier le sentiment de frustration et de dévaluation chez ceux qui n'y arrivent pas : « Pourquoi avec moi cela ne marche-t-il pas ? »

Money time

Vous pensez être inscrits sur un site de rencontres pour trouver le grand amour ? La bonne blague. En réalité, vous êtes avant tout un client dont la valeur individuelle et la carte bleue, combinées à celles des autres, contribuent à la rentabilité et à la valeur globale d'une entreprise d'intermédiation relationnelle. Chaque célibataire inscrit sur un site de rencontres est un actif précieux et valorisable et le voir

partir heureux et amoureux représente donc pour l'entreprise la pire des choses qui puisse arriver.
La vocation de toute entreprise capitaliste est la rentabilité. C'est elle qui permet de développer ses activités et, en fonction de sa valeur, de lever les fonds nécessaires à son développement, soit par croissance organique (croissance naturelle de son activité), soit par croissance externe (acquisition d'autres entreprises du secteur pour accroître mécaniquement son périmètre de développement).
On pourrait penser que la valeur d'une entreprise de *dating* soit calculée en fonction de sa capacité à délivrer ce pour quoi elle est utilisée par ses clients. Son taux de réussite par exemple. En d'autres termes, dans un monde où la majorité de ses utilisateurs y recherche la prochaine histoire de leur vie, on pourrait penser que plus ses clients la quittent et sont heureux de le faire, plus cela marque la réussite de sa mission, plus elle captera de nouveaux clients et plus elle se valorisera. Or nous l'avons vu, ce n'est clairement pas le cas.
Avec un taux d'insatisfaction de 83 % en Europe par exemple, la croissance des sites et des applications de rencontres est assise non sur la satisfaction de ses membres mais sur l'augmentation tendancielle du nombre de célibataires qui les utilisent (par défaut) à laquelle s'ajoutent ceux de leurs clients qui n'en sortent jamais, faute d'y trouver l'âme sœur. Dans ces conditions les grands sites sont condamnés à d'énormes efforts de marketing, de « fidélisation » de leurs clients, de création des nouvelles marques ou d'absorption des derniers sites à la mode. Une sorte de fuite en avant quel qu'en soit l'effet sur leurs utilisateurs. C'est une situation singulière qui interroge sur la pérennité et l'avenir du secteur et surtout l'adéquation entre ses objectifs et ceux de leurs clients. Elle annonce probablement la poursuite de sa consolidation et l'accélération de la concentration des sites les plus influents entre quelques mains.
Bumble et *Match Group*, les deux géants américains du *dating* sont cotés sur le Nasdaq à New York. Ils possèdent des dizaines de grands sites de rencontres dont *Tinder, Hinge, Bumble, Meetic, Disons Demain, Badoo, Fruitz*, etc. Voilà à qui une grande majorité de français confient l'avenir de leurs relations sentimentales. Peut-on vraiment attendre d'acteurs cotés en Bourse qu'ils placent les aspirations amoureuses

de leurs utilisateurs au cœur de leurs priorités ? Leur attention semble plutôt captée, ces dernières années, par la chute préoccupante de leur valeur en Bourse : alors que le Nasdaq gagnait plus de 130 % entre 2020 et fin 2024, la capitalisation de ces deux groupes a, elle, chuté en moyenne de 75 %. Comment expliquer un tel décrochage ? Cette inquiétude des marchés autour du secteur du *dating* à Wall Street ne s'explique pas par une chute soudaine de l'activité, mais plutôt par la crainte d'un essoufflement de la croissance régulière de leurs profits. Autrement dit, le marché anticipe une possible baisse de rentabilité pour les grandes plateformes de rencontres. Une tendance qui entre en résonance avec une forme de lassitude ressentie par de nombreux utilisateurs. Un chiffre symbolique a d'ailleurs marqué les observateurs ces derniers mois : pour la première fois depuis l'émergence des applis de rencontre, le nombre de téléchargements dans le monde a enregistré un recul.

En janvier 2025, face à une détérioration de ses performances financières, *Bumble* a réorganisé sa direction en rappelant à sa tête sa fondatrice Whitney Wolfe Herd. Parmi ses premières décisions : l'arrêt des activités de l'application française *Fruitz*, pourtant acquise pour 75 millions de dollars seulement trois ans plus tôt. Une décision qui a surpris, *Fruitz* étant jusque-là plébiscitée par de nombreux jeunes utilisateurs pour son approche originale du *dating*. Du côté de *Tinder*, la dynamique est également en repli : le nombre d'utilisateurs payants diminue depuis plusieurs années. La stratégie de diversification du groupe, notamment via l'acquisition de Hinge, ne parvient pas pour l'instant à enrayer cette tendance.

Dans ce contexte, une transformation en profondeur du modèle des plateformes de rencontre semble difficile à envisager, sauf si ces grands acteurs choisissent d'agir pour relancer leur rentabilité. Cela passe souvent par l'introduction de fonctionnalités payantes supplémentaires et par des stratégies visant à retenir et élargir leur base d'utilisateurs. Quitte, parfois, à prolonger l'attente avant que les usagers ne trouvent ce qu'ils étaient venus chercher : une véritable rencontre amoureuse.

CHAPITRE II

Boîte de conserve

Bienvenue au rayon cœur du supermarché numérique, là où l'amour se vend sous vide et les rencontres s'ouvrent à coups de swipe. On y circule entre conserves d'espoir, promotions d'émotions et paniers pleins de déceptions. Ce chapitre se propose d'explorer l'envers du décor : quand le dating devient business, quand le profil devient produit, et quand l'algorithme remplace le hasard.

Prenez un caddie. On part pour une visite guidée. Sans échantillons gratuits, promis.

Une fois le décor planté et pour aller plus loin, il m'est apparu nécessaire de comprendre pourquoi l'offre ne répond majoritairement pas la demande et pourquoi les sites ne fonctionnent pas comme ils le devraient. À force de pratique, d'expériences courtes, de constats empiriques et d'interviews d'utilisateurs, certaines évidences ont commencé à émerger. Elles n'expliquent peut-être pas à elles seules les raisons du désamour envers les sites, mais elles constituent des pistes que l'on ne peut ignorer. Le plus grave, c'est sans doute que certaines de ces problématiques seraient faciles à résoudre, mais les sites ne se sont jamais réellement emparés de la question. L'effet boîte de conserve joue, semble-t-il, à plein. Pourquoi résoudre des problématiques qui vous font rester plus longtemps chez les vendeurs d'amour en ligne ? Je vous propose d'y regarder de plus près. Certaines de ces problématiques relèvent de la mécanique ou des pratiques des sites eux-mêmes. D'autres sont inhérentes à l'usage qu'en font leurs utilisateurs et la manière dont ils s'en approprient.

La tête et les jambes

Voilà une équation très simple que connaissent bien les psychologues et que les sites se gardent soigneusement d'afficher. L'attirance lors d'une première rencontre se fait à 80 % sur des interactions et des émotions physiques et à 20 % sur l'intellect. Nous restons des animaux, certes vaguement intelligents, mais des animaux tout de même. Que l'on appelle cela communication non verbale, alchimie, hormones, flair animal ou magie de la rencontre, nous sommes tous dotés d'instinct d'attirance et de répulsion basés sur une recette secrète et sur des ressorts profonds de notre physiologie et non sur un moteur de recherche, un super profilage ou une IA.

L'effondrement de ma joute de séduction virtuelle avec Marie/Sandrine, relève bien évidemment de cette imparable loi de la nature. Lors de ma première rencontre, le physique a immédiatement pris le pas sur notre complicité intellectuelle et n'a pas enclenché ce que je fantasmais : une profonde attirance. En d'autres termes, toute tentative de créer de la séduction par d'autres moyens que le contact physique direct et immédiat est vouée à un taux d'incertitude de 100 %, que ce soit par internet, par petites annonces, sur un journal, sur M6 ou par tirage au sort. Elle ne peut donc pas être considérée comme un embryon de rencontre.

La photo n'est et ne relèvera jamais de l'interaction physique ! La simple vision d'une photo de l'autre ne remplace en aucun cas le premier contact physique. C'est une image et rien de plus. La photo ne reflète que très partiellement le physique d'une personne. Elle ne montre pas tout, loin de là. Elle déforme et n'est pas prise en 3D, elle ne montre pas les expressions, le mouvement, la parole, le grain de peau, la finesse des traits, le charme, la voix, les tics ou la fossette de la publicité pour l'optique Nikon. Les formes du corps sont souvent cachées ou déformées, etc. Vous avez beau les accumuler sur une galerie, cela ne change rien. Et je ne parle même pas de la tricherie (courante) consistant à mettre en ligne des photos qui datent parfois de Mathusalem, quand elles ne sont pas retouchées. Or c'est sur la base de cette galerie de photos que les sites de rencontres et leurs algorithmes mettent en contact depuis toujours les candidats à l'amour. En d'autres termes, on nous propose d'être séduits et de rencontrer des profils qui ne correspondent pas, dans la majorité des cas, à ce que la personne est vraiment et surtout de ce que son physique va déclencher (ou pas) en nous. On frôle souvent la tromperie. Les photos irréalistes, la photo tombée du ciel ou prise par un photographe professionnel, les photos trop anciennes ou trafiquées sont des pratiques courantes. Le sport national consiste à publier sa « photo du siècle ». Vous savez ? Cette photo où l'on se trouve beau, même quand on déteste se voir en image. Apothéose de notre narcissisme. Peu importe la date de capture de ce cliché, il nous représente, il idéalise l'image que nous nous faisons de nous-même et que nous souhaitons projeter aux autres. Nous ne nous voyons pas vieillir par rapport à cette icône. Elle devient pendant des années, notre porte-drapeau, notre vitrine, notre étendard, sur les réseaux sociaux, ou nos CV, jusqu'à ce qu'une nouvelle la remplace.

La photo ne fait pas partie des facteurs corporels essentiels à la séduction mais de la sphère intellectuelle. Elle est une image fixe de ce que nous étions pendant le centième ou le millième de seconde qu'il a fallu pour la prendre parmi une infinité de postures possibles. Ces photos mises en ligne en guise d'appât ouvrent la porte aux interprétations, aux extrapolations et aux illusions de notre esprit (qu'Aurélie Jean décrit dans ses écrits sous le vocable de cristallisation) qui vont renforcer l'impression de décalage et donc, de déception avec le réel. Certains pensent que le *dating* sans photos, à l'image des petites annonces d'antan, serait plus efficace que le profilage photographique. Et s'ils avaient raison ?

Je n'adhère guère à la vision de Pascal Lardelier[1] qui semble glorifier des vertus fantasmagoriques du *dating*. Les sites de rencontres auraient créé, selon lui, une nouvelle forme d'amour amorcée par le fantasme, née du profil et de la galerie de photos avec lesquels on entre en contact. Je pense que cette vision relève de la confusion entre le fantasme et l'illusion. La définition de l'illusion est pourtant claire « interprétation erronée d'une donnée sensorielle »[2], cela me

1. Pascal Lardelier, *Les Réseaux du cœur*, François Bourrin Éditeur, 2021.
2. https://www.larousse.fr/dictionnaires/francais/illusion/

paraît bien mieux correspondre à l'expérience du *dating* que celle du fantasme. Sur un site de rencontres et lorsque l'on est séduit par une galerie de photos, on ne cherche pas à plonger dans une représentation imaginaire de l'autre mais on est très rapidement confronté au stress de la confirmation. La personne que je vais rencontrer correspond-elle à sa représentation photographique et la projection que je m'en fais ? Là réside l'illusion, si souvent source de désillusion. La galerie photos qui ne reflète que très imparfaitement la réalité physiologique de chacun, fait naître, par nature, une illusion, pas un fantasme. L'histoire de Kirat, retranscrite dans la production Netflix *Sweet Bobby*[3], en est une illustration paroxysmique : neuf années de vie détruites par une manipulatrice qui, par vengeance, a cultivé l'illusion d'un amour distanciel entre sa cousine et Bobby, dont l'identité a été usurpée.
Après des millénaires d'évolution où la communication non verbale dominait la relation humaine, les sites de rencontres ont, en à peine un quart de siècle, inversé cette dynamique en nous faisant entrer par la porte de l'intellect (photos et échanges par messagerie). Chapeau. Encore plus rapide que le réchauffement climatique… mais avec des effets tout aussi destructeurs ? Ce n'est pas la seule révolution manquée de leur part. Songez, par exemple, aux flux d'énergie investis dans une rencontre : ils sont énormes. Il faut réussir à séduire, conclure, satisfaire, consolider, etc. Sur ce point, le *dating* nous a fait basculer de l'ère de « l'après » à celle de « l'avant ». Autrefois, on déployait toute cette énergie après avoir rencontré une personne qui nous faisait craquer. Désormais, on la consacre avant même de savoir si la personne que l'on va rencontrer va nous séduire. Neuf fois sur dix, pour rien. Dans le *dating*, l'énergie de la rencontre n'est pas placée au bon endroit, ni au bon moment. Cela explique en partie le phénomène de la *dating* fatigue, l'épuisement et la désillusion de tant d'utilisateurs.

---

3. *Sweet Bobby* est une série documentaire de Netflix qui raconte l'histoire de Kirat Assi, manipulée pendant neuf ans par une cousine se faisant passer pour un homme, diffusée en 2024.

Mais revenons à nos clichés. Une fois séduits par des images trompeuses et dès qu'un « match » se produit, une phase de découverte et d'échanges purement intellectuels s'installe entre les utilisateurs. C'est ce que j'appelle « le tour de chauffe » avant la grande rencontre. On apprend à se connaître, à discuter par messagerie interposée, à s'informer sur l'autre, à flirter gentiment à distance, etc. Or, dans ce « moment » et dans la majorité des cas, les échanges se passent bien et les interactions sont faciles à développer. Deux personnes de niveau intellectuel assez proche n'auront guère de mal à nouer des interactions intellectuelles fluides et intéressantes, voire rapidement complices. Je n'ai que rarement été en situation d'échanges épisto-numériques décevants. C'est d'ailleurs sur cette idée que les méthodes que j'appelle de « profilage » reposent ; faire rencontrer des gens qui, sur le papier, ont tant de points communs, de goûts partagés, de centres d'intérêt ou de mode de vie similaires qu'il n'y a aucune raison qu'ils ne puissent pas engendrer des échanges agréables. Il relève de la supercherie que de faire croire que cela suffit. Nous y reviendrons.

La question à laquelle nous sommes incapables de répondre et qui pourtant conditionne le risque et le niveau de frustration potentielle lors du premier rendez-vous, est celle de la durée moyenne du tour de chauffe. Aucune étude, aucune enquête ne l'étaye, si ce n'est les statistiques parcellaires de certains sites. Cette phase préliminaire à la rencontre dure-t-elle en moyenne quelques jours ou quelques semaines ? Chacun le sait individuellement, personne ne le sait collectivement. Si bien des usagers, notamment les hommes, aspirent à le réduire au maximum et rencontrer le plus vite possible pour réduire le risque de déception, cela ne fait pas un indicateur fiable. Bien des témoignages montrent, tout au contraire, qu'il s'étend bien souvent sur plusieurs semaines. Les jeunes notamment contribueraient de plus en plus à l'allongement de cette période tampon. Par ailleurs, le ras-le-bol émergeant envers les sites de rencontres et les effets délétères auxquels ils exposent, notamment et cette fois pour les femmes, poussent un grand nombre d'entre elles à prendre leur temps, à vouloir longuement jauger les personnes face à elles. Lorsque les sondés de notre enquête comparent majoritairement le *dating* au film *le jour le plus le long*, cela semble corroborer l'idée de tours de chauffe assez longs, causalité d'une énorme perte de temps ressentie dès lors que 85 % des dates n'aboutissent sur rien.

Si l'on raisonne en termes de probabilités, la règle des 80/20 revient à dire que lorsqu'un date s'organise la possibilité d'être séduit par la personne comme on a pu l'être par les photos est de 1 contre 5 au maximum. En d'autres termes, les sites de rencontres nous proposent de payer pour une cote de réussite maximum de un contre cinq de votre *date*. Vous misez 100 % d'espoir sur des éléments qui ne représente que 20 % de chance de réussite potentielle de la rencontre. Et encore, avec un très faible espoir d'accéder à une histoire longue. Pour savoir si vous ne perdez pas votre temps sur un site, la seule statistique qui compte serait plutôt celle-ci : le nombre de relations longues rapportées au nombre de membres et au nombre de dates généré par le site. Manque de bol, c'est une statistique que vous ne trouverez jamais...

Vous avez donc une chance sur cinq que votre date puisse être un possible ticket, soit un succès ce qui correspond peu ou prou aux enquêtes qui révèlent que 85 % des dates ne donnent pas lieu à une histoire. Mais si l'on raisonne en statistiques et en probabilités l'on pourrait aussi dire qu'une chance sur cinq n'est pas si nul que cela. Il me suffirait d'honorer cinq apéros sur les cinq soirs de la semaine pour enclencher un couple et recommencer la semaine suivante si cela n'a pas fonctionné. Mais en termes de charge émotionnelle, de taux de déception et de frustration, 85 % d'échec, 4 déceptions sur 5 ou 6 rencontres, c'est terrible à vivre. Il donne au mieux l'impression d'une énorme perte de temps et comme l'affirment 70 % des personnes interrogées dans notre enquête, au pire, une grande fatigue voire des symptômes dépressifs. Pire, les chiffres ne sont que des moyennes et ne prennent pas en compte l'immense disparité de profils en ligne dont un grand nombre n'y arrive jamais. Thibault, lors d'un *dating* Anonymes, insiste sur ce point en nous rappelant que les sites de rencontres sont un paradis pour les mâles alfa, un grand vide pour les autres. 15 % de hommes y accapareraient en effet 85 % des dates. En d'autres termes, il est sur ces applis une kyrielle d'hommes qui n'accèdent pas à la moindre rencontres.

Ainsi, en vous faisant entrer dans la relation par la porte des 20 %, les sites vous entraînent dans une mécanique qui est à l'opposé totale du fonctionnement d'une rencontre naturelle et de ce que vous y recherchez, à savoir, vivre une rencontre dont le taux de séduction approcherait les 100 %. Vous n'êtes pas convaincus ? Je vous en propose une preuve par l'image…

Divorcés au premier regard

Un jour de juin 2023, alors que je parle de mon projet de livre à un ami et de la question de l'efficacité du profilage vendu par les sites de rencontres, il me suggère de regarder l'émission *Mariés au premier regard*. Il m'explique que l'émission « arrange » ses mariages sur la base d'une technique scientifique de profilage de candidat extrêmement profonde et pertinente. Je ne connais guère l'émission, à part la dizaine de minutes que j'ai dû lui consacrer, goguenard, dans toute ma vie. La rencontre parfaite sans la moindre rencontre ni le moindre contact en amont, grâce à la science. Cela paraît trop beau et trop parfait pour être vrai.

Je plonge néanmoins, regarde quelques épisodes de la saison 7 et ça commence fort. Leur slogan me saute aux yeux : « La science va leur permettre de se rencontrer. Le reste ne dépend que d'eux ». En bon français, nous allons, grâce à la science[4], trouver votre âme sœur et si ça ne marche pas, ce sera de votre seule faute. En termes plus crus, nous avons tout à gagner de notre belle intelligence et vous tout à perdre si vous êtes des gros nuls. Comme si ces pauvres candidats célibataires devaient, en plus de l'éventuel échec de leur attirance mutuelle, en porter toute la responsabilité.

Bien que ce soit la première fois que j'entends dire que la science est capable de provoquer l'amour (il faudrait que je relise tout

---

4. Permettez-moi de vous rappeler la définition du mot *science* par *Le Petit Robert* : une science (les sciences) est l'ensemble de connaissances, de travaux d'une valeur universelle, ayant pour objet l'étude de faits et de relations vérifiables, selon des méthodes déterminées (comme l'observation, l'expérience, ou les hypothèses et la déduction).

mon stock de Sciences et Vie ou d'Epsilon), ma sensibilité opère à plein. Le montage est bien ficelé, la musique et les commentaires cadencent le fondu enchaîné des scènes. Les larmes me montent aux yeux (comme sans doute à des milliers de Français) en découvrant l'émotion de Léa et Emmanuel ou Annabel et Fabrice, les « heureux » candidats à qui l'on annonce la bonne nouvelle de leur futur mariage arrangé. Je suis ému (et inquiet) par la réaction de leurs (parfois vieux) parents touchés en plein cœur. Ils n'ont pas choisi, eux, le choc qu'on leur inflige et n'en reviennent pas de ce qu'on est en train de leur annoncer. Tous acceptent l'impensable avec tendresse et amour pour leur enfant. J'ai pitié pour les candidats eux-mêmes, qui n'ont d'autre argument à exposer à leurs parents qu'un soi-disant taux de compatibilité (c'est donc ça, la science ?). Mais comme beaucoup, hypersensible que je suis, je craque quand les malheureux élus se découvrent se disent oui entre deux spots de pub.

Car, comme pour un tireur de penalty dont on peut parfois ressentir l'échec, à son expression, avant même qu'il ne procède à son tir, on décèle ici très vite ceux qui, au premier regard, ne feront pas long feu et sont condamnés à divorcer à peine mariés. Tout simplement parce qu'au-delà de la pseudo « science », la rencontre est et restera toujours une histoire de premier feeling, de magie, d'alchimie inexplicable et de 80 % de communication non verbale. Fort heureusement, bien loin de toute rationalité scientifique. Balancer aux candidats que ce sera de leur faute si cela ne marche pas est répugnant. Est-ce leur faute s'il n'est pas de réelle alchimie ? Et comme le ridicule ne tue pas, l'on entendra même Estelle Dossin, « l'experte » de l'émission, histoire d'en remettre une couche, expliquer à certains candidats que « *L'alchimie, ça se construit* ». Bah non, justement pas !

Je crois n'avoir rencontré personne, pendant l'écriture de cet ouvrage, qui ne connaisse cette émission de M6. Sept saisons, 25000 candidats, 30 mariages arrangés, 2 millions de téléspectateurs. Aucun doute, le concept a mis le doigt sur un phénomène sociétal : le sort, l'espérance, les fantasmes et la détresse de nos 18 millions de célibataires. Un peu comme les sites de rencontres, mais en mieux.

Au-delà des émotions, le concept m'interpelle et me renvoie à mon étude. Après tout, si leur pseudoscience basée sur un hyperprofilage fonctionne si bien, cela pourrait légitimer l'approche des sites de rencontres dans leur logique d'algorithmie et de matching de profils détaillés. Ne me resterait plus qu'à ranger ma plume. À l'inverse, si cette « science de la rencontre » est foireuse, cela montrerait peut-être que la mécanique de bien des sites, basée sur le profilage (qui n'a rien de scientifique), n'est que poudre aux yeux. Je plonge dans les statistiques avec avidité : l'émission génère-t-elle un joli taux de succès ? Je joue gros sur ce coup-là. Mon premier réflexe est d'aller me promener sur le site de l'émission, je n'y trouve aucun chiffre. J'essaye de ne pas écouter ce que mon esprit taquin me susurre : s'ils n'affichent pas le score, c'est qu'il n'est peut-être pas si beau que cela. Il me faut en avoir le cœur net et découvre vite que je ne suis pas le seul à me poser la question. *Le Figaro*, *Le Parisien*, etc. Les grands médias se sont emparés du sujet avec gourmandise et se sont attelés à l'exercice pour moi. Les résultats me semblent terribles au regard du marketing déployé, de leur soi-disant science de la rencontre et des espérances nées de l'émission : à la veille de la saison 6 et sur 29 mariages arrangés, seuls 4 sont toujours en vie. Le choc est violent, tout ça pour ça ? La bonne blague, punaise... Quel aurait été le taux de divorce, s'il avait existé, à l'époque des mariages arrangés entre grandes familles ? Vive le divorce !

Je suis d'abord surpris par les arguments exposés par l'émission aux candidats au grand amour. « Vous allez vivre une expérience dans le cadre de laquelle le taux de réussite est de 15 %, connaissez-vous les taux de réussite des sites de rencontres ? 5 %. Le taux de réussite dans votre entourage ? Encore plus faible ». Cette comparaison me paraît simpliste, voire trompeuse. En effet, si le chiffre de 5 % d'histoires longues générées (en moyenne) par les sites de rencontre est réel, l'on compare des choses qui ne sont pas comparables. Comme le montre très finement Fabrice DiMino[5], les statistiques de durabilité des couples sur les sites de rencontres ne sont pas homogènes et il existe un taux de succès bien meilleur pour ceux que les sites de rencontre appellent les « super profils ». Pour une grande masse d'autres célibataires, le taux de réussite est bien plus faible, voire nul.

5. Fabrice DiMino, *L'Algorithme de Cupidon*, autoédition Amazon.

On parle bien de moyenne. Or, la sélection opérée par les équipes de l'émission, ne relève pas de la masse des candidats célibataires et prêts à jouer mais de l'univers des super profils. Le panel sélectionné n'est en aucun cas représentatif de la population moyenne fréquentant les sites de rencontres et c'est là une différence à mes yeux essentielle qui ne permet pas de faire de telles comparaisons de chiffres moyens.
Pour pouvoir mesurer l'efficacité relative de l'émission, il faudrait la comparer avec le taux de réussite à long terme des « super profils » des sites de rencontres, car c'est très différent. Par ailleurs, le taux de 15 % annoncé aux candidats en début de saison 7 ne semble pas correspondre à la réalité. Si l'on en croit les enquêtes menées par les médias sur les histoires à succès. En juin 2023, il n'en restait, semble-t-il, que 3, soit 8 % des mariages. Cela relativise la valeur ajoutée de la « science des rencontres ». On a envie de dire : tout ça pour ça ?
Cette émission est l'une des plus mal baptisées du PAF et que je n'ai pas trop d'état d'âme à rebaptiser « *Divorcés au premier regard* ». Elle est une pure aberration et surtout, le condensé parfait de tout ce qui ne fonctionne pas sur les sites de rencontres. Pourquoi ? En amont de la rencontre maritale organisée, des mois de profilage, de tests, de consultations avec Estelle la psychologue et Gilbert le sexologue de la Saison 7, de travaux de recherche du partenaire parfait. Le tout sous couvert de cette soi-disant science de la rencontre. Une fois le couple modèle imaginé, une profonde étude de « compatibilité » des candidats est réalisée afin de tenter le match parfait et le mariage idéal. Le tout sans la moindre rencontre préalable. Cela ressemble aux dates permis par les sites de rencontre grâce au profilage, sauf que, dans le cadre de l'émission, pas d'autre échappatoire possible que le plongeon dans un mariage arrangé pour la TV et la jouissance de 2 millions de téléspectateurs accros du concept. Ils ont signé pour ça, ça fait partie du jeu, certes... Je regarde Jessica à qui l'on vient d'annoncer qu'un marié, Pascal, lui a été trouvé avec un taux de comptabilité de 77 % alors qu'il saute aux yeux en les voyant que ça ne marchera pas. Nous y reviendrons. Mais il faut ici le redire haut et fort, le profilage (et donc le taux de compatibilité) est une

illusion. La majorité des couples arrangés par l'émission présentent des taux de compatibilité supérieurs à 70 % et 92 % d'entre eux vont divorcer, cherchez l'erreur.

Au final, *Divorcé au premier regard* me conforte dans ma démarche (ouf !). Il réunit à lui seul un condensé de tous les problèmes relevés sur les sites de rencontres : même statistiques, même inefficacité, etc. C'est un révélateur incroyable. Regarder l'émission et gratter un peu du côté de ses résultats, c'est comprendre par l'image et le son les raisons pour lesquelles les sites de rencontres ne fonctionnent pas comme ils le devraient : une multitude de candidats, une mécanique de profilage très poussée et la mise en œuvre d'une méthodologie algorithmique de matching, pour une rencontre qui se solde par un taux d'échec phénoménal et à l'opposé total de la volonté de 100 % de ses élus, qui espèrent y gagner l'histoire du reste de leur vie. Regarder l'émission, c'est découvrir ce qui vous attend, mariage arrangé mis à part, sur un site de rencontres. Du matching théorique préalable à toute intervention du juge de paix : celui de l'attraction physiologique. Toute mécanique raisonnant de la sorte, et notamment les sites de profilage ou les nouveaux sites qui veulent se lancer dans le coaching matrimonial, seront confrontés aux mêmes résultats catastrophiques.

J'imagine la détresse de ceux et celles qui ont accepté de se « faire marier » en direct tout en sachant parfaitement au fond d'eux, et faute de réelle alchimie, que l'histoire ne pourra pas aller bien loin. Combien de candidats auront dit oui, du fait de la pression de l'émission et de ses 2 millions de fans, tout en pensant déjà non ? Combien d'histoires nées des sites de rencontres dont les protagonistes savent, lorsqu'ils s'y investissent, qu'elle n'ira pas bien loin ? Combien de fois n'ai-je pas entendu des amis qui sont sur ces sites, me dire : « *Oui, bon, je pense que ça n'ira pas bien loin* » ? J'ai moi-même été dans cette situation. C'est ce que j'appelle « l'injonction à y aller » ou « le couple par défaut ». Qu'il s'agisse de pression sociale ou d'auto-persuasion par défaut ou par désespoir, l'intermédiation relationnelle pousse bien des célibataires à accepter ce qu'ils refuseraient dans un autre contexte de rencontre. L'étude *Ipsos* pour le site *Badoo* ne dit pas autre chose lorsqu'elle dévoile que 37 % des célibataires en souffrance ont pris des décisions contraires à leurs valeurs pour en sortir[6].

Divorcés au premier regard est un scandale au même titre que les sites de rencontres peuvent l'être d'une certaine manière. Ils entraînent les célibataires dans l'espoir d'une réussite qu'ils sont tout aussi incapables de concrétiser que les applications de rencontres. En dépit des énormes efforts déployés pour rassurer, notamment avec la mise à disposition d'avocats, de psychologues et de coachs pour les futurs divorcés, comment une telle émission peut-elle perdurer pendant sept ans avec un taux d'échec aussi élevé, alors que 92 % des candidats élus devront endurer les souffrances d'une séparation et d'un divorce, sous le regard amusé de deux millions de voyeurs ? On taquine les sommets du cynisme. De même, comment les sites de rencontres peuvent-ils continuer à perpétuer leur inefficacité sans réformer leurs modèles depuis tant d'années, sinon pour servir un seul objectif : l'audimat et les revenus publicitaires pour le premier et les revenus des abonnements et l'EBITDA pour les autres ?

Mais tout cela n'est pas si grave, car TF1 a compris les limites de M6 et nous propose, en cet été 2023, un nouveau manège au service des célibataires. L'émission *L'amour en live*. On s'attaque cette fois non pas au dysfonctionnement du profilage mais au taux d'échec du *dating*. Puisque le *dating* est globalement déceptif, on va vous en coller trois couches, à l'aveugle, dans le noir, face à face, avec à chaque étape l'élimination des hommes qui ne tiennent pas la route, au regard du carrousel des femmes sélectionnées. Pour parodier le film *Highlander* « à la fin, il n'en restera qu'un ». On a hâte d'analyser les résultats et la durabilité des relations nées de ce triste spectacle. Il nous permettra de voir si le choix d'un homme par défaut (leur seul homme rescapé de ce *Squid Game* du *dating*) est aussi fort que le choix d'un partenaire par nature, qui a généré un vrai coup de cœur lors d'une rencontre imprévue. Il est plus que permis d'en douter. Si besoin en était, *Mariés au premier regard* nous a démontré l'inefficacité du profilage. *L'Amour en live* va nous montrer l'inutilité du *dating* à la mitraillette, qu'ils en soient remerciés. Bonne nouvelle

6. Étude Ipsos pour Badoo, *Être célibataire en 2022*, février 2022.

du côté de TF1 : pas de mariage arrangé à la sortie. Comme Bénabar le dit si bien : *On ne choisit pas d'aimer, ce serait trop facile...*

Du trois numéros au jackpot ?

Parole de *Française des jeux*, lorsque vous allez à un date, votre probabilité d'enclencher une relation est quasiment la même que votre espoir de gain au Loto, 15 % contre 16,7 %, gains des trois numéros compris. Néanmoins, le fait que 15 % des dates donnent lieu à une histoire n'explique pas pourquoi les quatre cinquièmes des histoires ainsi générées ne finiront pas par le gros lot. La réelle probabilité de départ, pour ceux qui y cherchent l'âme sœur, étant de 1 contre 20. Voilà la promesse réaliste et l'état de l'art que les sites de rencontres devraient afficher à leurs utilisateurs. Aucun ne le fait !
Mais si vous le voulez bien, revenons à nos dates plus ou moins réussies. Tentons d'en comprendre les ressorts et de tirer le fil de ce qui se passe lors de ces premières rencontres, avec un brin de bon sens. Une rencontre, ce sont quatre possibilités. Balayons-les en commençant par les deux extrêmes, les plus simples, que je nommerais « le flop réciproque » ou « le coup de cœur partagé ». Que se passe-t-il alors ?

1. L'attraction ne fonctionne pas du tout, de part et d'autre. « La décristallisation immédiate » comme dit Aurélie Jean. La situation de « flop réciproque » est source de frustrations et de déceptions réciproques. Chacun retourne à ses occupations, à sa solitude et sa quête sur internet, la mort dans l'âme. Mais nous l'avons vu, ce cas est fréquent, il fait partie des 85 % de dates ne donnant pas naissance à une histoire.
   Cet équilibre dans la « non-rencontre » peut sembler anecdotique mais il est porteur de souffrance pour celui ou celle qui s'était émotionnellement projeté. On peut ici se poser la question de l'impact potentiel de cette « chance ratée » ? Une simple perte de temps ? L'impression de ne pas savoir choisir ou séduire ? De reproduire sans cesse une situation d'échec ? Quel impact sur la confiance en soi ?

Dans ce cas, faut-il persévérer avec l'idée que l'amour finira bien par se manifester ? Louisa Amara, la créatrice du podcast *Single Jungle*, dédié aux célibataires, s'insurge contre l'idée qu'il ne faut jamais désespérer et que l'amour peut finir par vous tomber dessus sans prévenir, que ce soit par le *dating* ou sans rien faire : « Dire cela est extrêmement violent pour ceux qui se trouvent dans la situation, tout aussi probable, de ne jamais trouver l'amour ». Je m'incline.

2. Par bonheur, la rencontre se solde par un « coup de cœur réciproque », une alchimie indescriptible ou une concordance réciproque, qui va faire naître une histoire longue et belle. Hypothèse qui, si l'on en croit les sondages, relève donc de 5 % à 7 % des cas. Pour ceux à qui cela arrive, mesurez bien la chance qui est la vôtre.
   L'hypothèse, rare, peut sembler justifier à elle seule la souffrance et les frustrations vécues lors des mauvaises expériences antérieures, certes. Le jeu en vaut peut-être la chandelle. Au passage, telle une ardoise magique, elle efface par ailleurs toutes les galères du passé. Le bonheur des heureux élus.

La situation se complexifie dans les deux autres cas de figure possibles, notamment lorsque l'on entre dans une relation asymétrique et déséquilibrée ou lorsque le date se passe bien, mais sans plus :

3. La rencontre se solde par un échange déséquilibré que j'appellerais le « coup de cœur unilatéral » : dans un sens comme dans l'autre, j'ai vécu à plusieurs reprises cette situation, notamment avec Marie du Chesnay. Elle n'est pas franchement drôle. L'un, séduit, veut poursuivre. Manque de bol, l'autre pas. La situation est ici plus complexe en ce qu'elle génère, pour l'un au moins des protagonistes, un double effet de déception et de frustration : la déception du date raté et la frustration de n'avoir pu mener plus loin une histoire dont il aurait aimé voir se matérialiser. La déception est d'autant plus vive que la probabilité d'être à nouveau séduit par un autre utilisateur est assez faible. Elle va

donc engendrer dans l'esprit de celui qui la subit la peur de replonger dans une longue quête infructueuse faite d'illusions et de faux espoirs. Pour celui qui ne ressent rien, elle ressemble à une sorte de mini-rupture avant l'heure, guère plus réjouissante pour celui qui respecte l'autre. « Quitter » l'autre après un joli tour de chauffe n'est guère moins violent. Cette situation est parfois source de pression de l'un sur l'autre, notamment de celui qui souhaite, dans sa grande générosité, rester dans l'histoire et tenter de l'imposer de force à l'autre ; c'est fréquent. La narration de Nathalie n'a rien d'exceptionnelle...

Afin d'illustrer nos propos, nous vous proposons, dans les pages qui suivent, quelques histoires vraies issues de notre enquête virale.

Incrustation. Vous êtes prêt ? Je m'appelle Nathalie et je venais d'arriver en montagne. Je matche avec un gars, nous discutons, et il propose de venir me chercher pour qu'on aille dîner. Premier échec – les limites kilométriques de Tinder sont calculées à vol d'oiseau... en montagne, quand il faut redescendre puis remonter la vallée, c'est plus trop à côté... Bref. Il vient me chercher, pour remonter dans une autre vallée. Il n'avait pas réservé de restau, c'était l'intersaison. Premier restau... fermé. Deuxième restau... plein. Le troisième nous a acceptés seulement si on mangeait dehors et une fondu. Bon. Il a bu tout le long du dîner et je ne pensais qu'à rentrer chez moi. Il n'y avait pas de feeling entre nous.

Après un bar (j'avais dit non mais il a insisté et sans autre véhicule, difficile de me barrer de là !), où il a continué à boire, on a repris la route pour rentrer chez moi. J'ai proposé de conduire vu son taux d'alcool... refus. "Ça passe". Je me sentais de plus en plus conne d'avoir accepté qu'il vienne me chercher. J'étais encore jeune et je pensais que c'était gentleman de sa part... Naïve que j'étais.

Nous sommes arrivés à la maison et il a éteint le moteur. Je suis sortie en disant "merci, bonne route" et il m'a répondu qu'il avait trop bu et qu'il comptait dormir là... euh... Je l'ai regardé bizarrement sans l'inviter chez moi. Il m'a alors dit qu'il avait sa couette et qu'il pouvait dormir dans sa voiture. Je me suis sentie très gênée, les températures négatives dehors. Je ne voulais pas me réveiller et le trouver mort de froid dans sa voiture ! Je lui ai donc proposé mon canapé-lit. Il est rentré, a essayé de m'embrasser, etc. Je lui ai fait comprendre qu'il passerait bien la nuit tout seul sur le canapé. Je suis allée à la salle de bains me changer et il est allé chercher sa brosse à dent… Comme quoi il avait bien prévu son coup. Je me suis habillée le plus horriblement possible pour la nuit et je suis montée me coucher. Je n'ai pas fermé l'œil tellement j'étais stressée de l'avoir dans l'appartement.

Je m'en suis vraiment voulu d'avoir pris de mauvaises décisions. Mais je ne pensais pas qu'il était possible de me forcer la main comme ça. Après tout, il avait l'air gentil. Tellement gentil qu'il n'a rien compris et m'a écrit des cœurs toute la nuit, comme quoi il avait passé un super moment. « Réveillée » à 5 h 30, je l'ai viré pour « aller bosser » puis je suis allée me rendormir. Heureusement j'ai trouvé un vrai gentleman grâce à *La Femme de Ton Chef* et les sites de rencontres ne sont plus qu'un vieux cauchemar !

4. Mais que se passe-t-il lorsque date ne se passe pas trop mal sans qu'il n'ait pour autant réellement généré un gros coup de cœur réciproque ? Elle est peut-être l'explication des 85 % de utilisateurs qui estiment que les sites ne donnent accès qu'à des histoires courtes.
   J'appellerais cette hypothèse, très fréquente, « la relation hybride » ou « l'entente cordiale », celle d'un repas ou d'un verre sympa mais sans coup de foudre. Le cas d'une bonne soirée où l'on discute toute la soirée, où tout se passe bien alors qu'il n'y a pas fondamentalement de coup de foudre ou d'attirance très forte. Ce genre de soirée se finissant bien souvent, soit par un plongeon direct et pour le fun dans l'intimité soit, plus souvent, par l'idée qu'une seconde soirée pourrait s'organiser. La seconde rencontre se passe bien elle aussi, jusqu'à ce que le duo se retrouve à l'heure du choix : c'est sympa, alors on y va ou pas ? Et puisqu'on est là pour ça, alors oui, allons-y.
   J'ai vécu trois ou quatre fois cette situation hybride, entre deux eaux, à entamer une histoire, sans être totalement sûr de moi,

> simplement parce que les premières rencontres sont sympas et que j'avais juste envie d'être avec quelqu'un. Je pense profondément que les bases de telles entames ne sont pas assez solides. Elles ne se construisent pas sur une séduction profonde mais plutôt sur une relation qui mérite qu'on essaye « pour voir ». Après tout, on est là pour ça non ? J'ajouterais que la pression née des précédentes rencontres ratées et frustrantes peut peser sur les épaules des deux candidats et peut faire basculer, je pense, une hésitation vers un début de relation. L'injonction à y aller. Mon amie Fanny, seule depuis des mois, vient de m'envoyer un SMS « *Mais qu'est-ce que j'aimerais rencontrer quelqu'un.* » Que ferait-elle dans un cas pareil ?
>
> Ce type de relations « par défaut » est fragile. L'attraction insuffisante ne permet pas la naissance d'un amour profond et cette histoire voulue « faute de mieux » explose assez vite dès que le jeune couple se trouve confronté aux premiers heurts de la vie quotidienne. Christine Barois abonde dans ce sens « ces relations sont trop fragiles » et comme l'évoque Jean-Claude Kauffmann dans son livre *Agacements, les petites guerres du couple*, elles mettent en danger le couple pour un rien, une dispute pour une brosse à dents ou une paire de ciseaux perdue dans la maison. Elle explique en partie le grand nombre d'histoires courtes nées des sites de rencontres. L'entrée en relation sur les sites de rencontres, par défaut, se poursuit bien souvent par des histoires par défaut. Elle est révélatrice d'une inversion de la philosophie de la rencontre : rencontrer pour entrer en relation, plutôt qu'entrer en relation parce que l'on a rencontré. Voilà peut-être tout le drame du *dating*.

J'échange avec Alex Lorieux. Son épouse et lui sont très engagés dans la religion catholique et leurs conférences sur l'amour et le couple, au-delà de leurs rencontres avec le Pape, circulent dans la communauté. Son constat est identique : l'immense majorité des gens cherchent l'âme sœur mais les relations nouées postdivorce sont souvent fragiles et de courte durée. Il apporte un élément de réponse complémentaire à notre regard. Le divorce ou la rupture

d'une première relation est un choc énorme ; c'est la rupture avec le contrat que chacun passe avec lui-même à un moment de sa vie : créer un couple, voire une famille éternelle, posés comme le graal d'une vie. Le jour où ce couple explose par séparation ou divorce, le choc est tel que les gens ne veulent plus revivre une telle souffrance et poursuivent leur vie de couple en pointillé, prêts à rompre au premier accroc pour ne plus souffrir de la sorte. La violence de la « grande rupture » pourrait également expliquer la fragilité des rencontres ensuite nouées par le *dating*.
Une autre explication réside dans le fait que de nombreuses relations hybrides, ou par défaut, naissent également du désir de prendre un peu de plaisir, de s'autoriser une relation légère, basée sur une ou quelques soirées agréables, sans autre engagement ni attente que celle de vivre un moment de plaisir. Ces cas fréquents ne sont pas propices à la construction de relations stables et durables. La sexualisation des relations, la dissociation de plus en plus fréquente entre le corps et l'esprit voire du consumérisme de la relation, nous y reviendrons, semble profondément impacter la relation à l'autre et la notion d'amour.

Histoires vraies

Match Nul. La fille m'invite chez elle pour voir France-Danemark de la Coupe du Monde 2018. Elle ne ressemble pas aux photos de son profil et n'est pas à mon goût mais bon… j'y suis, autant passer un bon moment devant le match et une petite bière. On fait connaissance devant ce match soporifique ! Tellement inintéressant qu'on bascule dans une relation sexuelle en le regardant… *sans suite et agrégé dans les 25 % de réussite des sites…*

J'entends ceux qui me diront qu'une relation se construit sur la durée, que ce n'est pas parce qu'il n'y a pas de coup de foudre au départ, que cela ne peut pas donner lieu à une histoire longue, que mon raisonnement est trop simpliste, etc. Je le reçois et c'est peut-être juste. Je fais cependant partie des gens qui pensent qu'une relation ne peut être solide que si, dès son départ, elle est assise sur une séduction et attirance réciproques très fortes ainsi qu'une profonde admiration de l'autre.

Vous l'aurez compris, ces situations sont sources d'énormes frustrations pour l'un des protagonistes ou les deux. En soi, rien d'insurmontable et la déception est en général assez vite digérée. C'est la répétition de ces situations, très fréquentes, qui va créer une forme de fatigue et d'usure. L'impression que le même schéma se reproduit sans cesse. L'impression d'être embarqué dans une mécanique consommatrice de temps et d'énergie et qui vous réduit au statut de pion emprisonné dans une sordide logique de probabilité. C'est la répétition du retour à la case départ, après chaque date raté ou suite à une histoire trop courte. C'est la répétition de devoir sans cesse « prospecter » à nouveau qui devient épuisante et dégradante. On peine à imaginer qu'elle n'ait pas de conséquences sur la confiance en soi de ceux ou celles qui la vivent en boucle, lorsqu'elle ne mène pas tout simplement au *dating* burnout.

Je me souviens d'une rencontre avec Delphine. J'avais repéré son joli profil depuis deux ou trois ans. Ses photos et son profil me plaisaient, jusqu'au jour où elle accepta mon contact. Nous avons rapidement pris un verre ensemble du côté de Bastille, mais rien ne se passa de mon côté. Elle remplissait toutes les cases de la tromperie : les photos, la marchandise, l'âge, etc. Au fil de la conversation, et lorsqu'elle perçut ma distance, une grande fatigue se manifesta chez elle, au bord des larmes, celles de ne jamais trouver, de traîner là depuis des années pour rien. Elle me raconta deux histoires très courtes qu'elle avait vécues, toutes deux destructrices de confiance en elle, avec des hommes infâmes et méchants. Je lui recommandai de se désinscrire et de chercher d'autres moyens de rencontre, voire de faire une pause dans ses tentatives. Elle n'avait plus aucun recul face à sa situation et à son désespoir flagrant. Si Judith Duportail parle de « *dating* fatigue »[7], Delphine ressemblait à une zombie du *dating*. C'est aussi cela, les sites de rencontres pour certains : y traîner pendant des années, l'âme en peine, en quête désespérée d'un

7. Judith Duportail, *L'Amour sous algorithme*, éditions Goutte d'Or, 2020 ; Id., *Dating Fatigue*, Éditions de l'Observatoire, 2021.

miracle qui n'arrive jamais, accumulant tristesse et déceptions. Une sorte de spirale infernale : moins vous séduisez, plus vous perdez confiance en vous, plus vous trichez pour attirer, moins vous êtes « bancable » et plus vous risquez d'accepter des relations dangereuses, toxiques ou éphémères... Quelle proportion d'utilisateurs est dans cette situation de détresse ? Je l'ignore et il n'existe aucun chiffre à ce sujet, mais il m'est arrivé plusieurs fois de ressentir ce mal-être, dont les origines vont au-delà de la seule situation de célibat subi et relèvent d'un véritable chemin de croix vécu sur les sites eux-mêmes. Reproduire indéfiniment l'expérience du triptyque déceptif est épuisant : projection ou fantasme sur une belle galerie de photos, jolis échanges, et effondrement de l'espoir lors du date. Le cumul de la souffrance sur la souffrance.

L'œuf et la poule

En parlant d'histoires courtes, je lis souvent des articles ou des interviews selon lesquels les jeunes et de nombreux célibataires ne chercheraient plus l'amour d'une vie, et feraient évoluer leurs pratiques dans le sens du polyamour ou du zapping relationnel. Ils se sentiraient plus libres, moins engagés, prendraient tout leur temps, prêts à enchaîner ou empiler les histoires. Le fast-food *dating* ou l'amour Kleenex, promu au rang d'art de vivre. L'idée selon laquelle la relation serait de plus en plus jetable : on trouve quelqu'un, on prend dans la relation ce qu'il y a de bon à prendre, et on la jette pour en retrouver une autre sur internet, tout en restant, le cas échéant, bons amis.

Je pense que ce n'est souvent pas le cas et que ces analyses confondent en partie les pratiques et l'objectif, la fin et les effets des moyens. Les sites de rencontres en sont peut-être l'une des causes. Si, comme je l'affirme dans ces lignes, les sites de rencontres donnent majoritairement lieu à des histoires courtes, ils imposent, par la force des choses ou par défaut, une modification des pratiques et des modes de vie des célibataires qui y recourent. Est-ce à dire pour autant que les célibataires veulent cela ? Sûrement pas. Je ne connais aucun jeune (ou moins jeune) qui jette au bout de six mois la personne qu'il aime sous prétexte qu'il aurait adopté un nouveau mode de vie relationnel. C'est un peu l'histoire de la poule et de l'œuf : qui, de leur pratique ou de leur volonté, est à l'origine de l'évolution de leurs mœurs ? En d'autres termes, sont-ce les célibataires qui, par l'évolution de leurs pratiques, font le bonheur des sites de rencontres, ou sont-ce les sites de rencontres qui, par leur inefficacité chronique à générer des histoires longues, font le malheur et, concomitamment, l'évolution de leurs pratiques fragmentées ? Les deux, sans doute. Si ce ressenti est fondé, même partiellement, cela voudrait dire que, au cours de ces vingt dernières années, les sites ont contribué au changement de comportement des jeunes, voire des célibataires en général, contre leur volonté profonde. Cela expliquerait en partie l'immense taux de rejet des Européens envers le *dating*. Les études du *Point* ou de *France Inter* en 2023 montrent, par exemple, que les jeunes se détournent des sites, ce qui peut être un premier indice. Le signe qu'ils ne sont pas forcément et intrinsèquement en quête d'une vie affective en pointillé.

Des auteurs tels que Pascal Lardellier ou Marie Bergström, dans une démarche descriptive, consacrent des pages à l'évolution des mœurs et nous expliquent entre les lignes que les sites seraient le reflet de cette mutation. L'émancipation des femmes, l'entrée tardive dans la conjugalité, l'envolée du taux de divorces, ont clairement fait évoluer les pratiques relationnelles au profit de plus d'instabilité, d'individualisme. Si cela est un fait incontestable, je n'adhère pas totalement à l'idée selon laquelle les pratiques du *dating* ne seraient que le reflet de cette nouvelle société, de ces nouveaux modes de vie. Je pense plutôt qu'ils contribuent à les accentuer, à les aggraver, ce qui est différent. C'est un peu le serpent qui se mord la queue : dans une société déjà marquée par l'émiettement des relations, on offre aux célibataires qui veulent « se caser » un outil qui, par nature, contribue et amplifie ce morcellement et cette instabilité. Rappelons tout de même qu'il est dans l'intérêt premier des sites de rencontres que votre vie sentimentale se transforme en gruyère, ou en une multitude d'épisodes d'une série sans fin.

Serait-il possible que le numérique et les sites de rencontres aient fait, ou fassent, bouger le centre de gravité de la rencontre, du solide vers le liquide ? De l'univers de l'ancienne rencontre, géographique, rationnelle et stable, basée sur une séduction directe, conjugale, réfléchie et construite (le solide), vers un champ de recherche, de séduction et de rencontres plus numérisé, autocentré, sexualisé, quasi instantané, et vecteur de relations courtes, récurrentes et fragiles (le liquide) ? Ce nouveau centre de gravité aurait pour conséquence de transformer en profondeur le rythme et le type de relations entre les individus, et donc les modes de vie. Il imposerait, contre leur gré, de nouveaux standards de la relation, par nature instables et temporaires.

Il y a peut-être une autre voie à explorer, celle du taux de divorce et de séparation dans l'univers des histoires durables issues du numérique. Ces taux seraient intéressants pour voir si celui des séparations des couples issus du *dating* est le même que le taux moyen de séparation et de divorce en France. Se pourrait-il qu'il soit différent ? Là encore, cela prouverait des fondations moins solides dans le monde du « online wedding ». Il a bien été montré, par exemple, le taux particulièrement élevé de divorces des couples binationaux. Pourquoi ne pas étudier les conséquences et la durabilité des mariages numériques ?

Les algorithmes du développement… durable

Dans son livre *Le Code a changé*[8], Aurélie Jean, docteur en science de l'algorithmie, tente de percer les secrets et l'influence des algorithmes dans l'évolution de nos mœurs. Dans son propos introductif, elle s'essaye timidement à une théorie : « les algorithmes jouent un rôle dans ces transformations ; ils en sont parfois à l'origine, même en mince partie ». Aurélie, je pense que le « mince » est de trop.

Les chiffres de notre enquête sont imparables. Ils relèvent du plébiscite poutinien, sans doute d'un véritable cri du cœur ! 86,8 % des

8. Aurélie Jean, *Le Code a changé*, Flammarion, 2021.

sondées répondent par l'affirmative à l'idée selon laquelle, sur les sites de rencontres, les algorithmes seraient conçus pour que vous ne puissiez pas rencontrer trop rapidement tous les profils, y compris ceux qui pourraient vous correspondre le mieux. Pire encore, certains seraient subtilement construits de manière à ce que vous puissiez tout de même vivre une petite amourette de temps à autre, histoire de ne pas vous perdre. Fantasme et paranoïa collective ou réalité profonde du fonctionnement des sites ? N'avez-vous jamais eu l'impression que les sites vous présentent toujours les mêmes têtes et que vous tournez en rond, malgré les millions d'inscrits pourtant annoncés dans leurs messages promotionnels ou les statistiques qu'ils affichent en page d'accueil ? Est-ce normal ? Est-ce une impression infondée ?

De mon expérience passée, je pense aux petits sites sur lesquels vous avez rapidement l'impression de vous ennuyer, faute d'un nombre de membres suffisamment important. Eux n'ont aucun intérêt à vous faire poireauter trop longtemps, encore moins à vous cacher une partie de leurs membres. Mais qu'en est-il des grands sites ? J'ai souvent eu, comme l'immense majorité de nos sondés, cette impression étrange de tourner en rond, avec toujours les mêmes profils, dans des proportions qui me paraissent bien faibles par rapport à la taille (annoncée) du site et de sa communauté.

Car de deux choses l'une : soit leurs statistiques sont fausses ou trop larges (par exemple, un cumul historique d'adhésions, la comptabilisation des comptes inactifs, voire fermés), soit leurs algorithmes sont conçus pour ne pas vous ouvrir trop rapidement le catalogue dans toute sa diversité et sa profondeur. Les constructeurs automobiles nous ont sidérés avec le traficotage des ordinateurs de bord afin de nous tromper sur le taux réel d'émission de particules fines émises par les voitures diesel. Cela a déclenché un scandale mondial et des procès en cascade. Personne ne serait surpris que les sites de rencontres soient construits de manière à brider notre accès à l'intégralité du catalogue des candidats.

Il s'agit là d'un point qui engage clairement l'obligation de moyen dont nous parlions en introduction. Les membres d'un site sont en droit d'exiger et d'obtenir la mise à disposition de tous les profils de

célibataires disponibles en un instant précis, y compris s'ils doivent y passer 72 heures d'affilée non-stop. Les membres d'un site n'ayant pas accès aux données de l'algorithme, la charge de la preuve doit reposer sur les épaules des sites, qui doivent démontrer qu'ils sont diligents sur le sujet. Les adhérents paient pour avoir accès à une mécanique algorithmique censée les aider dans leur quête. Il revient aux sites de démontrer que leur algorithme est bien construit dans ce but unique et non pas pour ralentir leur recherche afin de les « fidéliser » contre leur gré. Toute démonstration contraire, d'où qu'elle vienne, serait constitutive de pratiques dolosives et mensongères. Pire, et comme l'a montré Judith Duportail, au nom de quoi l'un de mes amis n'aurait-il pas accès sur *Tinder* aux mêmes profils que moi ? Au nom de quoi, et à critères de filtrage équivalents, un site aurait-il le droit de choisir les célibataires qu'il me présente et pas d'autres ? Depuis quand y a-t-il des rayons dans un magasin auxquels certains clients peuvent avoir accès et pas d'autres ? En droit commercial, le « refus de vente » à des particuliers relève du pénal : « À refuser la fourniture d'un bien ou d'un service [...] lorsque le refus discriminatoire prévu au 1° est commis dans un lieu accueillant du public ou aux fins d'en interdire l'accès, les peines sont portées à cinq ans d'emprisonnement et à 75000 euros d'amende »[9]. Mon amie s'insurge; « les gens ne sont pas des produits, es-tu sûr que cela puisse s'appliquer pour des sites de rencontres » ? Je souris à l'idée des débats juridiques que pourrait déclencher cette seule question. La non-mise en relation de personne à personne peut-elle être concernée par la notion de refus de vente ? Les gens ne sont pas des marchandises certes, mais quelles que soient les qualifications, la question est posée : le site a-t-il le droit de ne pas dévoiler tous ses profils actifs ?
Judith Duportail nous a mis sur la voie des pratiques de *Tinder* en la matière, notamment sur la possible utilisation par le système (et ses concepteurs) d'une « note de désirabilité » qui conditionnerait notre visibilité auprès des autres membres du site. Cette pratique semble tellement cohérente avec les constats réalisés par tant

9. Articles L121-11, L464-6-1, L420-1 et suivants du code de commerce, articles 225-1 et 225-2 du Code pénal

d'utilisateurs. Dans un reportage TV[10] sur son cas, une ex du métier nous présente la façon dont l'algorithme d'un site balade la candidate dans l'univers des possibles, au gré de ses usages de l'appli. On y voit clairement la lenteur avec laquelle le logiciel permet (ou pas) à un membre d'aller visiter tous les recoins de la galaxie du site. Qu'en est-il des autres sites ?
Karine, qui a travaillé pendant quatre années chez *Meetic*, ne nie pas l'existence d'un outil assez similaire chez eux « les usagers ont une sorte de note de succès et, pour ne pas perdre les moins attractifs, ont le ressort de temps en temps pour les pousser auprès d'autres membres... »

C'est sans doute Thierry Taboy, administrateur du collectif Alliance Impact pour une IA de confiance, qui résume le mieux le livre de Judith Duportail[11] :

> Vous êtes un adepte de *Tinder*... Vous *swipez*, matchez, rencontrez. C'est tellement simple, glisser vers le bas et c'est *Nope*, glisser vers le haut est c'est *Like*. Peu à peu, les premières affinités apparaissent. Et si vous payez, un peu, puis plus, votre visibilité en profite ! Dès lors, comment fonctionne l'algorithme qui vous remonte des profils particuliers parmi des millions d'utilisateurs ? Vos paramètres géographiques et vos choix en termes de préférences d'âge ou d'orientation sexuelle ? Bien sûr, mais encore... Toujours pas d'idée ? Dans son ouvrage éclairant *L'amour sous algorithme*, la journaliste Judith Duportail explore en profondeur les mécanismes de fonctionnement de *Tinder* et les logiques de manipulation qu'elle y observe. Malgré une déclaration faite en 2015 par la plateforme affirmant ne plus utiliser l'Elo Score – ce système de classement fondé sur la désirabilité perçue des utilisateurs – l'enquête de Duportail se poursuit, révélant au fil des pages des éléments troublants sur la manière dont l'application gère ses algorithmes et ses critères de visibilité.

10. Reportage sur Judith Duportail, *L'Amour sous algorithme*, 2022.
11. *Trusted Magazine*, le 7 octobre 2020 : « Tinder, l'exemple de la nécessaire formation du plus grand nombre aux logiques algorithmiques. »

> En s'appuyant sur plusieurs brevets déposés par la plateforme, Judith Duportail met en lumière des mécanismes conçus pour optimiser l'engagement des utilisateurs : plus le temps passé sur l'application est long, plus l'algorithme affine ses suggestions et favorise le retour fréquent. Elle relève également des logiques de hiérarchisation des profils, comme celle qui consisterait à faire remonter, chez certaines utilisatrices, des profils d'hommes perçus comme plus aisés — notamment en direction de femmes plus jeunes, au capital économique ou éducatif moindre.
> L'algorithme ne laisse que peu de place au hasard : il peut identifier des points communs entre deux utilisateurs à partir de l'analyse de leurs photos, attribuer des scores d'attractivité, ou encore exploiter les textes des descriptions pour en inférer des éléments de personnalité ou de niveau culturel. Parmi les intentions observées par certains analystes, une tendance étonnante se dégage : favoriser des connexions fortes mais de courte durée, comme si les rencontres elles-mêmes devenaient soumises à une certaine forme d'obsolescence, rendant l'expérience toujours renouvelable mais rarement durable.

La question n'est peut-être pas de savoir si ces pratiques sont éthiques, du moins pas du point de vue d'une entreprise privée dont le modèle repose sur la maximisation de la rentabilité. Ce qui interroge davantage, c'est l'asymétrie d'information dont pâtissent les utilisateurs : bien souvent, ils ignorent tout des mécanismes invisibles qui guident leur expérience. Utiliser une application ne signifie pas nécessairement en comprendre les règles implicites. Aujourd'hui, l'ensemble de ces plateformes est structuré autour de l'Intelligence artificielle et du traitement massif des données.
Dans ce monde numérique en constante évolution, exercer pleinement sa citoyenneté suppose aussi de mieux comprendre les logiques qui le façonnent. Cette prise de conscience implique, en retour, une exigence accrue de transparence vis-à-vis des algorithmes. Il semble légitime que chaque utilisateur puisse accéder à une information claire sur le fonctionnement des services qu'il utilise au quotidien.

Le purgatoire des décatis

Nous avons observé la tendance de nombreux utilisateurs à tenter de survaloriser leur profil, voire de le trafiquer, afin d'augmenter leurs chances d'être repérés par l'autre partie. Le *dating* est une pratique concurrentielle qui relève bien plus du narcissisme que de l'altérité. La communication des sites dans leurs recommandations exagère l'importance du profil. Tout est conçu pour vous inciter à le remplir de la manière la plus complète possible, avec un argument massue : plus vous le remplissez en détail, plus nous (l'algorithme) avons de chances de vous présenter quelqu'un qui vous corresponde et vous convienne. On pense à nouveau au taux de compatibilité mis en avant par l'émission *Divorcés au premier regard* ou la technique des sites *Attractive World* ou *Adopte* qui, sur chaque profil consulté, affichent un pourcentage de compatibilité avec le vôtre. Cela relève clairement du baratin.

Il est vrai que les sites de rencontres vous offrent cette faculté inouïe et géniale : celle de pouvoir rechercher le partenaire idéal… sur le papier. Il vous suffit pour cela de filtrer vos recherches en fonction de la projection de votre idéal de conjoint. En termes de marketing, l'approche est évidemment séduisante, et l'on a envie d'y plonger immédiatement. Je mets au défi quiconque de ne pas être tombé dans le piège de la qualification ou du moteur de recherche multicritères : le profilage. Moi le premier. Pour autant, n'ai-je pas raté de belles histoires juste à cause de mon intolérance vis-à-vis des fautes d'orthographe ou de mon désir de femmes mesurant plus de 1,65 m

Le monde des sites de rencontres est bâti sur cette séduisante idée selon laquelle plus vous remplissez votre profil de manière détaillée, plus vous avez de chance qu'une autre personne vous accroche par affinité. Et plus les autres remplissent bien leur profil, plus vous avez de chance de trouver le ou la partenaire idéal. Dans cette course au profilage, on frôle parfois le tristement célèbre questionnaire d'embrigadement de l'Église de la Scientologie. Au passage n'oubliez jamais que les multiples informations que vous balancez sur vous sont soigneusement conservées par le site. Sans parler de l'effet fidélisation : plus vous avez complété un profil de manière détaillée, moins vous aurez peut-être envie d'aller voir ailleurs pour recréer un tel profil.

La logique est poussée à un tel point que certains sites, dans un esprit dit de « slow *dating* » (comme *Elite Rencontre, Once, Heavn*, etc.), une fois votre super profil rempli, ne vont vous adresser qu'un ou quelques profils par jour, qui correspondraient parfaitement au profilage que vous avez décrit. Le « matchmaking ». *Felicity*, le nouveau site de Pierre-Édouard Stérin (le défenseur réac de la famille et du mariage...) hybridation entre le super profilage et l'agence matrimoniale, est une belle illustration de cette tendance contemporaine. *Tinder* et *Deezer* ont imaginé des playlists de musique accessibles aux usagers de l'appli de rencontres pour qu'ils se connectent en fonction de leurs affinités musicales, etc.

Imaginez un monde parfait dans lequel vous puissiez demander le partenaire idéal au génie de la lampe d'Aladdin, qui vous le serve sur un plateau. Je veux qu'il ait telle taille, telle densité capillaire, s'inscrive dans telle fourchette de poids, qu'il ait tel goût pour telle musique et tel amour de tel auteur, telle forme d'intelligence, tel CSP, tel QI (non, ça, ils n'ont pas osé encore), telle tache de rousseur sur la fesse droite, etc. Si cela était aussi simple, cela se saurait, non ?

En d'autres termes, et comme le résume bien Élise Simplon, coach conjugal, lors d'un entretien : « La génération des couples éprouvettes n'est pas pour demain. Difficile de remplir un profil avec des ingrédients de soi et de les croiser avec un autre en espérant que ça donne un couple parfait. L'alchimie de l'amour est tellement plus complexe qu'on ne l'imagine. Elle ne se résume pas à une catégorie socioprofessionnelle, deux ou trois traits de caractère et quelques mensurations. Ce qui peut très bien marcher en ligne se révèle souvent catastrophique dans la vraie vie ».

Prenons l'exemple d'Olivier, qui, après dix années de quête, rencontre Mathilde lors d'un évènement de célibataires organisé par Theotokos. Ils vont se marier et il témoigne : « Toutes mes idées préconçues ont volé en éclat ! Moi qui ne souhaitais pas rencontrer quelqu'un de trop loin, de comme ci ou de comme ça... Je n'ai pas été déçu. Bref, si j'avais regardé son profil sur le site, je n'aurais jamais fait la démarche de la rencontre... Et je serais passé à côté ».

En clin d'œil, j'oserais bien ici une petite comparaison du profilage avec les « blind dates » parfois organisés par nos proches et amis. Désireux de nous mettre en couple, ils organisent un dîner *dating*. Avez-vous remarqué que cela ne marche quasiment jamais ? En fait, le blind *dating* fonctionne de manière un peu caricaturale comme un moteur de recherche de sites de rencontres. Les personnes initiatrices de l'événement vont « profiler » leurs deux candidats au blind en fonction de critères qu'elles leur attribuent et dont elles pensent qu'ils seront compatibles : le physique, le caractère, l'âge, le style de vie, etc. Ce faisant, elles procèdent par procuration, tel le moteur de filtrage des sites de rencontres. Et ça ne marche pas, preuve que ce n'est définitivement pas la bonne technique.

Quelles sont les limites de la fuite en avant par le marketing du profilage ? L'IA ? Le famélique taux de succès du profilage érigé en science de la rencontre dans l'émission *Divorcé au premier regard* ? Sûrement pas. Grisé par cette idée, le psychologue de plusieurs saisons françaises et belges de l'émission, Jean-Luc Beaumont a décidé de remettre le couvert en lançant fin 2022 sa propre application *SayLove*, elle aussi construite sur la fameuse science de la rencontre. Un super profilage de 400 questions (et pourquoi pas 1000 tant qu'on y est ?) associé à une « formidable » IA de matching dont lui seul a le secret. Dans un article de Biba de décembre 2023 il revendique avec fierté 12000 membres (gratuits) en un an dont deux couples créés par jour. Mais voilà les chiffres sont têtus : 712 couples créés sur un 12000 membres un taux de succès de 6 %, rien de fort neuf sous le soleil. Et, comme le ridicule ne tue pas, il ne s'embarrasse pas de raccourcis au service de sa science : « les coups de foudre, aussi intenses soient-ils, n'ont aucune chance de tenir sur le long terme ». Clara Gold est en ce moment la star des réseaux sociaux. Elle revendique plus d'un million d'utilisateurs sur son appli de rencontres *Gigi* (pour les linguistes « zizi » en taïwanais). Son concept est simple, face aux effets de la fatigue et du temps perdu dans la recherche du bon crush, l'appli confie ce travail à une IA qui vous propose des profils correspondants à votre recherche, vos goûts, votre mode de vie, vos derniers délires sur Insta, etc.

Mais comme le dit avec humour (et à propos) Laurent, l'un de mes amis, « oui, mais au bout de l'histoire on continuera toujours à se flairer ». Je pense que la rencontre est l'exact contraire de ce que les sites de profilage proposent. Une belle rencontre est faite d'imprévisibilité, de surprises, de complémentarités, de différences et d'oppositions, qui, dans leur confrontation bienveillante, créent la richesse, la solidité, l'émerveillement, l'altérité, le respect et la durabilité. Comme l'évoque Marie Bergström dans son ouvrage, des études menées dans un passé pas si lointain montrent que 60 % des rencontres se faisaient par le hasard, à une époque où le taux de rupture était pourtant tellement inférieur à celui d'aujourd'hui[12]. L'un des témoignages anonymes issus de notre enquête et que nous relatons ci-dessous en est une belle illustration !

Histoires vraies

Opposition frontale. J'ai rencontré l'homme de ma vie que je n'aurais jamais rencontré dans la vraie vie tant nous étions des opposés. Nos amis ne pariaient pas un mois sur notre relation... Dans 3 mois cela fera 18 ans de relation, de belles épreuves et de joies qui nous laissent encore plus love. J'ai l'impression que nous venons de nous rencontrer tellement il nous reste d'épisodes à vivre ensemble.

Aspirateur. Lui : J'ai rempli mon profil adopte avec un brin d'humour. À la rubrique « livré avec ? » je réponds en clin d'œil « balais-aspirateur ». Elle : Franco-Taïwanaise, mon français n'est pas parfait et mon profil vide. Dans la rubrique « shopping list » du site, j'ai rempli « balais-aspirateur » en pensant qu'ils allaient m'envoyer de la publicité ciblée à un moment où je devais changer d'aspirateur. L'algorithme fait le job et nous rapproche sans doute grâce à cet appareil électroménager. Cela fait trois ans que nous sommes ensemble, très amoureux.

J'avais mis comme première et unique phrase de mon descriptif sur plusieurs sites de rencontres : « Tu tombes amoureuse d'un CV toi ? »

12. Marie Bergström », *Les Nouvelles Lois de l'Amour*, Éditions la Découverte

Le philosophe Charles Pépin, dans une vibrante vidéo postée sur Brut, évoque le sujet de la vraie rencontre et que je résumerais comme suit : « Imaginons une super appli qui te demande de cocher 400 critères et que l'algorithme te fasse matcher avec une personne qui remplisse, lui aussi, ces 400 critères. Ça, ce n'est pas une rencontre, on connaît déjà tout de l'autre, il n'y a aucune surprise, aucune découverte, ce n'est pas la vraie vie. Une vraie rencontre s'opère quand je suis surpris, que la personne ne correspond pas à mes projections et que, pour autant, elle me plaît. Dès lors, je m'ouvre à elle, avide de la découvrir… »[13]. Mais oui, quel bonheur que de voyager en terre inconnue !

Le profilage est un piège facile, né des profondeurs du marketing et que l'IA ne va faire que renforcer… Il est une illusion dangereuse à plus d'un titre, que je dénonce ici avec véhémence. Et je ne suis pas le seul. Les profils et les moteurs de recherche entraînent des conséquences redoutables, notamment celle de vous pousser à leur utilisation comme outil de quête du partenaire parfait ou adéquat, au détriment de la magie d'une rencontre impromptue et naturelle. Tous les psychologues vous le diront, la ressemblance n'est pas une source d'amour. Marie de Uve, patronne de l'agence matrimoniale belge *A2rencontre* s'insurge « Je passe mon temps à réduire le descriptif des gens que je mets en contact, trois à quatre lignes tout au plus. L'alchimie de l'amour n'a jamais reposé sur une rencontre de critères ou d'options pré définis ». L'incroyable taux de succès du site *La femme de ton chef* est basée sur ce qui ressemble bien plus aux petites annonces du *Chasseur Français* des années 1970 qu'aux questionnaires sans fin *d'Elite Rencontres* ou *Meetic Afinity*.

L'approche « profilatoire » comme le montre également Fabrice de Mino dans son ouvrage *L'algorithme de cupidon*[14], favorise une démarche égoïste et autocentrée, totalement antagoniste avec les notions d'empathie et d'altérité, pourtant source d'une rencontre durable. Elle est égoïste car elle part du principe que dans la vie, je suis en droit d'obtenir et de trouver l'être « parfait », celui qui

13. Charles Pepin vidéo, « La rencontre », sur Brut.
14. Fabrice Di Mino, *L'Algorithme de Cupidon*, autoédition Amazon, 2020.

correspond à mes seuls critères de choix, à MES exigences. Celui que JE veux. Existe-t-il ? Cela a-t-il du sens de raisonner de la sorte dans une construction par nature binomiale ? Peu importe, les sites me le permettent alors pourquoi s'en priver ? Pire, cela devient un réflexe, notamment pour tous ceux qui savent ce qu'ils veulent et ne veulent surtout pas. Le purgatoire des décatis et des moins bien lotis. Cette illusion est dangereuse car elle génère des réflexes d'exigences et de sélectivité auto centrés qui n'ont rien à voir avec la magie d'une vraie rencontre, encore moins avec l'amour. Elle démultiplie le risque de déception ou pire, celui de ne jamais trouver personne qui correspondrait à ces filtres. Le couple unilatéral n'existe pas. Pascal Lardellier illustre parfaitement le phénomène : « En amour on a longtemps cherché sa moitié, désormais sur internet c'est plutôt son double que l'on recherche, par effet miroir »[15], quelle erreur ! Comme le suggère par ailleurs Eva Illouz[16], la recherche et la sélection de l'autre à partir d'éléments précis dissociés les uns des autres amènent à un découpage de la personne et à une concentration sur des détails qui éloignent d'autant l'appréciation holistique. En d'autres termes, plus je dissèque l'autre afin de le catégoriser et de le qualifier, plus j'ai de chances de rater la personne qui me conviendrait, car elle ne correspondrait pas à l'un ou l'autre de mes critères de préférence. Cela réduit l'autre à un être patchwork, une sorte d'agrégation d'attributs qui me conviennent ou non. Un Lego dans lequel les pièces rigides s'emboîtent… ou pas. Un couple n'est pas binaire, il est par nature composite ou n'est pas. Lors de nos échanges, Béatrice Cuzin, urologue et sexologue Lyonnaise, va plus loin :

> « L'outil est parfait pour les femmes victimes du complexe de Cendrillon, celles qui cherchent à tout prix le prince charmant, celui qui cochera toutes les cases de leur idéal masculin. Quitte à ne jamais le trouver. Leur quête de perfection, cache parfois – en guise de carapace ou de protection – une stratégie d'évitement ou un bénéfice secondaire de leurs échecs à répétition. Certaines

---

15. Pascal Lardellier », *Les Réseaux du cœur*, éditions François Bourin.
16. Eva Illouz, *La Fin de l'amour*, Seuil, 2019.

> pathologies sexuelles chez les hommes (impuissance, précocité…) relèvent parfois du même processus[17]. »

Eva Illouz dénonce dans ses ouvrages la marchandisation et la sexualisation de la rencontre. L'idéal masculin ou féminin répond désormais à des standards imposés par la société de surconsommation. L'homme et la femme parfaits doivent remplir certains critères qui ont tendance à devenir l'Alpha et l'Omega de notre vie en société, l'uniforme physique et psychologique vers lequel il faudrait tendre. Sans même parler de la chirurgie esthétique, l'accession à ce modèle fait le bonheur des secteurs de la mode, de la santé, du développement personnel, des salles de sport ou des gourous de l'alimentation… L'approche profilatoire des sites de rencontres entretient le phénomène, poussant à rechercher, par la photo, la personne qui paraît coller au mieux à ces standards et idéaux sociétaux. Est-ce le bon critère de recherche ? Sûrement pas. Aurélie Jean dans son essai, *Le code a changé*[18], témoigne à propos des hommes qu'elle rejette désormais sur des sites de rencontres alors qu'elle a vécu auparavant de belles histoires avec des compagnons ayant les mêmes attributs. Tout est dit. Sur le podcast de votre serviteur, *Gueulante*[19], Louisa Amara[20] va plus loin en dénonçant avec force la grossophobie, le racisme ou le jeunisme qui se sont emparés des outils de la rencontre. « Si les hommes sont encore attirés par les grosses, ils ne veulent plus s'engager avec elle ni les afficher en public car elles ne correspondent pas aux standards sociétaux. »

Endogamie sélective

Les sites généralistes sont universels et permettent, en théorie, la rencontre avec n'importe quel type de personne, pour le meilleur ou pour le pire. Ils n'ont pas de frontières géographiques, sociales ou

17. Entretien Beatrice Cuzin, avril 2024.
18. Aurélie Jean, *Le Code a changé*, L'Observatoire, 2021.
19. Podcast *Gueulante*, animé par Arnaud Poissonnier, plateforme Ausha.
20. Podcast *Gueulante*, animé par Arnaud Poissonnier, « Au cœur de Louisa », juin 2024.

culturelles entre leurs membres. Faire exploser les clivages sociaux, c'est beau !

Malheureusement, cette vision universaliste et bisounours a ses limites, et ce brassage est à la fois une force et une faiblesse. Il est notamment contributif à l'échec de bien des tentatives de rencontres. Endogamie, quand tu nous tiens. 80 % des mariages en France se concluent entre des personnes issues d'un même milieu social. C'est le triste constat, malheureusement relaté et étudié ailleurs : les individus ont tendance à se « siloter » et à s'engager avec des personnes issues du même milieu social, économique et culturel. Il a par exemple été montré que les personnes de niveau socioculturel élevé ont tendance à analyser les photos d'une autre personne avec un filtre qui va au-delà du visage. Les vêtements, le cadre et les détails contextuels de la photo leur permettront d'assimiler la personne à leur classe socio-économique. Les personnes d'un niveau plus modeste se concentrent, pour l'essentiel, uniquement sur le visage de l'autre pour identifier une éventuelle attraction.

Cette tendance divergente s'exprime par une grande variété de biais qui ressortent sans cesse des témoignages des membres. L'orthographe est, par exemple, un filtre socio-éducatif qui opère très souvent comme une puissante source d'identification et de sélection. La question n'est pas, pour une majorité de ceux qui refusent les fautes d'orthographe, d'accepter ou non celui qui en fait, mais de filtrer, par ce biais, les franges de population plus modestes, considérées, à tort ou à raison, comme défaillantes en orthographe. La recherche socioendogamique ne doit pas être confondue avec le profilage qui cherche à identifier des qualités et des attributs communs ou cibles chez l'autre. L'on peut être issu d'un même milieu socioculturel tout en étant diamétralement opposés en termes de caractères, de goûts ou de vécus. Elle s'exprime par différents biais, tels que l'accent, l'orthographe, le style vestimentaire, les passions, les sports de prédilection, la couleur des chaussettes, les expressions ou l'utilisation de certains vocabulaires. C'est sur cette base que certains sites ont opté, dans leur stratégie, pour un filtrage de leurs membres en fonction de leurs catégories sociales culturelles. Un site a été récemment lancé aux États-Unis à destination des

propriétaires de Tesla. Qui dit mieux ? Le site *Attractive Word* par exemple qui vantait sa (fausse) stratégie de filtre et d'adoubement des nouveaux candidats par les membres issus de classes et de niveaux sociaux culturels supérieurs. Cette stratégie a du sens dès lors qu'elle est respectée. Chez *Attractive Word*, il ne s'agissait que d'un marketing de façade. Après quelques années de sélection et dès lors que l'on fouillait un peu la base de données des candidats, le catalogue n'était guère plus sélectif que celui de *Meetic*. Business, quand tu nous tiens. Sur *Elite Rencontre* il est écrit en gros sur la page d'accueil « 85 % avec un haut niveau d'études ».
Ce biais de recherche endogamique est à la source d'une partie des échecs de rencontres. En effet, à travers le profil photographique, ne transparaissent pas nécessairement tous les éléments socioculturels qui vous rattachent à telle ou telle catégorie. Cela se joue parfois à la marge et dans la nuance. De plus, certains des indices de filtrage, tels que l'accent ou les expressions verbales, ne sont pas visibles sur le site. Des petits malins vont aussi faire rédiger leur profil par d'autres ou une IA. Le niveau d'études et la profession ne sont pas forcément présentés en ligne. En conséquence, bien des matchs et des rencontres peuvent s'opérer entre des personnes qui ne seront pas « compatibles » entre elles. C'est triste à dire, mais c'est ainsi.
« Celui-là est mimi mais je ne le sens pas, il a des expressions ou des accents bizarres, je pense qu'il y a une différence de classe sociale entre nous ». Combien de fois n'ai-je pas entendu mes amies Aude ou Fanny, mes serial-utilisatrices préférées, m'expliquer qu'elles ne voyaient pas trop où leur relation actuelle, rencontrée sur un site, pourrait les mener du seul fait de ces subtils petits marqueurs sociaux culturels ? Malgré ma farouche envie de considérer la différence socioculturelle comme une richesse plutôt qu'un obstacle, j'ai vécu à plusieurs reprises cette forme de déception, ce réflexe, comme avec l'adorable Sandrine de Chartres. Elle est ancrée en nous. Bien des membres n'ont pas réalisé, en adhérant à un site généraliste, la portée et les conséquences de ces conditionnements.
L'endogamie est, elle aussi, contributive au grand nombre d'histoires courtes générées par les sites de rencontres. En effet et dans le cas où les deux candidats à l'union ne sont pas écartés par le filtrage

socioculturel et les premiers échanges, certaines histoires vont pouvoir se nouer entre des personnes d'origines et de cultures légèrement décalées. Ce faisant, leur relation risque d'être d'autant plus fragilisée. Isabelle me raconte les réticences et la honte qu'elle à présenter son conjoint à sa famille, « Tu comprends il n'est pas du même univers social que notre famille et ça se voit dans certaines de ses attitudes et de ses expressions, je ne pense pas que nous pourrons rester longtemps ensemble ». Pression sociale, quand tu nous tiens !

Dans monde saturé par l'information et la désinformation, des communautés de plus en plus clivantes se forment sur des verticale intellectuelle d'adhésion. Ces bulles sociologiques et politiques, qui se sont écartées des mouvements fédérateurs d'antan (l'adhésion à une religion, un grand parti politique, etc.) sont en train de radicaliser notre société à un point qui la met en danger d'explosion. J'ai été marqué par l'une de mes rencontres. Elle était sympa, drôle, métissée et très jolie. Le début de notre premier dîner prenait clairement une bonne tournure. Jusqu'au moment où la discussion pris une tournure politique lorsqu'elle commença à me parler de son admiration pour l'avocat controversé Joan Branco. J'essayais de la faire parler, pour mieux comprendre et je découvrais en elle un gigantesque réservoir d'arguments complotistes érigés en vérité absolue. Son intolérance face à mes tentatives de contre-argumentation vira vite à l'opposition frontale à laquelle je ne voyais pas d'issue. La montée des radicalités et de la multiplication de bulles nuirait-elle, elles aussi, à la rencontre ?

Histoire vraie

Clivage. Il votait Zemmour

L'illusion de la concurrence créative

Il est intéressant de se pencher sur l'attitude des concurrents des grands sites de rencontres. Bien que le marché soit très profond et, comme nous l'avons vu, il existe un constat saisissant : aucune de ces

initiatives ne remet en cause le triptyque dysfonctionnel : attirance des photos, jouissance des échanges, déception de la rencontre. Et pour cause, il est potentiellement juteux.
Après l'invasion du marché par les historiques, les *Meetic, Match, Tinder, Adopte*... Puis les petits derniers tels que *Bumbl, Once, Happn, Hinge* ou *Fruitz*... La concurrence s'est aussi attachée à les attaquer par une traditionnelle stratégie de spécialisation. En marketing l'on parle de stratégie de contournement ou du « viser peu mais viser profond ». En d'autres termes, et sauf à être milliardaire, si des majors du secteur existent déjà, mieux vaut ne pas les affronter de front, mais tenter des percées sur des petites zones cibles et essayer de devenir, sur un segment réduit du marché, le spécialiste. J'ai connu, par exemple, l'évolution du secteur du crowdfunding, dont je fus, avec *Babyloan*, l'un des premiers acteurs en France. Dans l'univers des sites de don contre récompense, et après l'arrivée des majors tels que *Ulule* ou *KissKissBankBank* (désormais réunis), fleurirent sur le marché toute une série de sites spécialisés, tels que les plateformes de crowdfunding pour l'art, le sport, etc.

Dans le monde du *dating*, de nombreux sites thématiques ont été lancés, dont l'établissement d'une liste exhaustive n'aurait ici que peu d'intérêt. Globalement, on y retrouve des sites affinitaires thématiques autour de la culture, de l'argent, des opinions politiques, des passions communes telles que le vin ou les Tesla, des zones géographiques, des pratiques sexuelles, des genres, des tranches d'âges, etc. Il y en a pour tous les goûts, des agriculteurs aux porteurs de MST (si, si), qui laissent tous à penser et à croire que le fait d'offrir aux utilisateurs un catalogue de candidats qui leur ressemble va démultiplier leurs chances de réussite. Cela relève d'une pure hypothèse et de la parure esthétique et marketing bien plus que de la réalité statistique. D'autres sites ont tenté, tout en restant des adeptes du triptyque déceptif, de se démarquer par une approche technique originale : *Adopte* ou *Bumble* par le pouvoir donné aux femmes, *Elite* ou *Meetic Affinité* par l'hyperprofilage, ou *Once* par des techniques de slow *dating* et de limitation des matchs potentiels.

Certains sites sont apparus sur l'idée d'un filtrage cultuel permettant aux célibataires d'une même obédience religieuse de se rencontrer entre eux. On pense par exemple à *Mektoub* pour les musulmans, *Theotokos* ou *Haevn* pour les catholiques, *Shaadi* pour les indous, *JDate* pour juif, etc. Le site Juif JSwipe va plus loin. Il propose une gradation de l'engagement cultuel, chaque membre pouvant par exemple s'y taguer « Orthodox », « Conservative », « Reform », ou « Just Jewish ».
Il n'est évidemment pas totalement déplacé de penser que l'affinité cultuelle, dans un réflexe d'homogamie, puisse être un ciment de la rencontre, notamment quand elle se veut durable. Il existe aussi des religions dans lesquelles l'idée de passades ou de multiples rencontres est proscrite et condamnée, justifiant l'idée de rencontres dans le cadre d'un entre-soi cultuel. Certes. Mais une fois encore, est-ce que les clés de l'amour relèvent pour l'essentiel de cette proximité sociologique ? En aucun cas. Siloter ou verticaliser une mécanique qui ne marche pas ne garantit aucunement de meilleurs résultats. Les statistiques de ces sites, guère différentes de la moyenne nationale de réussite, en sont la preuve par le chiffre, incontestablement et définitivement. Caroline et Virginie, que j'interroge sur leur pratique intensive des sites de rencontres juifs, me narrent exactement les mêmes désillusions que sur tous les autres sites.
Par ailleurs, mais cela relève peut-être de mes conditionnements issus de mes expériences d'utilisateur des grands sites, les sites spécialisés présentent l'inconvénient, du fait de leur centrage, de parfois proposer aux célibataires un éventail de profils trop réduit, ce qui donne l'impression de tourner en rond et de n'avoir que peu de « choix ». Ce handicap contrebalance peut-être leurs soi-disant avantages de filtrage socioculturel. Il faut néanmoins leur reconnaître une vertu : en agrégant des utilisateurs porteurs de valeurs communes, les sites cultuels sont souvent porteurs de valeurs plus fortes entre leurs membres et sont des marketplaces où le respect et la bienveillance y résonnent mieux et sont meilleurs. À l'heure du ghosting et de nombreuses pratiques irrespectueuses, cela compte.

Barbares et boîtes de conserve

Nous l'avons vu, le modèle des sites de rencontres ne fonctionne pas correctement et ne délivre pas un service adapté aux besoins et aux attentes de leurs utilisateurs. Ils poursuivent pourtant leur croissance et les célibataires ne semblent pas (trop) s'en détourner. Pourquoi cette situation singulière dans un monde de libre-échange dans lequel des utilisateurs insatisfaits de leur prestataire devraient tout naturellement le quitter ? Est-ce à dire que, faute de mieux, ils continuent à les utiliser ? Une sorte d'adhésion par défaut ? Tant que les sites de rencontres se copieront les uns les autres et ne seront pas attaqués en profondeur sur leur modèle, cela perdurera. Pour mieux comprendre, je vous propose un voyage en barbarie.

Barbares numériques, désintermédiation, économie collaborative, plateformisation, etc. Ces termes désignent tous « l'Ubérisation ». Elle a envahi nos vies et nos économies depuis une quinzaine d'années et répond à une mécanique simple. Dès lors que des personnes possédant un bien ou un service peuvent être mises directement en contact avec des personnes ayant besoin de ce bien ou service par l'intermédiaire d'une plateforme, n'importe quel développeur peut la construire à moindre coût. C'est de ce concept que sont apparues les célèbres plateformes telles que *Blablacar*, *Uber Pop* ou *Airbnb*. Toutes, à leur façon et dans leurs secteurs respectifs, ont procédé de la même manière : des chauffeurs privés connectés avec des personnes en demande de déplacement, des logements libres pour des personnes cherchant à se loger, etc. Les déclinaisons de l'économie collaborative sont infinies et ce sont des centaines de milliers de ces plateformes qui se sont ainsi développées partout dans le monde.

Pourquoi désigne-t-on parfois l'ubérisation par le terme de « barbare numérique » ? Pour une raison tenant à la violence par laquelle certaines de ces plateformes s'attaquent à un secteur économique préexistant. On se souvient tous de la panique des grandes chaînes d'hôtels face à la montée en puissance d'*Airbnb*, de la fureur des taxis face à l'arrivée d'*Uber Pop*, etc. Si l'on y regarde de plus près, on s'aperçoit qu'il existe plusieurs catégories de barbares.

Certains tendent à détruire et faire disparaître le secteur auquel ils s'attaquent, ce sont des barbares destructeurs. D'autres, que l'on qualifiera ici de barbares challengers, ne vont pas faire disparaître le secteur ciblé mais le contraindre, par effet de concurrence, à se regarder dans le miroir et à améliorer ses prestations. Quand *Uber* est apparu à New York, il y avait 17000 *Yellow Cabs*. Dix ans plus tard, il y avait 70 000 *Uber*, mais toujours autant de *Yellow Cabs*, obligés d'améliorer leurs prestations. L'exemple des *taxis G7* en France est saisissant. La compagnie de taxis, attaquée de toutes parts par les *Uber* et consorts, a réalisé un gigantesque effort de qualité pour s'aligner sur les plateformes de VTC. En quelques mois, les taxis parisiens sont devenus propres, leurs chauffeurs adorables et bienveillants. Ces « barbares challengers » sont excellents pour le marché. Non seulement ils en augmentent le périmètre, mais en plus, ils poussent le marché historique à s'améliorer. Ils ajoutent plus qu'ils ne détruisent.
Quel rapport avec les sites de rencontres me direz-vous ? Les sites répondent à la même logique de plateformisation : la mise en contact, via une plateforme numérique, d'êtres cherchant à s'accoupler avec d'autres individus prêts à offrir leur lit et leur vie pour cela. Le sujet parfait pour un barbare. Ce n'est pas un hasard si *Meetic* (lancé en 2001) et les grands sites de matching américains sont apparus avant même la grande vague de « l'uberisation ». Ils en sont même, d'une certaine façon, les précurseurs. Les agences et les journaux d'annonces matrimoniales en ont fait les frais. Ces applications, qui ont pris la relève, sont des barbares destructeurs, ils ont massacré les anciens intermédiaires qui œuvraient au service des célibataires. Les célèbres agences matrimoniales sont ainsi passées de 1400 à 450 en 25 ans. Mais ça, c'était il y a un près d'un quart de siècle. Et depuis ?
Fortes de leur suprématie dans l'univers de la rencontre intermédiée, les applications de rencontres se sont rapidement retrouvées en position de ce que j'appelle un « monopole technique ». Qu'elles répondent ou non aux besoins de leurs clients, elles ont gagné le match et haut la main. Leur mécanique est désormais quasiment la seule à répondre à cette demande spécifique : payer pour rencontrer. Très rentables

malgré la piètre qualité de leurs services, elles n'ont jamais eu besoin de se remettre en cause, n'étant pas concurrentes d'autres méthodes de rencontres. Le *Meetic* de 2001 est quasiment le même que celui de 2023. Et pour cause! Qui pour challenger ces plateformes? Qui pour créer une alternative qui attirerait les mécontents du *dating* en ligne? Qui pour les menacer dans l'inquisition de leurs modèles informatiques et économiques? Une sorte de dictat(ure) technique.
Cette position de quasi-monopole technique entraîne une conséquence fondamentale. Ces sites n'ont aucune raison de remettre en cause leur modèle inefficace ou leurs prix. Cela leur permet de préserver et cultiver leur modèle économique d'aliénation, fut-ce-t-il perpétré sur le dos de célibataires largement insatisfaits. Le marketing de certains sites trahit même cet état d'esprit. Lorsque vous quittez *Adopte* pour une histoire qui ne dure pas et que vous décidez d'y revenir au lieu de s'apitoyer sur votre sort, le site vous balance un joyeux « Tellement content de vous revoir! ». Comprenez : « Tellement heureux de vous voir revenir dépenser vos biffetons chez nous ». Votre retour se voit récompensé d'une petite claque à l'entrée. On croit rêver!

Pourquoi changer un modèle économique qui gagne pour un modèle de rencontre qui fonctionnerait, alors que tout le secteur vit grassement de ses propres dysfonctionnements et n'est jamais mis en concurrence technique? Voilà le sujet qu'aucun cadre des grands sites de rencontres ne démentira. Vous l'avez compris, nous ne voyageons pas dans l'univers des sites de rencontres, mais bien dans celui des boîtes de conserve : on vous y conserve le plus longtemps possible en vous faisant croire que vous finirez bien par y trouver l'âme sœur. Bien entendu, il existe une concurrence féroce entre les sites, mais uniquement sur des fonctionnalités marginales ou esthétiques. La règle générale reste celle du mimétisme de mécaniques d'aliénation et d'emprise du client : celui du profilage, du matching de galeries photos et de rencontres rapides dont nous avons montré qu'il est par nature défaillant.

L'ambiance boîte de conserve est assez amusante à observer dans les pratiques des sites. Je mets par exemple au défi le moindre utilisateur de n'avoir pas galéré pour trouver où désactiver son compte.

C'est, avec le taux d'histoires longues, l'un des secrets les mieux gardés des sites de rencontres. C'est simple, tout est fait pour que vous ne le trouviez pas. On la cache systématiquement dans le fin fond des pages du site, histoire de tout faire pour vous garder. Dans un magasin de la vraie vie, la porte d'entrée et de sortie, la même, est située au centre du magasin, pas sur les sites. Parfois, on croit avoir désactivé son compte, mais ce n'est qu'une mise hors ligne qui n'arrête pas la facturation, etc. Lorsque vous trouvez (si vous la trouvez) cette fonction de désactivation, on essaie de vous culpabiliser. À la limite, tomber amoureux d'un autre membre n'est pas bien vu. « Attention, vous risquez de perdre toutes vos données si vous procédez à une radiation définitive de votre compte, activez donc sa mise en sommeil ». Évidemment, vu le taux d'histoires courtes, ils ont tout intérêt à maintenir votre compte au chaud, sachant que la probabilité de vous revoir bien vite est très importante. C'est extrêmement pervers. Lors de votre départ, on ne vous demande quasiment jamais si vous voulez jeter toutes les données de votre compte à la poubelle. Non, on les garde au chaud pour vous, c'est sympa. S'il n'y avait pas le paravent des conditions générales d'utilisation du site ou les lois relatives à la protection des données, on pourrait très clairement se poser la question de la légalité de telles pratiques. Lorsque Judith Duportail demande et finit par obtenir de *Tinder* la communication des données historiques qu'ils ont sur elle, elle reçoit un dossier de plus de 800 pages. Vous aurez peut-être remarqué que les sites vous vendent souvent des abonnements à tarif dégressif (et payable d'avance, bien entendu), selon que vous contractez pour un, trois ou six mois. Vous remboursent-ils prorata temporis si vous les quittez au bout de trois semaines ?

J'ai utilisé divers sites pendant dix ans, mais j'étais assez fidèle à *Adopte*. Au détour de plusieurs histoires trop courtes, j'y suis revenu. Un clic d'ouverture du site et tout mon compte est remis en ligne en quelques secondes. Il vous est restauré sans une ride, comme si vous l'aviez quitté la veille, avec toutes vos données, votre profil, vos favoris, les discussions engagées avec d'autres utilisateurs, etc. Tout y est, on vous replonge instantanément dans le « confort » que vous aviez quitté quelque temps auparavant. *Welcome back* dans votre

boîte (noire) de conserve. Eux appellent cela « la qualité de service ». La réouverture d'un compte sur un site de rencontres, ressemble plutôt à une machine à remonter dans le temps, vous êtes partis mais en le rallumant, vous vous êtes instantanément projeté six mois en arrière, au jour où, trop heureux de pouvoir le quitter, vous aviez figé et mis en jachère tous vos matchs, vos discussions, vos favorites, vos espoirs et vos déceptions. C'est une étrange expérience que de revenir dans la maison que vous détestiez et vouliez fuir à tout prix. Votre chambre vous y attend, tout y est en place, elle n'a pas changé d'un poil. Amer constat d'une débâcle sentimentale et d'un retour à la case départ.
Qu'on se le dise, les sites adorent que vous rompiez ou que vous vous fassiez larguer pour revenir à eux. De là à dire que leurs algorithmes sont faits pour que vous ne rencontriez pas tout de suite l'âme sœur, afin de ne pas les quitter définitivement trop vite, mais que vous rencontriez tout de même pour ne pas les fuir de lassitude, il n'y a qu'un pas. Dans ma quête de témoignages, la narration de Solveine, une de mes amies rencontrée sur *Attractive world*, ressemble à un cadeau tombé du ciel qui se passe de commentaires : « Il y a longtemps j'avais rencontré lors d'un dîner les deux fondateurs d'un site dont j'ai oublié le nom. C'était plutôt ciblé cadres supérieurs. Ah si, ça me revient, c'était *Attractive World*. Je m'étais engueulée avec un des deux fondateurs, l'esprit ultra capitaliste et totalement cynique. Il m'avait dit qu'ils n'avaient aucun intérêt à ce que les gens restent longtemps avec leur partenaire de site. »
Mais revenons à nos barbares. Pourquoi les barbares numériques connaissent-ils un tel succès ? Il y a deux causes principales à leur ascension fulgurante. La première tient à leur connotation « gilet jaune » : aider leurs utilisateurs à gagner en pouvoir d'achat ou en économie de coûts. *Blablacar* face aux prix exorbitants de la *SNCF*, *AirBnB* face aux hôtels, etc. La seconde raison tient à l'agilité des plateformes et leur réponse à ce que l'on appelle une « friction de marché ». Elles ont vite compris qu'elles pouvaient positionner leurs services là où l'insatisfaction des usagers des secteurs intermédiaires est la plus forte. Il n'y a pas d'hôtels partout ? *AirBnB* peut référencer des logements dans les moindres recoins du monde.

La *SNCF* ne dessert que ses gares ? *BlaBlaCar* peut vous emmener dans n'importe quel village de France et de Navarre, etc. C'est aussi simple que cela. L'on retrouve clairement ces deux agrégats dans le *dating* : le coût d'intermédiation très onéreux et la faible profondeur du portefeuille des agences matrimoniales, ainsi que la difficulté de rencontrer dans les cadres habituels que sont les sorties, les amis, le travail, la rue, etc.
Pourtant et face aux invasions barbares, on a vu émerger ceux que l'on a appelés « les contre barbares ». D'autres services, nouveaux s'en prenant directement à ceux qui attaquaient les services intermédiés. Une sorte de provocation des « barbares » à leur propre jeu. Un barbare n'est jamais à l'abri de se faire lui aussi barbariser dès lors qu'il est possible, d'une manière ou d'une autre, de faire encore mieux ou différemment. C'est dans cet esprit que les bus *Marcon* vinrent par exemple défier le covoiturage. Or, la contre barbarie n'est jamais venue s'attaquer aux sites de rencontres qui ont aspiré le marché sans jamais avoir à se remettre en cause de leurs dysfonctionnements. Voilà le sujet. À quand l'EasyJet du *dating* ? Celui qui parviendra, au seul bénéfice de ses utilisateurs, à chambouler en profondeur les modèles et les règles du jeu instaurées par les sites eux-mêmes ? Sans contre-barbare et alors que les services alternatifs au *dating* restent marginaux, il y a peu de chance de voir un secteur se réformer en profondeur, tant sur sa mécanique défaillante que sur son modèle d'aliénation durable de nos cartes bleues. Le marché, notamment en France, est en situation de quasi-monopole. Les groupes américains *Match* (propriétaire de *Match, Tinder, Meetic, Disons demain, Hinge*...) ou *Bumble* (propriétaire de *Badoo, Fruitz*...) occupent une position plus que dominante. Ils occupent à eux seuls 60 % du marché. Cela se passe de commentaires.
Néanmoins, il n'est pas impossible, qu'au gré de mes recherches, j'ai fini par trouver un contre barbare des sites de rencontres. Vous voilà obligés de lire cet essais jusqu'à la fin.

L'empowerment numérique, fossoyeur de l'Amour ?

Des études américaines prévoient que 60 % des entrées en relation se feront en 2050 par le numérique. Les applis de rencontres ont donc de beaux jours devant elles. À moins que l'IA ne les dévore avant. *D'Osmosis à Her* en passant par *Black Miror*, on songe avec effroi à la science-fiction qui s'est emparée, elle aussi, du sujet. Quelle sera l'état de nos relations une fois que le numérique et l'IA auront totalement envahi la sphère de nos émotions et de nos rencontres amoureuses et sexuelles ? L'IA va-t-elle par exemple remplacer les algorithmes des applis au service de la recherche du partenaire idéal ? Combien faudra-t-il payer pour se laisser bercer par cette douce illusion alors que le profilage, inventé par le *dating*, n'y est lui-même pas parvenu ?
Si l'on regarde les statistiques des utilisateurs de la rencontre intermédiée par internet et quelle que soit l'opinion que l'on en a, une tendance est implacable : l'envolée du nombre de relations dans une vie. Dans notre enquête « presque sérieuse », le nombre moyen d'histoires générées par les sites de rencontres par chaque utilisateur interrogé s'élève à plus de 10, et encore, juste depuis que les sites existent, c'est-à-dire guère plus de 20 ans. Une étude publiée en 2024 par l'Inserm, l'ANRS et Santé publique France[21], montre que les femmes âgées de 18 à 69 ans déclaraient avoir eu, en moyenne, 7,9 partenaires au cours de leur vie, 4,5 de plus qu'il y a 30 ans. Les hommes affirmaient pour leur part avoir eu 16,4 partenaires en moyenne. Un chiffre en hausse par rapport à 2006 (11,9). Sur les courbes d'évolution, on constate une nette accélération de la tendance à partir des années 2000, celles de l'apparition des sites de rencontres. Le fait que le *dating* génère majoritairement des histoires courtes et que ce soit par ces mêmes sites que l'entrée en relation est la plus rapide l'explique en partie. Qu'en était-il il y a 60 ans, avant que les sites ne réalisent leur OPA sur la rencontre intermédiée ? Sans jugement de valeur, cela dessine une société dans laquelle le changement

21. Étude « contexte des sexualités en France », par l'Inserm, l'ANRS et Santé publique France, 2023.

fréquent de partenaire s'inscrit dans les mœurs. Quel impact sur nos modes de vie, la famille, la natalité, la santé physique et mentale, la précarité émotionnelle ? En gros, sommes-nous anthropologiquement et sociologiquement faits pour cela ? Cette évolution des pratiques n'est-elle pas en train de créer un gigantesque fossé entre la pratique et l'envie ? Entre la fin et l'effet des moyens ?

Cette évolution renvoie à un phénomène identifié dans l'univers de l'économie collaborative et le monde du travail que j'appelle l'« empowerment numérique » ou « la barbarisation du travail ». Faute de traduction française, nos cousins canadiens, fins défenseurs de la francophonie, l'ont appelé la « capacitation ». De quoi s'agit-il ? Lorsque le numérique offre la possibilité à tout un chacun de créer son propre emploi, de nombreux individus vont avoir tendance à en profiter pour retrouver leur liberté et se défaire du lien de subordination et de l'emprise imposée par les modèles traditionnels du travail en entreprise. Il y a trente ans, il était difficile de créer son entreprise sans disposer de sérieux fonds propres pour maîtriser l'entièreté de la chaîne de valeur de son activité. Désormais, grâce au numérique, il est possible pour n'importe quel freelance de développer son auto-employabilité avec la plus grande facilité. Produire, gérer, vendre, communiquer ne sont plus des verticales internes à l'entreprise, mais des fonctionnalités périphériques d'une activité que l'on peut gérer en toute autonomie derrière son écran d'ordinateur (je peux, en pyjama et sans bouger de chez moi, vendre des produits artisanaux sur Internet, gérer mes finances par une banque en ligne, ma comptabilité par un site comptable, ma notoriété par les réseaux sociaux, etc.).

Cet avènement de l'auto-employabilité a entraîné un double phénomène que les DRH connaissent bien : la réduction de la fidélité à l'entreprise et la demande des salariés à pouvoir consacrer une partie de leur temps à leurs projets personnels. Les chiffres parlent d'eux-mêmes : en 1980, le nombre moyen d'expériences que nous étions censés avoir dans notre vie professionnelle était de 3,5. Ce chiffre est en train de s'envoler. Ce chiffre est passé à 4,5 en 2019, en constante augmentation et certaines projections anticipent à l'horizon 2050 un nombre moyen de 17. Soyez donc prêts à la mobilité !!

L'effondrement de la fidélité envers l'entreprise, notamment du fait de l'empowerment numérique, s'explique parfaitement. Pourquoi rester dans une entreprise qui me déplaît alors que je peux créer en trois clics ma propre activité ou avoir accès par le Net à la totalité des offres d'emploi sur le marché ? Encore mieux : dans une société qui tend vers le plein-emploi, les plateformes telles que *LinkedIn* ou *Indeed* font désormais le job de recherche pour vous. Plus besoin d'espérer l'appel d'un chasseur de têtes : des alertes m'arrivent tous les jours sur des jobs qui pourraient me convenir parfaitement ; comment y résister ? En à peine plus de dix ans, ce phénomène a provoqué un renversement du rapport des cadres à l'entreprise : ce n'est plus l'entreprise qui choisit ses salariés, mais les salariés qui choisissent l'entreprise. La crise de la Covid et la généralisation du télétravail ont profondément accentué ce phénomène. En somme, plus nous sommes en capacité de trouver facilement un nouveau job, moins nous sommes fidèles à l'entreprise.

L'empowerment numérique est en train de s'immiscer dans la relation, exactement comme dans le rapport au travail. Est-il annonciateur d'un effondrement de la durabilité de l'amour et de la fidélité tout court ? Je l'appellerai ici « l'empowerment relationnel », celui qui me donne accès en permanence à l'ensemble de l›offre de femmes et d›hommes disponibles sur le marché. Comment y résister ? Surtout lorsque le ou la partenaire avec qui je suis m'agace un peu ou que ma libido m'appelle à l'action ? Pourquoi m'inquiéter d'une séparation ou d'un divorce en sachant qu'en quelques clics je pourrai remplacer mon conjoint par un autre, tout en restant derrière mon écran ? J'entends ici que les mêmes causes produisent les mêmes effets : « l'empowerment numérique », qui est en train de dynamiter la notion du travail telle qu'on la concevait il y a peu encore, contribue également à l'effritement progressif du concept d'amour et de relation stable et durable.

Mais, à la grande différence du travail où l'empowerment permet la réalisation d'une aspiration assez naturelle à la liberté, « l'empowerment relationnel » crée une profonde contradiction, notamment chez de nombreuses femmes, qui restent, à un moment donné de leur vie, profondément attachées à la durabilité du couple et de la relation.

Ce qui peut se comprendre dans l'univers du travail est en train de créer une gigantesque injonction paradoxale et contradictoire dans l'univers de l'émotion et de la relation. Nous ne faisons sans doute que commencer à en appréhender les effets sur la société et les relations humaines et en particulier familiales, voire sur la natalité. Comment construire une famille durable et assurer à notre progéniture des bases émotionnelles et psychologiques solides si notre destinée est d'avoir 15 relations en moyenne dans notre vie ? Une étude sur l'impact des sites de rencontres sur le taux de séparation et de divorce serait la bienvenue.

Boîtes de nuit, saison 1

La théorie des boîtes de nuit résume à elle seule la problématique de tous les sites d'économie collaborative. Fort de mon passé révolu et de ma grande expérience des boîtes de nuit à la frontière belge, je l'avais imaginée pour enrichir mes interventions auprès de *l'Association Pour le Progrès du Management* sur l'économie collaborative et illustrer les problématiques de stratégies marketing complexes auxquelles sont confrontées les plateformes de partage. Elle trouve tout son sens dans le cas particulier des sites de rencontres, et pour cause ! Pire, dans le cas des sites de rencontres, son effet est démultiplié au détriment… des hommes. Cette théorie simple peut expliquer bien des désillusions et ne pas l'avoir à l'esprit fausse clairement la vision et les attentes que peut en avoir n'importe quel utilisateur, notamment lorsqu'il est un mâle plus ou moins beau.
Vous allez vite comprendre. Imaginons deux populations d'hommes et de femmes célibataires et hétérosexuels, qui se rendent dans une boîte de nuit pour y rechercher l'âme sœur. Plusieurs cas de figure se présentent à nos deux populations : s'il n'y a pas assez de femmes dans la boîte de nuit, les hommes vont partir assez rapidement pour aller voir ailleurs. Inversement, dans l'hypothèse d'un déficit d'hommes, les femmes vont à leur tour s'enfuir. On en déduit fort logiquement qu'il faut un équilibre entre les deux populations pour que des rencontres soient possibles et que les gens y restent.

On retrouve bien là la quête de parité, sans cesse travaillée par les sites hétérosexuels de rencontres, afin de parvenir à une présence équilibrée entre les sexes opposés. C'est à partir de ce principe, et constatant une fréquentation féminine tendanciellement inférieure à celle des hommes, que les sites font tout ce qui est possible pour y attirer les femmes. Cela explique notamment la gratuité, malgré sa dimension un peu « has-been » et ringarde, qui y est parfois pratiquée (comme en boîte de nuit), ainsi que, sur certains sites comme *Adopte* ou *Bumble*, le pouvoir donné aux femmes.
Pour autant, cela ne suffit pas. En plus du nécessaire équilibre des genres, il faut que chaque population présente un grand nombre d'unités afin qu'elle puisse avoir un choix suffisant et, par conséquent, une plus importante probabilité de matchs mutuels. Qui n'a pas vécu l'expérience d'une soirée en boîte de nuit où il n'y a que dix personnes sur le danse floor, fût-ce à parité de genre ? C'est le problème de la taille critique. Sans même parler de classes sociales de leurs utilisateurs, les sites de rencontres, pour être attractifs, doivent donc proposer un grand nombre de femmes et d'hommes susceptibles d'interagir entre eux. Encore mieux s'ils sont de même catégorie sociale. C'est triste à dire mais dans le *dating*, il y a clairement une prime aux leaders. La barrière à l'entrée pour un nouvel entrant est très haute. Cela explique aussi la frénésie d'acquisitions des sites les plus riches.
Appliquons cette théorie aux sites de rencontres. Attention, ça calme ! Tout d'abord sur les sites de rencontres, l'application de la théorie n'est pas si simple que cela. Tout d'abord et comparativement à une vraie boîte de nuit, on ne vous laisse pas y voir tout le monde. Vous devez donc faire confiance à l'algorithme qui rêve, lui, de vous fidéliser et, peut-être, de ne pas vous présenter tout le monde d'un seul coup. En boîte de nuit, mesdames et messieurs, vous êtes l'algorithme puisque, mis à part dans les toilettes du genre opposé, vous avez la possibilité matérielle de vous balader partout et d'y voir tous les clients pour tenter d'approcher qui bon vous semble.
Pire, et c'est la grande différence, le comportement des hommes et des femmes sur les sites n'est pas le même du tout. Les hommes y chasseraient en quantité alors que les femmes y sélectionneraient

en qualité dans un rapport de 1 pour 25 en moyenne (les femmes likent 1 homme quand les hommes tentent d'accrocher 25 femmes). Sur *Tinder* bien des hommes s'amusent à liker « à la mitraillette » tous les profils qui leur sont présentés et font le tri des réponses positives par la suite. En d'autres termes, lorsque vous vous inscrivez sur un site de rencontres qui aurait réussi l'exploit de créer un équilibre hommes-femmes, c'est un peu comme si, en termes de potentiel de matchs, vous pénétriez dans une boîte de nuit où il y aurait 1000 femmes pour 25000 hommes. Nous appellerons cela le déséquilibre de la balance des genres. La comparaison du modèle économique de certains sites gratuits pour les femmes avec celui des boîtes de nuit relève donc de la plaisanterie.

Je dois ici reconnaître que je n'ai peut-être pas suffisamment mis en lumière la manière dont les hommes, eux aussi, peuvent être affectés par les dynamiques du *dating* numérique. Le « ratio alpha », ou le « coefficient de génie » tel que le décrit Antoine Géraud[22], illustre bien les mécanismes qui, sur certaines plateformes, concentrent l'attention sur une minorité d'hommes perçus comme particulièrement désirables. Pour ceux qui ne répondent pas à ces critères, l'absence totale de retours ou de contacts peut être vécue comme une mise à l'écart douloureuse. Thibault, lors d'un témoignage anonyme, résume ce sentiment : « une grande majorité d'hommes n'accèdent à rien sur les sites de rencontres, c'est la source d'une immense frustration ». Denis, en réaction à l'un de mes posts Facebook, va plus loin : « pourrait-on considérer que le marché des plateformes de rencontres renforce le mouvement masculiniste en accentuant ce sentiment de frustration ? » Je n'ai pas de réponse toute faite, mais la question mérite d'être posée.

Messieurs, il ne vous reste donc que trois options : allumer un cierge devant Sainte Rita, chasser des hommes, ou, puisque les femmes vous jugent d'abord à travers votre galerie de photos, être véritablement très beau. Voilà qui explique bien le calvaire de nombreux

22. Antoine Géraud, également connu sous le nom de « Docteur Love », intervient sur Instagram et anime une chronique dédiée aux relations amoureuses sur *Radio Notre-Dame*.

hommes, qui ont du mal à décrocher ne serait-ce qu'un seul rendez-vous... Voilà qui explique peut-être en partie l'agressivité de certains hommes (notamment lorsque les femmes ne leur répondent pas), qui passent de désillusion en désillusion et insultent celles qui ne réagissent pas à leurs sollicitations. Mais rien de bien grave, puisque l'on vous fait payer pour ça ! Dans ces conditions, le véritable modèle économique des sites ne devrait-il pas consister à faire payer les femmes et offrir un accès gratuit aux hommes ?

Black Fridate

Sous le pseudo Aron, un chef d'entreprise connu me narre le mode de vie de l'un de ses amis, boulimique de rencontres éphémères par le numérique. Du haut de ses 35 ans, il cumulerait déjà plus de 800 relations hétérosexuelles. Je songe à son impact sur les statistiques de création de relations par le *dating* en France. 50 % des personnes non-utilisatrices à qui je parle de mon projet d'écriture sur les sites de rencontres ont une réaction de type « Ah oui, c'est un sujet intéressant, l'amour consumériste. J'ai des amis qui se sont rencontrés comme ça. Mais ça traite un peu les gens comme des produits ? C'est pour les gens qui veulent tirer un coup, non ? » *Tinder* ressort souvent dans les échanges comme le symbole de cette vision (*Meetic* un peu plus comme un outil de mariage). D'où vient cette image ? Les sites sont-ils en train de transformer la rencontre et la relation en un simple acte de consommation que l'on utiliserait en fonction de leurs spécialités ?
Si *Tinder* avait préparé le terrain avec son swipe, c'est sans doute *Adopte* qui a intégré la plus symptomatique des approches marketing en présentant l'homme comme un produit à acheter. L'idée d'un « homme produit », bien de grande consommation, que l'on met dans son caddie avant de passer à la caisse, a fait un tabac. *Adopte*, visionnaire ? Le site a magistralement illustré ce qu'est devenue la relation par internet : un supermarché de candidats et de candidates dans lequel il suffit de se servir et dans lequel on peut revenir quand bon nous semble, au gré de nos besoins (ou de nos désillusions).

Si l'on pousse la métaphore du consumérisme, la pratique du *dating* numérique ne relève-t-elle pas, elle aussi, du phénomène de l'obsolescence programmée ? Les sites, caractérisés par leur grande capacité à cracher des histoires courtes, ne sont-ils pas essentiellement vecteurs de liaisons à rupture programmée ? D'une consommation d'impulsion et jetable ? Je vous renvoie aux chapitres précédents (ou à vos expériences) pour vous faire une idée.
La marque *Adopte* est devenue tellement forte en France qu'elle n'a plus besoin de se présenter sur ses affiches de promotion dans le métro. Ces dernières années on y voyait des lèvres qui s'effleurent assorties du mot Amour. À l'heure ou 75 % des Français utilisateurs aspirent à obtenir, grâce aux sites de rencontres, leur dernier premier baiser, le slogan de leur dernière campagne « votre prochain premier baiser » illustre parfaitement le consumérisme ambiant dans la relation numérique. Si cette baseline illustre parfaitement l'émergence du fast-food *dating*, elle suggère que le célibataire d'aujourd'hui enchaînerait les histoires en multipliant les premiers baisers avec de nouveaux partenaires. Il y a deux manières de l'analyser. Soit ils cherchent à s'attaquer à *Tinder*, qui a la réputation (partiellement fausse) d'être la plateforme des rencontres éphémères, soit ils estiment judicieux de surfer sur ce que nous dénonçons ici : l'impact des sites de rencontres sur la tendance des célibataires à enchaîner les histoires courtes. Au moins chez *Adopte* on ne triche pas et l'on n'essaye pas de vous vendre la romance de votre vie, accordons-leur cela. *Hinge*, qui affiche le slogan totalement inverse « votre dernier premier date », sur le même modèle déceptif, risque d'avoir plus de mal à honorer sa promesse et à justifier son taux d'échec.
Lors d'une discussion sur certaines formes d'obésité, mon ami Alain me rappelle cette parole que l'on attribue à Socrate : « On ne vit pas pour manger, on mange pour vivre », un clin d'œil à l'inversion du rapport à la nourriture. Ce changement, né de la société de surconsommation, a entraîné, un peu partout dans le monde, une explosion des cas d'obésité et des problèmes sanitaires qui en découlent. Cette idée me fait penser aux sites de rencontres, qui, à leur tour, illustrent une surconsommation de la rencontre et sont à l'origine de nombreux maux. Je ne résiste pas à l'idée de la décliner en « On ne vit

pas pour rencontrer, on rencontre pour vivre». Ne sont-ils pas, eux aussi, en train de provoquer une inversion du rapport à la relation? Dans ses écrits, Eva Illouz pousse l'analyse à son paroxysme en prédisant que ces pratiques mèneront ni plus ni moins à la fin de l'amour[23]. Oserions-nous établir un parallèle avec les écologistes, qui prévoient un effondrement global de nos sociétés en raison de la surconsommation des ressources planétaires?
Quelle est la limite de ces pratiques et de cette tendance? Le retour du conservatisme moral, réactionnaire, masculiniste et hypocrite à la saveur de l'oncle Sam? Ou allons-nous, au contraire, entrer dans l'ère du *Black Fridate* au sens propre du terme? Nous y sommes presque, et je suis surpris que la célèbre campagne commerciale du *Black Friday* n'ait pas encore été déclinée à la sauce du *dating*. À force de tourner en rond depuis des mois sur un grand site et d'être avide de nouvelles rencontres, quel effet cela aurait-il si, soudainement, et à l'annonce de la campagne (par une légère modification des paramètres de l'algorithme), des dizaines de nouveaux profils se présentaient à moi? En serais-je offusqué ou trop heureux de ces soudaines opportunités? Je vous laisse deviner. Certains sites pratiquent déjà les soldes en proposant un tarif réduit à leurs nouveaux membres pendant cette période.
L'immixtion du consumérisme dans la rencontre pose une autre question fondamentale: ne sommes-nous pas en train de passer de l'ère de «la relation sujet» à celle de «la relation objet»? J'appelle «la relation sujet» celle dans laquelle la rencontre et la construction de la relation de couple sont centrales. Elles constituent la finalité de la rencontre. Comme le rappelle Christine Barois, toute construction de couple implique une part de renoncement à soi-même, et elle cite l'un de ses patients pour illustrer ses propos: «Lorsque je me suis séparé de ma femme, je ne savais plus quel était mon yaourt préféré». Marie Bergström parle, elle, de découplage entre la relation née des sites de rencontres et la relation conjugale[24]. Tout comme l'objectif de mariage a pu l'être à une autre époque, l'édification

23. Eva Illouz, *La Fin de l'amour*, *op. cit.*
24. Marie Bergström. *Les Nouvelles Lois de l'amour*, *op. cit.*

de cette relation y est le fondement d'un chantier binomial. Si je vilipendais les propos d'Estelle Dossin dans l'émission *Mariés au premier regard*, nous expliquant que l'alchimie se construit, il est en revanche une certitude : l'amour et la relation, eux, se travaillent sur la durée. Le couple est une entreprise et un chantier sans fin, il est par nature le sujet de la relation.

J'appelle « relation objet » une relation détachée du concept de construction binomiale du couple et réduite à l'adjonction de deux objets plus ou moins compatibles, au service de la jouissance et du bien-être de chacun. Le développement personnel ne martèle-t-il pas à ses adeptes la nécessité de savoir s'écouter, pour ne pas dire de n'écouter que soi ? L'approche par le profilage proposée par les sites de rencontres renforce cette tendance. Dans une démarche autocentrée et peu propice à l'altérité, aux renoncements ou à la conciliation, le célibataire va y chercher celui ou celle qui correspond à ses attentes et à ses critères d'exigence, afin d'accéder à une relation tout en limitant les risques de déception et d'incompatibilités. La relation motivée par la seule recherche de celui ou celle que je veux, ou dont j'ai besoin à un moment donné, quitte à la ou le jeter à la première insatisfaction. Ce n'est pas grave, puisque je peux aller rechercher un nouvel objet de satisfaction dans le grand catalogue de la rencontre. Les sites ont-ils inventé et sont-ils en train d'imposer à leurs utilisateurs la liaison revolving ? Si tel est en partie le cas, le *dating* ne peut apporter à ses utilisateurs que frustration, détresse et dévalorisation. La parfaite inversion des fondamentaux de la rencontre. On ne rencontre plus pour vivre, on vit pour rencontrer.

Quitte à rester dans les comparaisons et les citations, il en est une autre célèbre que m'inspire aussi les sites de rencontres : « trop d'impôts tue l'impôt »[25]. Trop de rencontres tuent-elles la (vraie) rencontre ? Pas impossible. À force d'avoir le choix de faire des rencontres multiples et de cumuler les histoires courtes, n'excluons pas l'idée que nous ne sachions plus choisir ni sur laquelle

25. Colbert, ministre des Finances sous Louis XIV, a formulé l'expression « Trop d'impôts tue l'impôt » pour rappeler l'équilibre nécessaire entre fiscalité et capacité contributive, soulignant les dangers d'une pression fiscale excessive.

nous arrêter ni à laquelle nous investir. Même si cela peut sembler contre-intuitif, n'excluons pas non plus que l'hyperchoix réduise considérablement la probabilité de rencontrer la bonne personne. N'oublions pas non plus que les sites ont instauré une forme de « l'herbe est toujours plus verte ailleurs », faisant ainsi de cette idée un véritable « art » de vivre. Ils fonctionnent comme un SAV de la relation : chez nous, c'est le choix – satisfait ou remboursé, remplacement garanti, pratique et abordable. En conséquence, nous ne serions plus vraiment capables de faire preuve de patience, encore moins de distinguer l'essentiel ou de préserver une relation sur la durée.

Par ailleurs, il a été démontré que les téléspectateurs estiment de plus en plus fréquemment qu'ils n'ont plus de choix sérieux et ne trouvent plus rien d'intéressant à regarder à la TV, alors que le choix et l'éventail des programmes, notamment grâce aux plateformes, n'ont jamais été aussi vastes sur notre petit écran. Perdus dans la surabondance de choix. Raccourcis trop faciles ? Olivier Orna me raconte l'histoire d'une de ses membres, une très belle femme, qui, à force de crouler sous les sollicitations, y compris d'hommes qui sont à des années-lumière de son niveau de beauté, ne sait plus à laquelle répondre, de peur de se fier uniquement à des critères physiques et d'enchaîner les échecs. Tétanisée par l'abondance.

Nous discutons avec la parisienne Caroline, belle femme et pratiquante juive dans tous les sens du terme, le culte et le *dating*. Analytique et brillante, elle ressent parfaitement l'évolution de la société et des comportements humains. Sa pratique des sites de rencontres l'a rendue « cynique », avoue-t-elle, pour se protéger des fous. L'un de ses souvenirs les plus marquants remonte à un date estival. Quinze minutes après le début de cette première rencontre, alors qu'elle évoque la chaleur ambiante, son prétendant balance un verre d'eau sur son T-shirt blanc. Depuis cette expérience, elle prend son temps et n'accepte plus de dates sans avoir longuement échangé au téléphone en amont. Elle n'hésite plus à ne pas donner suite dès qu'elle a le moindre doute sur certains des critères de sélection qu'elle s'est fixés. Nous abordons la question d'une éventuelle transformation de son rapport à l'autre du fait de la pratique

du *dating*. Elle l'avoue, avec les applis il est tentant de swiper d'un homme à l'autre quand on a autant de choix au bout des doigts. Elle reconnaît néanmoins l'émotion et la souffrance induites par les échecs de rencontres. Paradoxe de la rencontre moderne ?
Elle tente d'expliquer les nouveaux comportements relationnels en faisant une judicieuse comparaison avec la problématique du TDAH[26] chez les jeunes. Certaines études pointent du doigt l'exacerbation du phénomène due à la pratique abusive des écrans. Elle rappelle également le décalage qui s'est créé, au fil des années, entre le comportement des jeunes, de moins en moins capables de concentration, et celui des concepteurs de programmes éducatifs. De 30 à 40 ans leurs aînés, ils imaginent de nouveaux programmes qui ne prennent pas toujours en compte les nouvelles limites de concentration des jeunes. Le cerveau des jeunes s'est adapté à l'effet des écrans, et il ne sert sans doute à rien de se lancer dans un combat d'arrière-garde pour défendre le niveau de concentration d'antan.
De là à franchir le pas ? Elle n'hésite pas : serait-il possible que le *swipe* et les pratiques relationnelles issues des sites de rencontres aient irrémédiablement amputé notre patience relationnelle et qu'ils impactent sensiblement notre capacité à générer des relations stables, solides et durables ? Une sorte de trouble relationnel. Par le *swipe*, la relation basculerait dans le monde de l'impatience émotionnelle, radicale, violente et saucissonnée. Le *swipe* de *Tinder* est-il à l'origine d'un TDAH[27] relationnel ?

Sexe and the City

Le consumérisme dans la rencontre numérique se matérialise aussi dans l'envol du *sexual dating*. La consommation de relations pour et par le sexe. La relation par internet a basculé dans une dimension où le physique est passé au premier plan dans l'entrée en relation. On couche avant de voir si on s'entend bien. Comme le montre très bien Eva Illouz, on entre désormais dans la relation par le sexe,

26. Trouble déficitaire de l'attention avec ou sans hyperactivité.
27. Trouble déficitaire de l'amour avec hyperactivité.

comme on y entrait jadis par la découverte et la discussion sur l'objectif de la relation et du couple[28]. Mis à part la prostitution, les sites de rencontres sont le moyen de rencontres consenti par lequel le temps entre les premiers échanges et la baise est le plus court. Là encore, le sujet n'est pas de juger celles et ceux qui utilisent le *dating* à la seule fin de rencontres sexuelles et éphémères, mais, même pour ceux qui recherchent l'âme sœur, la quasi-instantanéité de la relation sexuelle est devenue la norme qui s'impose à tous. Quitte à se rencontrer sur une mécanique faite pour cela, allons au bout de la logique et testons de suite la compatibilité des corps.
Christel, sur *Tinder*, me raconte son dernier contact, qui lui demande dès leurs premiers échanges : « C'était quand la dernière fois que tu as fait du bon sexe ? » Il est incontestable que la pratique des sites de rencontres est très souvent associée à une sollicitation masculine et sexuelle dès l'entrée en discussion. Dans notre enquête, 50 % des utilisatrices reconnaissent avoir reçu des contenus explicites et non sollicités, en d'autres termes des photos de sexe, les fameuses *Dick Pics*. Combien de fois ai-je entendu des amies utilisatrices me raconter les messages d'hommes les abordant directement sur le sujet sexuel avant de les insulter en les traitant de « salopes » ou de « coincées du cul » si elles ne répondent pas ou bottent en touche. Comme si la femme n'était qu'un objet de satisfaction physiologique pour l'homme et que l'interposition de l'application numérique désinhibait cette tendance. Ce qu'un homme n'oserait jamais faire lors d'une rencontre imprévue avec une femme dans un bar, à savoir lui montrer son sexe au bout de quelques minutes, est couramment pratiqué dans la rencontre numérique. Olivier Orna me raconte l'histoire d'une de ses clientes qui, sur un autre grand site, propose à un match de se rencontrer pour la première fois en webcam. Lorsqu'elle ouvre la liaison, elle se retrouve face à un phallus en érection qui éjacule en plein écran. Amis poètes, bonjour !
Messieurs, savez-vous que le fait d'envoyer des supports intimes à une personne que ne l'a pas sollicité relève de l'agression sexuel et du pénal ? L'article R.624-2 du Code pénal peut s'appliquer dans ce cas

28. Eva Illouz, *La Fin de l'amour*, *op. cit.*

et ces actes sont punis d'une amende de 750 € à 1500 € si l'image est envoyée à un mineur de moins de 15 ans. Si les envois sont répétés, cela devient du cyberharcèlement dont les peines sont plus lourdes : deux ans de prison et 30 000 € d'amende ou 3 ans d'emprisonnement et 45 000 € d'amende si la victime est âgée de moins de 15 ans.
Certaines femmes ne sont pas en reste lorsqu'on parle de sexualisation de l'entrée en relation. Alors que je discutais depuis peu sur *Adotpe* avec une professeure de Yoga et à qui j'avais révélé mon nom et mon activité, elle m'adressa très rapidement un message étonnant : « Il y a plein de vidéos de toi sur google (ndlr, quelques TEDX, des interviews de journalistes, etc.) et pas de moi, on n'est pas à égalité ! Du coup j'ai décidé de t'en envoyer une de moi, c'est quoi ton mail ? »
Quelques minutes plus tard, j'ai reçu une vidéo d'elle, nue sous une nuisette, dans une posture suggestive, à moitié allongée sur un canapé, adoptant des gestes qu'elle pensait séduisants, voire excitants. Ce fut l'une des rares fois où, avec un profond manque de respect, j'ai pratiqué le ghosting instantané, m'éclipsant lâchement dans l'anonymat des autres profils.
Les sites de rencontres ont généré des pratiques de consommation sexuelle libérées et rapides, alors même que leurs protagonistes ne savent pas encore s'ils sont réellement faits l'un pour l'autre. Le sexe avant la conjugalité. Si cette posture n'est pas choquante pour ceux dont c'est le but unique, elle interpelle au regard de la proportion d'utilisateurs, notamment de femmes, qui recherchent le grand amour. Au risque de passer pour un réac', cette entrée par le sexe n'est-elle pas, elle aussi, source de frustrations, de dévalorisation, voire de salissure ? Il est une chose de chercher un coup d'un soir ; il en est une autre de découvrir peu de temps après que la personne en face d'elle ne correspond pas relationnellement, culturellement et intellectuellement à ce qu'elle recherche. Les sites de rencontres opèrent une sorte de dissociation entre le corps et l'esprit, en promouvant une forme d'injonction au sexe, non validée par une profonde entente relationnelle et intellectuelle préalable. Ils détruisent l'espace-temps nécessaire entre la rencontre et le sexe. L'immersion rapide du sexe dans la relation transforme celle-ci en

une commodité au service de la satisfaction sexuelle. Une relation dont on se sépare, d'un côté comme de l'autre, à la première occasion ou à la moindre déception. 80 % des femmes y cherchent l'âme sœur, et on leur sert de la relation Kleenex sexuelle, celle qui soulage sur le moment et que l'on jette après usage. La citation « On peut acheter le plaisir, pas le bonheur »[29] semble résonner ici avec force. Belle perspective de vie, notamment et tout particulièrement pour les femmes qui cherchent sur internet le futur père de leurs enfants !
Au-delà du fait que la consultation de vidéos pornographiques (qui représente un tiers des consultations vidéo) émet chaque année 350 millions de tonnes de CO_2 dans l'atmosphère (la forêt française n'en absorbe qu'à peine 8 millions par an), je pense à l'impact reconnu des sites de pornographie sur la relation à l'autre. Combien d'addicts à PornHub ou XHamster, qui dévorent quotidiennement l'image de femmes aux corps sublimes et fantasmagoriques, se retrouvent impuissants lorsqu'ils se trouvent face à une femme « normale », qui, il y a 20 ans, aurait pu être leur compagne parfaite ? Comment puis-je tomber amoureux d'une femme ou d'un homme « normal » que je vais comparer aux 30 ou 40 autres femmes ou hommes avec lesquels j'ai eu une histoire de cul grâce à *Tinder* ? Comment ne pas penser qu'une femme ou un homme au corps parfait m'attend forcément quelque part dans la faune des célibataires de l'appli ? Pour faire écho au film *Quatre mariages et un enterrement*, comment ne pas partir à la recherche perpétuelle d'Andy MacDowell sur *Tinder*, alors que j'ai pourtant rencontré trois Christine Scott Thomas lors de mes derniers dates ?
Notre enquête, en clin d'œil, illustre parfaitement cette double injonction sexuelle imposée par les sites et tout particulièrement par les hommes : le sexe, et vite, s'il vous plaît. Dans notre question sur l'identification des sites à de grands films connus, les positions 2 et 3, comme nous l'évoquions précédemment, sont occupées par

29. La citation « On peut acheter le plaisir, pas le bonheur » est souvent attribuée à Albert Einstein, mais il n'existe aucune source vérifiable confirmant qu'il l'ait effectivement prononcée ou écrite. Elle semble être une expression populaire associée à ses réflexions sur la nature du plaisir et du bonheur, mais son origine exacte reste incertaine.

L'homme pressé (L'impatient Delon qui veut faire accoucher Mireille Darc au septième mois) et *Tout ce que vous avez toujours voulu savoir sur le sexe sans jamais oser le demander*. Il est parfois des images qui parlent mieux que toutes les analyses.
Mais la résistance s'organise et le « Jamais le premier soir » est devenu une phrase fétiche du langage féminin. Dérisoire combat d'arrière-garde ou cache-misère des femmes qui ont cédé elles aussi à la relation objet et qui tentent de maintenir le lien de cause à effet entre la relation intellectuelle et physique ? Le deuxième soir, couramment pratiqué par les utilisateurs de *dating*, change-t-il quoi que ce soit à l'affaire ?
Béatrice Cuzin, urologue et sexologue à Lyon, nous offre une photographie plus masculine du sujet, son quotidien. « Certains hommes qui pratiquent les sites de rencontres sont victimes de troubles sexuels »[30], affirme-t-elle. Souvent esseulés, pas toujours gâtés par la nature, ils accumulent les échecs à répétition et perdent confiance en eux, y compris sur le plan physique. Lorsqu'une rencontre se produit, ils se sentent parfois soumis à une pression sexuelle trop rapide, qui ne répond pas toujours à leur besoin de mise en confiance physique. Beaucoup d'hommes, ajoute-t-elle, ne vivent pas bien la « prise de pouvoir » de bien des femmes sur les sites, de plus en plus exigeantes et consommatrices, réclamant telle ou telle réalisation physique sans se soucier de savoir si l'homme y est chronologiquement, psychologiquement et physiologiquement prêt.

Femme objet

Lorsque l'on interroge les utilisateurs sur la fréquente différence de tarification entre les hommes et les femmes sur les sites de rencontres, les avis sont partagés. Dans notre enquête, par exemple, 50 % des femmes ne remettent pas en cause le principe de gratuité qui leur est encore parfois proposé. Il leur paraît relever de la normalité. Au-delà des raisons pour lesquelles cette facturation gratuite

30. Dr Béatrice Cuzin, entretien avril 2024.

est instaurée, l'effet d'aubaine fonctionne à plein. Bien des femmes en font une question de principe : « Payer pour ça ? » Jamais. Pour quoi ? Pour le principe de la rencontre numérisée ou pour les piètres résultats de ses prestataires ?
Par ce biais financier, les femmes acceptent, et comme l'explique très bien Marie Bergström, de ne plus être des clientes de l'entreprise de *dating*, mais une composante à part entière d'un produit proposé aux hommes[31]. Le célèbre adage « Quand c'est gratuit, c'est que tu es le produit » semble avoir ici trouvé toute sa signification. Il faut faire venir le plus de femmes possible pour que, dans leur anthropologie de chasseurs, ils puissent y trouver la plus grande concentration possible de gibier. Je les appellerais ici les « chasseurs payeurs ». Nous évoquions plus haut la stratégie commerciale des boîtes de nuit : faire entrer le plus de jolies femmes possibles pour que les hommes s'y ruent pour leur payer à boire et rentabiliser la discothèque. Olivier me raconte la stratégie de la célèbre boîte de nuit nantaise, le Marlowe : « C'était il y a trente ans de cela, je ne sais pas maintenant, mais la boîte n'embauchait que des super beaux gosses comme serveurs, et cela se savait. Les femmes s'y ruaient pour les voir et les hommes s'y précipitaient pour les femmes en question. » Mais nous ne sommes pas ici dans l'univers de la fête, mais dans celui de la quête d'amour et de relation. Décliner cette pratique dans le *dating* positionne la femme en dépendance ou en appât pour l'homme chasseur payeur. Comment, dès lors, critiquer le comportement de ceux qui se comportent ainsi et viennent y chasser des femmes « jetables » sans relâche ?
Cette opposition frontale entre les femmes-produits gratuits et les hommes-chasseurs-payeurs explique en partie l'immense taux de déception de toutes celles qui rêvent d'y trouver l'âme sœur. Si tant de femmes écrivent sur leur profil qu'elles ne veulent pas de coups d'un soir, cela n'est pas un hasard. Ultime et dérisoire expression de la contradiction dans laquelle elles sont engluées et du piège refermé sur elles-mêmes : contribuer à une mécanique machiste et trompeuse par attraction de la gratuité ? Pourquoi les grands

31. Marie Bergström, *Les Nouvelles Lois de l'amour*, *op. cit.*

chasseurs préfèrent-ils les réserves africaines ? Parce qu'il y a pléthore de gibier. Pourquoi les grands chasseurs de femmes ne pulluleraient-ils pas sur les sites de rencontres qui savent attirer les femmes ? À la réflexion, et si l'on tire le fil, les sites soi-disant protecteurs des femmes, tels qu'*Adopte* ou *Bumble*, ne le sont peut-être pas tant que cela. Parole même de leurs staffs (Selon Marie Bergström), qui avouent que l'atmosphère de sécurité proposée aux femmes (elles y ont le pouvoir d'ouvrir la discussion) ne vise en fait qu'à y faire venir le plus grand nombre possible d'hommes payants. Masquée sous des habits de féminisme bienveillant, y couve la même vision cynique de la femme-objet. Ce modèle est étonnant puisqu'il joue contre chacun de ses protagonistes. Pour bien des femmes, tout d'abord, qui croulent sous les sollicitations et ne savent plus, au-delà de l'apparence physique, laquelle est digne de confiance. Pour les hommes, ensuite, qui se plaignent de ne recevoir que trop peu de sollicitations, les femmes n'ayant pas besoin de les prospecter. C'est l'équilibre de ce rapport qu'il faut revisiter.
Cette construction congénitale des sites explique aussi le réflexe de bien des femmes à ne pas y mettre, ne serait-ce qu'un doigt de pied. À l'heure où Tinder perd de ses membres payants, parvenir à renverser la logique de la femme-objet permettrait donc de rouvrir et assainir ce marché sclérosé. En d'autres termes, les sites doivent réfléchir à un grand nettoyage de leur écosystème et de leur fonctionnement, replacer les femmes à leur juste place et répondre à leur recherche d'histoires sérieuses, nous y reviendrons. Il n'est pas illogique de réfléchir au *dating* par la porte d'entrée de ceux de ses membres qui peuvent le plus en souffrir : les femmes.
Il y a une bonne nouvelle dans cette histoire, n'en déplaise aux tenants de la révolution comportementale que je conteste en partie. Si les sites sont si critiqués par leurs utilisatrices, c'est bien la preuve que le désir d'amour et de romance est toujours vivace. Le bruit fait par les histoires bavardes en est une autre. L'amour n'est pas fini, sa source n'est juste pas là, et en l'état, une grande masse de célibataires le pense. Dans ce contexte, que sont les applications et les sites de rencontres, sinon une illusion, un adjuvant trop facile aux vides laissés par le célibat ou les ruptures de couples ? Cette

illusion est dangereuse car elle tend à confondre la fin (l'amour) et le moyen (la rencontre). Elle est destructrice du tissu relationnel en ce qu'elle pousse les individus en mal d'amour, notamment les femmes, à une quête sans fin, trompeuse et destructrice. Le temps passé à ne récolter que des miettes de conjugalité ne se rattrape pas. Osons le dire, aucun site ni application de rencontres n'a été conçu selon une philosophie autre que celle de la rentabilité et de la capitalisation permise par le modèle Homme payeur – Femme appât. Aucun ne l'est dans un réel esprit de recherche de l'âme sœur, d'équilibre des genres, voire de renversement du rapport homme-femme. Réduire la déception envers le *dating* passera très certainement par la suppression de la gratuité pour les femmes là où elle est pratiquée et par la mise en place de filtres pour les chasseurs payeurs. Peut-être aussi par ce renversement total de la relation homme-femme : l'homme objet et la femme chasseuse, qui sait ? Tant que cet équilibre ne sera pas retravaillé, et malgré l'existence tout à fait légitime de sites libertins (qui ont d'autant plus leur place dans le paysage du *dating*, puisqu'eux ne trichent pas sur les intentions réciproques de leurs usagers), l'offre ne pourra globalement pas rencontrer la demande et le taux d'insatisfaction ainsi que de défiance envers le métier ne faiblira pas. Les innovations des vingt-cinq dernières années, venues de la concurrence, ne sont que cosmétiques. Aucune n'a apporté la révolution culturelle qui s'impose.

Jukebox

On touche là un point sensible à plus d'un titre. La marchandisation de la rencontre en ligne peut-elle être traitée comme n'importe quelle autre prestation sur internet ? La gratuité, souvent pratiquée pour les femmes, est-elle une illusion ? Est-elle acceptable et respectueuse ? Comment un site de rencontre peut-il justifier, sans lasser ses membres, des facturations significatives pour un service qui fonctionne si mal ? Payer 15, 20 ou 25 euros par mois pour rien ? Ou pire, pour une bonne dose de souffrance ! Les utilisateurs sont-ils masochistes ? Comme l'évoquait un témoin sur France

Inter : « Payer pour trouver l'amour, franchement, ce n'est pas trop mon truc ». « Payer pour ça ? Jamais » est l'un des commentaires qui ressort le plus souvent sur les publications commerciales des différents sites de rencontres sur Facebook.
Comme pour « l'entrée libre » dans un magasin, quasiment tous les sites vous l'annoncent haut et fort : « chez nous, c'est gratuit », une profonde illusion mensongère. Comment peuvent-ils vivre dans ces conditions ? Pour certains, cette gratuité se limite à la création d'un profil et à la consultation de quelques profils sans la moindre capacité d'interagir avec les autres. D'autres revendiquent l'accès gratuit à un service de base qui permettrait de nouer des relations de bout en bout sans payer. Osons le dire, la gratuité est un attrape-mouches qui ouvre la porte à ceux qui croient naïvement pouvoir accéder à l'amour sans frais, autant qu'à tous ceux qui viennent arnaquer, se prostituer ou harceler les autres utilisateurs.
Si le but de cet ouvrage n'est pas de décortiquer la tarification de chaque site de rencontres, il en existe presque autant que de sites. Globalement, le modèle économique des sites de rencontres ressemble à un juke-box dans lequel il faut sans cesse remettre une pièce pour relancer la machine. Ils proposent quatre grandes méthodes de paiement :

- Les sites gratuits pour les femmes et sous abonnement mensuel pour les hommes (avec différents niveaux d'abonnements permettant une plus ou moins grande activité ou visibilité).
- Les sites dit *freemium* avec abonnement, gratuits pour tous au départ mais imposant rapidement un abonnement pour accéder à certaines fonctionnalités (consulter les gens intéressés par votre profil, matcher d'autres utilisateurs au-delà d'un minimum par jour, mettre en avant votre profil, etc.).
- Les sites *freemium* avec options, gratuits pour tous mais imposant la facturation de certaines fonctionnalités (des crédits de consultation des gens s'intéressant à vous, de match des autres membres, de nouveaux profils à consulter, etc.).
- Les sites à abonnement mensuel fixe (généralement dégressifs en fonction de la durée d'engagement) pour les hommes et les femmes

Bienvenue dans le monde de la caisse enregistreuse relationnelle. Tout y passe : vous faire payer l'accès à la messagerie de vos contacts, vous faire payer pour plus de matchs ou pour consulter un profil swipé deux minutes avant, payer ou verser un pourboire pour consulter de nouveaux profils, vous facturer la mise en avant de votre profil auprès des autres membres, payer pour pouvoir consulter les profils qui s'intéressent au vôtre, etc. Plus vous avancez dans le processus d'utilisation de fonctionnalités fort utiles par ailleurs, plus on tente de vous faire payer. C'est au fond assez abject. Lorsque vous allez au cinéma, on vous fait payer le prix d'un billet pour tout voir, et l'on ne vous demande pas d'ajouter un supplément au milieu du film ou 5 minutes avant la fin pour voir la chute. Certains sites ont le mérite d'annoncer la couleur d'emblée, sous la forme d'un simple abonnement sans (trop) y ajouter d'options de mise en avant. Parler de prix, c'est aussi penser à ceux qui, par dépit et déception, s'inscrivent sur un second, voire un troisième site, s'enfermant dans une forme d'addiction qu'aucune statistique n'évalue. Cette hypothèse n'est pas marginale. Elle est évoquée par tous ceux qui ont utilisé intensivement les sites de rencontres, votre serviteur y compris. Lorsque j'étais parfois sur deux sites, je retrouvais un certain nombre de profils sur les deux, souvent avec les mêmes photos.

Une règle générale : sur de nombreux sites, en ouvrant gratuitement votre profil, vous ne savez jamais trop à l'avance à quelle sauce vous allez être mangé. Il est indispensable que les sites soient plus transparents sur le sujet des coûts, ce qui n'est que rarement le cas. À partir de quel prix ai-je l'impression d'être enfin entré dans une mécanique efficiente ? Que dois-je mettre dans le nourrain pour jouir d'une impression d'efficacité ? Ne suis-je pas tenté, au fil de mes déceptions, de mettre toujours plus dans le panier pour trouver ce que je n'ai pas encore réussi à trouver ? Les algorithmes des sites sont-ils faits pour que je ne trouve pas trop vite, en m'incitant à payer plus pour en voir plus ? Nombre d'utilisateurs sont embarqués dans des tunnels de facturation dont il est parfois difficile de sortir. Quand ils ne sont pas addictifs.

Sur une base de gratuité ou d'un abonnement de base, *Tinder* va, par exemple, faire défiler sur votre smartphone des profils que vous pouvez inviter ou rejeter comme des objets grâce au *swipe*. Mon expérience de ce forfait de base est comme pour beaucoup, décevante, les profils qui sont proposés ne correspondent pas à mes critères de sélection, très peu de femmes me plaisent. Tout est fait pour me faire choisir un abonnement plus cher ; à chaque formule sont associées des options, comme lors de l'achat d'une voiture. Je me sens frustré et sous pression : si je ne prends pas toutes les options, je vais sûrement rater la femme de mes rêves. Comme les sièges en cuir d'une berline, elle est forcément cachée dans la version la plus chère, c'est sûr. C'est cynique s'agissant de rencontres humaines ! Le site m'invite aussi sans cesse à acheter des *boosts* : vous payez et recevez soudainement quelques *matchs*. Vous avez tout intérêt à en profiter car, après un ou deux jours, votre profil retombe dans l'anonymat. Que se passe-t-il en dessous ? Est-il normal de payer pour un service de base qui vous force à payer plus pour accéder à un vrai service ?

Cette stratégie, que j'appelle du « millefeuille tarifaire », est suicidaire en termes d'image pour un site. Elle l'oblige à réserver ses meilleurs « produits » (notamment de beaux profils de femmes gratuites pour un homme et inversement) pour ceux de ses membres qui payent le plus. Par effet de vases communicants, elle vide la substance du fonds de commerce qu'elle présente à ceux qui ne payent pas ou peu. Elle tire son image vers le bas pour tous ceux et celles de ses nouveaux membres qui veulent, comme souvent, tester l'outil en ne payant pas ou pas trop au départ et qui n'y trouvent plus que de la frustration. Je comprends mieux pourquoi je ne trouve rien qui me plaise avec mon abonnement de base. Le type de femmes que je cherche est réservé à d'autres utilisateurs plus payants que moi. Il y a une petite ambiance « District 9 » : dans le *dating* ; si tu ne payes pas, reste en enfer. Cette stratégie du millefeuille les met potentiellement en infraction avec la fameuse obligation de moyen dont nous parlions en début de livre. Vous vous souvenez ? Faire de leur mieux pour me délivrer une prestation correspondant à mes attentes et mes besoins.

Certains sites « de luxe », tels que *Hinge* (groupe *Tinder*, *Meetic*, etc.), tentent de convaincre de leur sélectivité par des prix très élevés. Tinder envisagerait le lancement d'une offre d'abonnement à 500 euros par mois pour mettre en capsule ses membres CSP +++, genre « rentre dans le club des gens bien, et tu as intérêt à le faire, parce qu'après ça, et dans notre formule à 10 ou 15 balles par mois, il n'y aura plus grand-chose ». Tellement sympa pour ceux qui ne peuvent pas payer et sans doute révélateur d'une érosion qualitative de leurs sites principaux. Pourquoi *Tinder* se sent-il obligé de se positionner sur un segment haut de gamme en rachetant *Hinge*, comme *Meetic* en créant *Meetic Affinity* ? Faut-il aussi y lire entre les lignes qu'ils cherchent à ne pas perdre leurs clients CSP ++ face à la baisse en gamme de leur fonds de commerce principal ? La tendance actuelle à faire émerger des sites hybrides, mélange entre le *dating* et l'agence matrimoniale, n'est pas épargnée par le phénomène, loin de là. Il vous en coûtera de 590 (pour presque rien) à 1290 euros par an sur *Felicity* ou 468 euros chez *MeetandBloom* (hors coaching et master class). Soit au moins deux fois plus que sur un site classique. Les sites doivent assurer leur pérennité et sont très stressés, victimes d'une statistique radicale issue de leur propre marketing de « gratuité » : le nombre de membres effectivement payants. Quand on interroge les sites ou que l'on gratte un peu dans les études, les chiffres parlent d'eux-mêmes : seuls 18 % de femmes et 43 % d'hommes payent. Une grande majorité d'entre eux sont donc des clients financièrement inutiles. Pour autant, les sites ne peuvent pas les rejeter, car ils alimentent la base de données de célibataires à draguer. De fait, et face à leur besoin essentiel d'assurer une forme de récurrence de revenus, n'auraient-ils pas intérêt à ce que leurs membres payants (les plus durs à remplacer) ne les quittent pas trop vite ?

Même s'il faut nuancer le propos en fonction des tranches d'âge observées, les hommes recourent plus facilement aux sites de rencontres que les femmes. Nous avons décrit là les stratégies des boîtes de nuit. Elles sont au cœur même du fonctionnement des sites. Combien de petits sites ont-ils ou vont-ils jeter l'éponge faute de taille critique ou d'équilibre des genres ? Si cette stratégie

explique la sacro-sainte gratuité ou les faveurs tarifaires accordées par certains sites « boîtes de nuit » aux femmes, cette différence de prix est critiquable à plus d'un titre, nous l'avons vu. Elle crée par ailleurs des distorsions de concurrence vis-à-vis des petits sites qui ne peuvent pas se payer le luxe de pratiquer la gratuité pour la moitié de leurs membres.
Pourquoi ne pas faire payer aussi les femmes pour un service dont elles ont autant besoin que les hommes célibataires ? Cela permettrait de baisser le tarif appliqué à tout le monde. Certains sites s'y sont essayés avec succès, y compris des majors comme *Disons Demain*. Même si j'imagine la désapprobation de certaines, trop heureuses de l'effet d'aubaine créé par la gratuité. Il y a dans cette discrimination tarifaire quelque chose d'assez choquant. Elle incarne, une fois de plus, une forme de marchandisation et d'objectivation de la femme, considérée comme un produit d'appel. Cela heurte ma part de sensibilité morale et féministe. Cela heurte aussi mes réflexes d'ex-juriste. Y a-t-il d'autres secteurs de l'économie où une telle discrimination genrée est pratiquée ? Est-elle légale ? Le sujet de la légalité tarifaire, notamment des sites gratuits pour les femmes, mérite d'être posé sur la table et se conçoit à deux niveaux. Le premier a trait à la légalité de la délivrance d'une prestation de service gratuite. Est-ce autorisé ? Les sites vous rétorqueront qu'il n'y a rien de plus normal que la gratuité à l'entrée et qu'elle est une nécessité. Elle vise à permettre un meilleur équilibre entre hommes et femmes sur la plateforme, qui ne se crée pas naturellement. Par ailleurs, un peu comme l'entrée dans un magasin est gratuite, rien n'empêcherait les femmes d'entrer dans la boutique pour payer ensuite, si elles veulent certains services proposés par la plateforme (booster, achat de profils, abonnement dans un second temps, etc.). Mais la pauvreté de l'argument saute aux yeux. Rien n'empêche en effet les sites de concentrer leur communication et leur marketing sur des supports plus féminins que masculins, sans recourir pour autant à la gratuité. De plus, bien souvent, sur ces sites, les femmes peuvent utiliser sans payer l'intégralité de leurs services (choisir un homme, le contacter, le rencontrer et nouer des

relations sexuelles ou platoniques avec lui). L'argument ne tient donc pas la route.

Si la vente à perte ne s'applique qu'à la revente de produits et non de services, la notion juridique d'interdiction de prix abusivement bas s'applique bien aux produits et aux services. N'est-on pas dans ce cas de figure ? Le but des réglementations sur l'interdiction de la vente à perte ou à prix excessivement bas est de parer à toute distorsion de concurrence et de protéger ceux qui ne peuvent pas se payer le luxe d'y recourir. C'est exactement la situation des sites de rencontres, notamment pour les petits sites, qui luttent pour leur survie et sont parfois bien obligés de facturer tous leurs membres. Ceux-là doivent subir la puissance d'attraction des grands sites et tenter de survivre par un modèle économique mortifère imposé par ces mêmes grands sites.

La seconde question a trait au genre. Si tant est que la gratuité soit légale, une société commerciale a-t-elle le droit d'appliquer pour le même service des tarifs différents en fonction du sexe ? Imaginez-vous rendre chez McDonald's qui afficherait un prix du Big Mac moins cher pour les femmes sous prétexte de vouloir garnir ses restaurants de femmes. Bizarre, non ? L'on me rétorquera peut-être qu'une prestation chez le coiffeur n'est pas tarifée de la même manière pour une femme que pour un homme. L'on est là en plein cœur du sujet. Ce qui est concevable pour un coiffeur en raison de la différence de prestation délivrée à chaque sexe, ne peut l'être pour une prestation identique. Cela relèverait de la discrimination. Or, il ne fait pas le moindre doute que les services proposés sur un site de rencontres sont rigoureusement similaires pour les deux genres : exploration, invitation, discussion, rencontre - union ou désillusion entre hommes – femmes, femmes – hommes, femmes – femmes, hommes – hommes.

La question s'est posée à plusieurs reprises par le passé. Les assureurs automobiles avaient, par exemple, pris la fâcheuse habitude de facturer les hommes plus cher que les femmes. Depuis un arrêt de la Cour de Justice de l'Union Européenne du 21 décembre 2012, les assureurs n'ont plus le droit de proposer des tarifs d'assurance auto différents en fonction du sexe de l'assuré. À garanties identiques,

ils sont tenus d'appliquer aux hommes et aux femmes des prix similaires.
Le journal *Libération* avait décidé, le 8 mars 2018, de vendre l'une de ses éditions à 2,50 euros pour les hommes contre 2,00 euros pour les femmes. Il souhaitait par cette démarche rappeler symboliquement la différence de pouvoir d'achat entre hommes et femmes. Le quotidien s'était alors posé la question de la régularité d'une telle pratique. Ils firent bien, car le sujet relève du pénal, ni plus ni moins. L'article 225-1 du Code pénal prévoit très simplement que le fait de traiter une personne de façon moins favorable en raison, notamment, de son sexe constitue une « discrimination directe ». Cette petite plaisanterie est passible de trois ans d'emprisonnement et de 45000 euros d'amende.
L'article 225-3 précise cependant qu'une discrimination fondée sur le sexe, dans le cadre de « la promotion de l'égalité des sexes ou des intérêts des hommes ou des femmes », n'est pas concernée par cette interdiction. *Libération* était donc sauf. S'agissant des sites de rencontres, on voit mal en quoi la gratuité pour les femmes contribuerait à la promotion de l'égalité des femmes ou de leurs intérêts. À la lecture des textes, la légalité de cette pratique dans le *dating* semble pouvoir être mise en doute et devrait sans doute être confrontée à l'analyse des tribunaux. Serait-il possible que, s'agissant du secteur de la rencontre en ligne, personne ne se soit jamais posé la question et que les pratiques de gratuité pour les femmes reposent sur des bases contestables et illégales ? Cela mériterait une exploration juridique plus approfondie que dans ces lignes, car si tel est réellement le cas, le monde de la rencontre en ligne serait confronté à une véritable révolution tant sur ses modèles économiques que sur les fondements de ses méthodes de recrutement. Il devrait totalement repenser le rôle et la place de la femme.
Parler prix sans parler désinscription reviendrait à ne pas dresser un panorama complet des artifices imaginés par les sites pour gagner toujours plus et vous maintenir en boîte. En effet, les sites sont les spécialistes des techniques de facturation captives et automatiques choquantes. Essayer de se désinscrire relève parfois du parcours du combattant, les renouvellements automatiques de prélèvements

étant la règle, etc. Il m'est arrivé de découvrir à plusieurs reprises que des sites continuaient à me prélever malgré ma désinscription. Je croyais m'être désinscrit alors que je n'avais fait que mettre mon profil en sommeil payant, nuance. Lorsque Cristel s'est désinscrite de *Disons Demain* en indiquant qu'elle trouvait cela trop cher (40 euros par mois), elle s'est vue proposer un nouvel abonnement à 4 euros par mois... À bon entendeur... C'est un peu comme chez ENGIE, lorsqu'on les appelle pour comprendre sa facture d'électricité et qu'ils vous proposent instantanément un tarif plus adapté, 40 % inférieur à celui de votre ancien contrat.

En conclusion, raisonnons avec un peu de bon sens. Tous les modèles de facturation qui reposent sur la gratuité ou le paiement de mise en avant de profil ou d'ouverture de profils sont cyniques, iniques et immoraux. « Viens, c'est gratuit et restes-y des années », « Tu veux voir et rencontrer des gens ? Eh bien, allonge », « Tu en veux plus ? Allonge plus ». Sur un besoin aussi vital et émotionnel que la recherche de l'âme sœur et de l'amour, cela s'apparente à du racket émotionnel.

Par ailleurs, et si tant est qu'ils soient construits avec honnêteté, ces modèles reposent de plus sur l'idée fausse selon laquelle chacun est égal face à la rencontre. Et que si l'on paye un boost de 10 balles pour recevoir 10 nouveaux profils ou être mis en avant pendant 10 minutes sur le site, le petit artisan ventripotent et décati du Morvan a autant de chance d'accrocher un match que le Bobo Parigot consultant du Boston Consulting Group, ce qui relève bien évidemment du fantasme et de l'illusion. C'est profondément injuste. Cela revient à ce que les naufragés du *dating* paient pour la réussite des super profils. Lorsque j'ai le choix chez Netflix entre deux formules d'abonnement, l'une avec une connexion et l'autre avec 5, si les deux offres sont bien différenciées, elles sont surtout égalitaires par nature. Que je sois beau et intelligent, ou moche et con, que j'habite Paris ou la Corrèze, le résultat attendu de mon abonnement est le même. Pas du tout dans le *dating*...

Ils sont enfin, et comme nous l'avons vu, des mécaniques de nivellement par le bas qui obligent les sites à réserver leurs meilleurs profils pour ceux qui payent le plus et vident de leur substance, ne réserve-t-on pas que la merde à ceux qui ne veulent ou, pire, ne peuvent pas payer plus que rien ou que le tarif de base ? C'est un peu comme si le client qui commande un cappuccino moka grand format chez Starbucks asséchait le gobelet de celui qui commande un café de base. Par ailleurs, ils détruisent la confiance des utilisateurs car ils génèrent une suspicion généralisée de manipulation des algorithmes ou des mécaniques de présentation de profils. Ce n'est pas un hasard si notre enquête fait ressortir une telle défiance vis-à-vis de l'algorithmie du *dating*. Les mécaniques de facturation y contribuent largement. Souvenons-nous, « l'objectif des sites de rencontres est de vous y garder le plus longtemps possible ». Il faut que cela cesse, et notamment interdire la monétisation des profils. Il serait amusant pour un thésard d'université de lancer une étude sur le « coût d'acquisition » d'une relation. Cela montrerait sans doute une très forte corrélation entre le nombre de dates obtenues et le prix effectivement payé. Globalement, il est grand temps que la morale et son bras armé, l'éthique, s'emparent du sujet et que la DGCCRF s'offre une randonnée exploratoire au cœur du *dating*.

Face à cette situation, comment concevoir un modèle économique du *dating* respectueux de ses membres et représentatif de la valeur effective du service rendu ? 20 euros par mois pour souffrir et ne pas trouver l'âme sœur relève-t-il du masochisme ou du juste prix ? À mon sens, la réponse relève de la simplicité et d'une révolution conceptuelle. Elle implique une sortie de la marchandisation des membres et des profils pour les faire entrer dans une dimension de membership de type associatif. L'esprit de ces sites me paraît correspondre bien plus à la mise en contact d'une communauté d'affinité et d'intérêt entre célibataires qu'à la vente de prestations de service au sens commercial du terme. On parle de relations humaines, pas d'options sur un smartphone ou une voiture. Il me paraît donc plus juste de les rapprocher des communautés associatives et de les orienter vers un modèle économique dans ce sens : celui d'une simple adhésion mensuelle ou annuelle unisexe, donnant à chacun l'accès à l'ensemble des fonctionnalités du site, sans discrimination de genre, de catégorie sociale ou de type de prestations utilisées. Faire payer une adhésion de quelques dizaines d'euros, non renouvelable automatiquement, aurait le mérite de la transparence et de la simplicité. Comme pour les maisons de retraite ou les laboratoires qui défrayent la chronique lorsqu'ils sont détenus par des fonds d'investissement ou cotés en Bourse, l'approche productiviste du *dating* ne me paraît guère plus alignée avec les intérêts de ses utilisateurs.

Back to the futur

J'entends de toute part que les agences matrimoniales reviendraient en grâce. Les médias commencent à en parler. Des start-up s'attaquent au secteur. De nouveaux projets de sites de rencontres, tels que *Felicity*, s'en inspirent. Je découvre autour de moi des personnes qui y retournent. Après avoir quasiment disparu du paysage de la rencontre organisée, leur activité connaît effectivement une reprise nette et régulière depuis plusieurs années, et tout particulièrement depuis la crise de la Covid. Qu'est-ce que cela signifie ?

La question me brûle les lèvres : « Quelles sont les raisons pour lesquelles les gens reviennent chez ces intermédiaires du passé ? S'agit-il souvent d'utilisateurs déçus des sites de rencontres ? »
Je joue gros à nouveau. Si, comme je l'affirme, les sites de rencontres ne font pas le job, il serait logique qu'à l'usure, les célibataires en mal d'amour reviennent vers les agences matrimoniales. Si tel est le cas, cela ne ferait qu'ajouter un indice de plus dans notre besace et renforcerait notre démarche.
Il existe deux types de clients dans les agences : ceux qui exècrent l'idée de se mettre en ligne et surtout ceux qui n'en peuvent plus des sites de rencontres. De l'aveu même d'Olivier Zagdoun, patron du réseau d'agences matrimoniales Unicis, (créé en 1973 avec 92 agences en France), 67 % de leurs nouveaux clients viennent des sites de rencontres. Peggy, qui vient de trouver une belle histoire grâce à une agence matrimoniale de Bruxelles après avoir galéré pendant des années sur *Tinder*, ne dit pas autre chose. Le dirigeant d'Unicis ne tarit pas d'exemples de ses clients venus du *dating*, et qui tous et toutes lui remontent les mêmes griefs : inefficace, décevant,

frustrant, addictif et dévalorisant... L'ensemble de nos constats ressortent, tout naturellement. Même discours chez *Begin*, la jeune agence d'Aix-en-Provence, ou chez *A2rencontre* à Bruxelles. L'agence belge estime son taux de déçus des sites à plus de 50 %. Mais je savais que je ne jouais pas si gros que cela. Il est un moment où les évidences s'alignent avec le bon sens. En à peine plus d'une année, Axelle Denis a séduit plus de 200 clients pour sa nouvelle agence *Axelle Rencontres*, au même prix qu'un site de rencontres. Elle est consternée par les récits qu'elle reçoit de ses clients en provenance du *dating*. Nombre d'entre eux sont victimes de phénomènes d'addiction et de perte de confiance en eux. Deux de mes clientes ont vécu un burn-out à cause des sites, c'est effrayant. Certaines, après un divorce et l'impression d'avoir perdu leurs amis de couple, s'enferment dans une forme d'isolement. Cela renforce leur dépendance aux applications de rencontres.

Au-delà de la remontée du nombre de leurs adhérents, les agences nous font toutes part du même phénomène. Leurs clients issus des sites de rencontres auraient perdu le sens de la rencontre et de la drague physique. Un peu comme si la relation numérique, trop artificielle, avait inhibé leur capacité d'approche physique de l'autre. Un peu comme si le narcissisme et l'artificialité du profil numérique faisaient perdre le sens de la vraie séduction. Véronique Anger de Frieberg, créatrice du forum *Changer d'Ère*, évoque ce qu'elle nomme le « mur numérique », pour désigner l'effet de saturation technologique sur nos relations humaines. Selon elle, l'hyperconnexion tend à affaiblir notre capacité à créer des liens dans la vie réelle. Elle s'appuie notamment sur plusieurs études récentes montrant que, bien qu'ils soient plus connectés que jamais, de nombreux jeunes expriment un sentiment croissant de solitude et de déconnexion sociale. Certains peinent même à nouer de simples amitiés dans les espaces collectifs, comme les couloirs de l'université. Aux États-Unis, les données sur l'augmentation du temps passé quotidiennement à domicile illustrent également cette forme d'isolement numérique. Peut-on dès lors s'interroger : le numérique est-il en train de fragiliser nos aptitudes relationnelles ?

À l'image de l'impact des pesticides sur la biodiversité, l'essor des sites de rencontres semble avoir contribué à la raréfaction d'une certaine forme de spontanéité dans les interactions du quotidien – à commencer par la drague dans l'espace public. Certains écrits semblent montrer que ce mode de rencontre a sensiblement baissé depuis l'émergence de la drague en ligne (et de #MeToo). Était-il si choquant, dès lors, que pratiqué avec finesse et respect ?

Les agences que nous interrogeons nous disent toutes la même chose : elles doivent aider leurs utilisateurs à redécouvrir les joies d'une approche physique « normale ». Argumentaire commercial ? Pas si sûr. Peggy nous évoque la même chose, la rencontre organisée par son agence lui a permis de décomplexer, dédramatiser et déstresser ces moments d'échanges et de ne pas les vivre de la même manière que les rencontres issues du numérique. Le travail de filtrage et de conseil réalisé en amont par les agences, notamment sur un état d'esprit et des objectifs partagés entre les candidats à la rencontre, opérerait comme un libérateur de l'échange et de l'authenticité de la rencontre. Le fait de pouvoir parler de l'avant et de l'après rencontre avec un conseiller de l'agence n'y serait pas totalement étranger non plus. Sandrine la psychologue ne dit pas autre chose lorsqu'elle suggère que les sites de rencontres puissent proposer à leurs utilisateurs des consultations et du coaching avec des psychologues, « ces consultations leur permettraient de prendre la hauteur et le recul nécessaire par rapport à l'outil afin de mieux réfléchir à l'usage qu'ils veulent en avoir »[32]. Sélective, Axelle Denis raconte comment elle doit « rééduquer » certains de ses utilisateurs : « Un de mes utilisateurs habitué aux applis exigeait de consulter tout mon portefeuille de femmes, j'ai refusé tout net et ne lui ai présenté qu'une femme avec laquelle il s'est mis en couple. Je refuse les jeunes en leur disant de sortir pour rencontrer, à l'ancienne. Je réapprends à certains de mes utilisateurs hommes à prendre l'initiative de la rencontre, à inviter les femmes lors d'un verre ou d'un restaurant. »

32. Entretiens dans le cadre de la présente recherche.

Pour autant, les agences matrimoniales semblent ne pas avoir réglé tous leurs défauts génétiques et il serait osé d'affirmer qu'elles sont une alternative parfaite aux sites de rencontres. Elles peinent, par exemple, à parer à une problématique de profondeur de leur portefeuille de célibataires et ne peuvent bien souvent proposer que trop peu de candidats sur un périmètre déterminé. Percutées de plein fouet par la théorie des boîtes de nuit. Par ailleurs, elles sont globalement plus chères que les sites et donc élitistes par nature. À 48 ans, la moyenne d'âge de leurs utilisateurs s'en ressent.
À leur écoute, on a envie de leur susurrer quelques (r)évolutions marketing : lancer des forfaits quasiment gratuits, tester la rémunération au résultat, créer, comme les concessionnaires auto, un fichier interagences, s'associer à des applis de rencontres pour les compléter, lancer des campagnes de communication disruptives, etc. Je pense que si j'étais *Disons Demain*, je tenterais de racheter *Unicis*. Mais cela, c'est une autre histoire.
Nos recherches sur les agences matrimoniales françaises nous réservent une étonnante découverte : elles sont soumises à une loi qui réglemente leurs activités et à laquelle les sites de rencontres ne sont pas soumis. Ah bon ? Et en quoi l'activité de l'un, si proche de celle de l'autre, ne serait-elle pas soumise au même régime légal ? Que contient donc cette réglementation ? Cette loi française date de 1989 (Loi 89-421) et vise à protéger les clients des agences. Les points les plus intéressants (et dont certains risquent de résonner à vos oreilles) de ce texte sont les suivants :

- Obligation de transparence sur les tarifs,
- Une durée maximum de contrat d'un an, non renouvelable tacitement,
- La possibilité de se rétracter pendant 7 jours
- L'obligation lors de la présentation d'une annonce de comporter l'âge, le sexe, la situation professionnelle et la région de résidence du postulant,
- L'interdiction des profils fictifs ou des candidats de pailles (c'est du pénal).

Amusant, non ? Les problématiques et les risques ciblés par cette loi sont peu ou prou ceux que nous décrivons dans ces lignes sur les sites et les applications de rencontres. Cela nous conforte plus que jamais dans l'idée qu'une loi sur le *dating* s'impose en France, et vite !

Le mirage du « Meeting » ?

Je discute avec Jeannine qui n'a jamais mis les pieds sur un site de rencontres. Candide, elle me déclare : « C'est intéressant, cette bascule, pouvoir rencontrer des milliers de célibataires par rapport aux quelques dizaines de personnes que tu pouvais jadis rencontrer dans un bar. » Et si elle avait tort ? Et si la probabilité d'être réellement attiré par un homme ou une femme dans un bar de cent personnes ou lors d'un événement physique était plus élevée que de fouiller les photos de 10 000 célibataires en ligne ?

« L'événementialisation » de la rencontre, que j'appellerais ici le *meeting* (en écho au *dating*), se répand comme une traînée de poudre. Pas un jour sans que l'on entende parler d'une nouvelle initiative en ce sens. Est-elle une solution ? Le barbare du *dating* ? Une chose est claire, elle est plébiscitée par les déçus du *dating* et est symptomatique de l'ambiance actuelle. Elle légitime à elle seule notre travail. Lorsque l'on interroge certains de ses protagonistes, il n'y a pas photo, ils revendiquent une grande majorité de leurs usagers issus des sites et des applis de rencontres. Le ras-le-bol de l'insécurité, des effets délétères et de l'inefficacité de l'intermédiation relationnelle joue à plein. Ses adeptes cherchent à revenir à des modes traditionnels de rencontres : des dîners, des bars, des soirées, des activités, des événements sportifs, des voyages entre célibataires, etc. La palette des possibles est infinie et c'est aussi cela qui le rend sexy, chacun peut y trouver son compte.

L'organisation de ces rencontres est d'autant plus facile qu'elles ne sont pas soumises aux mêmes contraintes de taille critique que les applis. Il est facile pour une personne ayant un carnet d'adresses un peu garni d'organiser un *meeting* de 8 ou 10 célibataires. C'est bien la lassitude des applis qui a motivé Justine. Elle exploite le filon et mobilise pour ses rencontres et ses événements ses amis solos autant que ses amis mariés, à qui elle demande de faire le buzz auprès de leurs amis célibataires. La demande est là et sa communauté regroupera (jusqu'à ce qu'elle passe la main à Axelle Denis sans y avoir trouvé sa moitié) 1200 célibataires, essentiellement catholiques. Pour Christine Barois, confrontée au quotidien aux effets des sites de rencontres sur ses patients, ce n'est pas un hasard si les formats de rencontres physiques sont en plein essor. L'une de ses clientes a rencontré son conjoint lors d'une disco soupe, les « Dixners » font un tabac, tout comme les soirées rencontres « Chérie Chéri », « La Vinyl », etc. Nous échangeons avec Astrid Beaufils, fondatrice dynamique du concept « Les Dixner », des dîners réservés aux célibataires, qui rencontrent un succès croissant dans plusieurs régions. Sans insister sur les résultats strictement amoureux de son initiative, elle met en avant avec conviction les vertus amicales et relationnelles de son approche. À Lille, l'association Newlife rassemble chaque mois plus de 300 participants et a accueilli avec enthousiasme un *Dating Anonyme* que nous y avons organisé. C'est d'ailleurs au sein de cette communauté que son fondateur, Benjamin Leplat, a rencontré sa compagne. L'amitié y est le principe fondateur, l'amour y est parfois une heureuse conséquence.

La plateforme *TimeLeft* illustre, quant à elle, l'essor d'un nouveau modèle social structuré autour de rencontres organisées à l'échelle urbaine. Chaque mercredi, elle propose – sur inscription payante – des dîners réunissant cinq inconnus, sélectionnés selon leur ville et un questionnaire de personnalité composé d'une quarantaine de questions.

Malgré les apparences, la plateforme se défend d'être un outil de *dating*. C'est pratique, cela lui évite d'avoir à rendre des comptes sur son taux de conjugalité et la protège de toute responsabilité commerciale. Après avoir fouillé sur leur site, je suis « capté » et mes réseaux sociaux sont abreuvés de leurs publicités, dont une qui fleure tellement bon le *Dating* : « 80 % de femmes, 20 % d'hommes, 100 % de soirées pas ordinaires ». Sûr à 100 % qu'ils ne l'envoient pas aux femmes, celle-là.

Dans le cadre des *Dating Anonymes*, nous recherchions aussi la parité avant de constater un ratio de 7 femmes pour 3 hommes. Justine ne dit pas autre chose, les femmes adorent, les hommes un peu moins. Quand ils semblent préférer une posture d'affût et de chasse sur les applis (la privatisation de la rencontre, chère à Marie Bergström), elles préfèrent la sécurité des rencontres collectives et publiques (la collectivisation de la rencontre). *Timeleft* est une marque qui ressort systématiquement lors des *Dating Anonymes*, elle déclenche chaque fois l'hilarité : « C'est un gag ce truc, ça ne marche pas, mieux vaut être lesbienne, il n'y a quasiment que des femmes... »
Il est amusant de sonder la motivation des initiateurs de ces réseaux de célibataires privés. Si certains ont flairé le potentiel de ce marché et en font un business, ou, pour certains sites de rencontres, une branche de leur activité de base, d'autres les lancent dans leur propre quête d'amour. On n'est jamais aussi bien servi que par soi-même. Justine l'avoue : « Au départ, je l'ai fait pour trouver un homme, mais tant mieux si ça aide les autres à trouver l'âme sœur. » Aron ne dit pas autre chose lorsqu'il lance son premier dîner de célibataires. Il les organise dans son appartement de l'ouest parisien et a fait le plein dès sa première tentative.
Certaines entreprises ne sont pas en reste et ont compris l'intérêt de faciliter les rencontres physiques entre célibataires. Faites donc vos courses chez *Mercadona*. L'enseigne de grande distribution espagnole propose à ses clients célibataires de poser un ananas retourné dans leur caddie pour signaler aux autres leur statut de chasseur d'âme sœur. La *SNCF* n'avait-elle pas, dès 2006, imaginé un service de profilage et de mise en contact de ses clients solos ?
Parmi les initiatives originales, les Pitch *Dating* proposent un format pour le moins inattendu : dans un bar, une personne monte sur scène – parfois avec l'appui d'un PowerPoint – pour présenter l'un de ses proches célibataires au public. Si les résultats concrets de ces soirées restent à documenter, elles suscitent visiblement un fort engouement, et créent une ambiance conviviale et décalée autour de la rencontre.

Bien évidemment, la question nous brûle les lèvres : mais alors, ça marche ou pas ? Le *meeting* est-il une réelle alternative au *dating* ? Le simple fait de son engouement ne pourra ici nous servir de réponse. En effet, nous avons montré l'immense attractivité du *dating* malgré son inefficacité congénitale. Par ailleurs, la mode du *meeting* est récente et, contrairement au *dating*, peu documentée. Au-delà du cas de l'UCPA, surnommée par nombre de ses clients « Un Coup Par An », on manque de données et de recul pour juger de son efficience. Néanmoins, quelques éléments de réponse semblent émerger de leurs utilisateurs et, le moins qu'on puisse dire, c'est que les avis ne sont pas dithyrambiques. Louisa Amara est catégorique : « c'est bullshit et artificiel, ça ne marche pas ». Justine ne dit guère autre chose lorsque je lui demande si cela fonctionne. Alors qu'elle cumule 1200 célibataires au compteur et des dizaines d'événements, elle n'est capable de me remonter qu'une seule histoire d'amour dont elle a connaissance. Les commentaires sur la toile à propos des soirées physiques que Meetic organise depuis des années ne sont pas guère plus convaincants.

Olivier Orna permet aux membres de Theotokos d'organiser ce genre d'événements entre eux, en plus des vacances entre célibataires. Une fonctionnalité leur est dédiée sur le site. Son bilan est décevant et de moins en moins de ses membres y recourent. Je l'ai personnellement testé une fois en organisant une soirée conviviale autour du concert philanthropique de mon ami chef d'orchestre Henry Didot. Un joli Requiem à Saint-Sulpice, suivi d'un dîner dans la salle privatisée d'un restaurant à deux pas de là. Très fier de ma petite organisation, j'imagine une stratégie de recrutement. J'ouvre l'événement à tous les membres du site et j'envoie en parallèle et en mode prospectif, un petit message d'invitation aux femmes que j'ai repérées dans le catalogue. Le résultat ne se fait pas attendre, notamment sur le premier volet de ma stratégie. L'événement est très vite rempli, surtout pour le quota de femmes que j'ai bloqué, à parité de mes 20 places disponibles. Le remplissage du quota d'hommes est plus laborieux.

J'ai réservé la salle du restaurant et préacheté les billets du concert. Chacun me les remboursera le soir même. Bilan des courses ?

J'attends encore 4 participants, dont 3 ne me rembourseront jamais leur billet. Le dîner, sûrement fort sympathique, ne me laisse aucun souvenir particulier. Les échanges étaient souvent formels, le tour de table de présentation trop artificiel. Sans parler de cette femme pour qui je ne ressens rien, qui ne m'a pas lâché pendant des semaines et de ma préférée qui nous a plantés. Frustré, je ne reproduirai pas l'expérience, peu concluante. Mon ressenti est assez proche de celui des *dates* individuels, et j'en serai pour ma poche de trois billets de concert.

Anna Anthony, interviewée par Louisa Amara sur *Single Jungle*, n'y voit guère plus d'alternative crédible. Elle met des mots sur son vécu des rencontres entre célibataires, symptomatique : « Ce n'est pas mieux, car, frustrée des applications, j'y allais dans le même esprit, chasser et trouver un homme, la pire des postures pour se rendre attractive ou cultiver l'esprit d'une rencontre sérieuse. »

Les mêmes causes produiraient-elles les mêmes effets dans le *dating* que dans le *meeting* ? Pas impossible et globalement décevant.

Lorsqu'on prend un peu de recul sur l'approche, elle ressemble à un mirage. Ses adeptes, frustrés ou lassés du *dating*, semblent y voir, au premier abord, une véritable alternative et une bouffée d'air dans un contexte détendu. Malgré ses piètres résultats, elle incarne une forme de retour aux sources, à l'ancienne, dirais-je, qui rassure et redonne espoir. Elle porte néanmoins en elle une autre vertu : celle d'être le terreau, lorsqu'il n'est point de liaisons, de possibles amitiés. Mais est-elle en cela différenciante du *dating* ? L'impression est qu'elle émerge par nécessité d'alternative et qu'elle prend une place disponible auprès des déçus ou des absents du *dating*, sans pour autant revêtir le rôle de LA solution. Un arbitrage par défaut. Pour reprendre les paroles de la chanson de Bénabar et quelles que soient les circonstances : « On ne choisit pas d'aimer, ce serait trop facile. » La nouvelle mode du *meeting* risque de lasser rapidement. Ce n'est d'ailleurs pas sa première tentative d'émergence, en vain. Ce va-et-vient du *meeting* est le symptôme des défaillances du *dating* autant que la preuve de son inefficacité chronique.

CHAPITRE III

Merde en boîte

Si vous pensiez que les sites de rencontres étaient des épiceries fines du sentiment, il est temps de revoir vos analogies. Imaginez plutôt un rayon discount, au fin fond d'un supermarché 24/7, où l'on vend à prix d'or des conserves sans étiquettes, parfois périmées, souvent piégées, rarement digestes. On y vient pour trouver l'amour, on en repart parfois avec une intoxication relationnelle. C'est dans ces boîtes que se cachent les surprises : agents de saveur douteux, emballages mensongers, additifs affectifs, voire contaminants émotionnels. Alors, prêt à lire la liste des ingrédients ? Vous risquez de ne plus jamais swiper le cœur léger.

Le cours des actions des plus grands sites de rencontres (Match Group, Bumble) s'effondre depuis trois ans sur le Nasdaq qui, lui, ne cesse de battre ses records. Qui s'en étonnera ? Sûrement pas moi. Non contents de nous offrir une mécanique qui ne fonctionne pas ou ne répond que marginalement à la demande première de ses clients, les sites et applis de rencontres nous servent de la merde en boîte. Tricheries, mensonges, ghosting, faux profils, incivilités, etc. La liste est longue des pratiques insupportables (et souvent évitables), qu'elles viennent d'eux-mêmes ou des usages qu'en font leurs membres. Elles contribuent à la dévalorisation du service et à la piteuse image dont il jouit. Nous avons vu les raisons pour lesquelles les sites ne se reforment pas, trop heureux d'avoir harponné votre portefeuille. Mais jusqu'à quand ? Même si on n'imagine pas franchement les naufragés du *dating* bloquer les routes de France, n'y a-t-il pas un moment où la frustration ambiante va les faire fuir ou déclencher des réactions épidermiques, voire juridiques, de leurs usagers ? L'érosion du nombre de clients payants de *Tinder* en 2023 et 2024 n'est-elle pas un révélateur ? Le patron d'un grand

site témoigne : « Notre métier est l'un des plus ingrats qui soit, vous n'entendez plus parler des gens qui enclenchent une belle histoire mais vous passez votre temps à gérer et modérer des gens qui se plaignent et vous insultent, c'est épuisant ».
Je vous propose de continuer notre exploration du monde des rencontres en ligne, un univers où la réalité des pratiques quotidiennes peut choquer. Loin des belles études sociologiques vantant les bienfaits du *dating*, ces plateformes se révèlent souvent être un terrain où se multiplient frustrations et désillusions pour ceux qui croyaient trouver l'amour dans une expérience censée être simple et ludique.

La grande désillusion

Dans le premier roman de Pierre Schneidermann *Mission Sofia*[1], Étienne travaille dans une agence de communication, chargé de développer une nouvelle application de rencontres. Exaspéré par sa propre expérience du *dating* et la tricherie qui s'y généralise, il décide de transformer le cahier des charges du projet en une plateforme exclusivement basée sur le mensonge. Contre toute attente, le succès est fulgurant. Une seconde nature du *dating* ?
Près de 30 % des panélistes de notre enquête reconnaissent avoir triché sur leur profil. C'est à la fois peu et gigantesque. L'idée qu'un petit tiers de mes dates passées aient pu se prendre pour des illusionnistes me paraît irréelle. Nous l'avons vu, la petite tendance de Marie Sandrine à mentir ne m'a pas paru bien méchante de prime abord. Elle relevait plus de l'envie et du besoin de séduire et d'élargir son champ d'attractivité que de la mythomanie chronique. Mais en fait, elle trichait bien plus que cela en indiquant de fausses mensurations, en publiant des photos anciennes, etc. Le petit mensonge entre célibataires est parfois justifié par des motifs de discrétion géographique ou professionnelle que l'on peut tout à fait comprendre. Péché avoué est à moitié pardonné s'il est expliqué rapidement et

1. Pierre Schneidermann, *Mission Sofia*, Les Presses de la Cité, 2024.

ne dénature pas profondément la nature du profil ou ne crée pas un décalage irréversible et profond avec la réalité de la personne. Marie Bergström parle de mensonges acceptables ou marginaux. Et pourtant…
L'histoire de Philippe Croizon est l'une des plus belles que le site Meetic puisse raconter. Les sites sont truffés de gens qui trichent et Philippe est une formidable illustration, à sa façon, du rapport à la vérité sur les sites. C'est aussi un magnifique clin d'œil à ce que les sites peuvent aussi faire de beau, tout de même. Pour ceux qui ne le connaissent pas (encore), Philippe Croizon n'est pas que l'égérie du groupe *Verlaine*. Faites donc une pause dans cette lecture pour aller écouter ses innombrables témoignages sur le Net. Son accident, sa traversée de la Manche, sa capacité de résilience… Magnifique. Philippe n'a plus que la moitié de ses jambes et de ses bras suite à une malencontreuse rencontre en ligne à haute tension. Séparé quelque temps après l'accident, il décide de s'inscrire sur Meetic où il ne présente sur son profil que son visage. On rit quand il raconte ses premiers matchs et alors que le temps du date arrivé, il dévoile sa situation : « Ah, au fait, avant qu'on se voie, il faut que je te dise un truc… » et 100 % des prétendantes évaporées… Il décide un jour de ne plus rien cacher et dévoile sur son profil sa situation de personne en situation de handicap avant d'y rencontrer Suzana, la nouvelle femme de sa vie. J'ai vécu, je dois l'avouer, ce genre d'expérience avec une femme très chouette qui me dévoila la grave maladie génétique de son fils lors de notre première rencontre. Fatigué par ma vie professionnelle par ailleurs, je n'ai pas eu la force, je lui demande pardon. Julie Carrasco, comme Philippe en situation de handicap, est, elle aussi, une magnifique ambassadrice des applis. Elle y a rencontré, sans rien cacher, son partenaire sur une appli et leurs premiers échanges empreints d'une profonde spiritualité : « Je te préviens, je n'aime pas les andouillettes, ça tombe bien, moi non plus. »
Les histoires mythiques de Philippe et de Julie sur Meetic sont une leçon : celle de la vérité sans laquelle aucune relation de confiance ne peut s'instaurer. On peut décliner à l'infini et on peine à comprendre pourquoi tant d'utilisateurs l'enfreignent sans cesse. Comment

voulez-vous construire une relation durable ou une relation tout court lorsque vous réalisez que la personne en face de vous et sur laquelle vous envisagez de jeter votre dévolu, ment purement et simplement sur la présentation de ce qu'elle est vraiment ?
Les cas et les causes de mensonges sur les sites de rencontres sont infinis et les anecdotes pleuvent dès que l'on échange sur le sujet avec les utilisateurs. À croire qu'il s'agit d'un sport national et que cela relève plus de la normalité que de la déviance. L'une des grandes raisons du mensonge tient à ce que Bergström appelle la vitrine narcissique. Les sites, du fait de l'hyper-concurrence dans laquelle nous nous retrouvons avec leurs autres membres, nous inciteraient à tout faire pour embellir nos profils. Nous avons montré le rapport de 1 à 25 dans le potentiel de likes entre hommes et femmes. Les effets de cette course au prix de beauté et à la désirabilité sont délétères, tous les psychologues et coachs de couples le disent. Bienvenue dans le monde des mythos. Dans le désordre et sans caractère exhaustif :
Tricheries sur l'âge : Un grand classique, cette obsession de vouloir se montrer plus jeune que l'on est réellement. La pyramide des âges chez Meetic est très drôle, dévoilant une très forte surreprésentation des 39, 49 et 59 ans[2]. À coups de rajeunissement de quelques années, parfois près d'une dizaine, bien des membres estiment qu'ils pourront de la sorte être plus attractifs. Pourquoi ? Pour décevoir au jour de la première rencontre ? Il faut dire qu'il existe des caps d'âge assez redoutables, notamment chez les femmes. Plusieurs amies m'ont remonté le même phénomène. Isabelle est catégorique : « Je n'ai pas le choix Arnaud, sur Tinder, quand tu es une femme et que tu indiques que tu as 50 ans, tu n'existes plus. » Toutes me relatent la même chose : afficher ses 50 ans sur un site ou tricher en se rajeunissant légèrement, autour de 47 ou 48 ans par exemple et c'est le jour et la nuit. La cinquantaine semble agir chez les femmes comme une barrière psychologique infranchissable pour bien des hommes. C'est d'ailleurs sur ce constat que le site *Disons Demain* (groupe *Meetic*) s'est lancé avec succès afin que les gens qui assument leur âge puissent avancer et se retrouver entre eux.

2. Louisa Amara, « Au cœur de Louisa », podcast *Gueulante*, juin 2024.

La tendance au jeunisme de bien des hommes, dénoncée par Louisa Amara[3], prospère sur les sites de rencontres. Les chiffres des couples formés par le *dating* semblent le confirmer, avec une moyenne d'âge des hommes de deux ans supérieure à celle des femmes.
Sophie rencontre Julien sur un site de rencontres en 2018. Il a 42 ans et elle 34, leur relation se passe très bien et ils commencent une belle histoire. Au bout de quelques mois, Sophie commence à mettre une grosse pression sur Julien pour qu'ils aient un enfant : « notre histoire est chouette, je suis prête à en avoir un avec un homme comme toi, bla bla... ». Sophie insiste beaucoup et tente par tous les moyens de convaincre Julien. Bien qu'il n'y soit pas opposé, Julien tempère un peu les ardeurs de sa nouvelle compagne. « Ok, pourquoi pas, mais nous avons encore le temps, il faut peut-être que l'on se connaisse un peu plus avant de prendre un tel engagement » etc. Le sujet crée une tension entre eux jusqu'au jour où Julien tombe par hasard sur la pièce d'identité de Sophie, née en 1978, elle a 40 ans... Leur histoire explosera peu de temps après, en partie à cause de cette triste tricherie.

Histoires vraies

Conflit de générations. Je rencontre autour d'un café un homme qui se disait être de mon âge. J'avais 50 ans à l'époque. Surprise, la personne en question n'avait pas plus de 30 ans !!!! Il me sort son baratin « je préfère les femmes âgées, elles ont de l'expérience, vous êtes tellement belle pour votre âge... » Euh merci !! Et là limite, il me saute dessus pour m'embrasser. Je cours encore (ça fait 15 ans, j'ai mal aux jambes !!!)

Sénatorial. je suis tombée en ligne sur le frère du sénateur de ma circonscription qui a menti sur son âge de 10 ans parce qu'il préfère les femmes jeunes, un grand moment !

Éternelle jeunesse. J'ai retrouvé sur un site mon ex-mari... sous un autre nom et avec 10 ans de moins

3. Louisa Amara, *ibid.*

Tricherie sur l'image (dérivée de la tricherie sur l'âge). L'image de soi véhiculée par la ou les photos de profils est essentielle. Elle est même vitale et au cœur du processus de rencontre en ligne. Elle est aussi source, nous y reviendrons, de bien des dysfonctionnements des sites de rencontres. Sur *Tinder*, le rôle de l'image est d'autant plus essentiel que c'est à partir d'elle, qu'en une fraction de seconde, l'on décide « d'accrocher » ou de « tuer » l'autre. Je n'ai jamais trop compris, sauf en raison de réels besoins de confidentialité, les utilisateurs qui s'aventurent sur l'outil sans dévoiler la moindre photo d'eux. J'y croisais par exemple une magistrate qui ne pouvait concevoir de publier son image sur un grand site de rencontres, on peut aisément le concevoir. Nous verrons que j'étais peut-être dans l'erreur.

La tricherie sur l'image peut revêtir diverses formes. La plus « amusante » consistant à publier des photos d'un ou d'une autre que soi. Il m'est arrivé à deux reprises que la jolie personne avec laquelle je pensais discuter soit en fait une autre.

Cette duperie est un peu comme la météo qui distingue la température réelle de la température ressentie. Un grand nombre d'utilisateurs, nomades ou naufragés des sites de rencontres depuis des années, y ont téléchargé l'une ou l'autre de leurs photos telles des icônes intemporelles qu'ils/elles ne changent jamais. Leurs profils ne vieillissent pas avec eux et donnent une image rajeunie et parfois sans rapport avec leur réalité. Cela est source de frustrations et de déceptions lors de la rencontre. Cette pratique est tellement courante que certaines femmes se sentent le besoin (et à juste titre) d'indiquer sur leur profil, un peu comme un nouveau produit de supermarché, « photos récentes ». La photo d'un profil est souvent comme les acteurs de cinéma, elle vieillit beaucoup moins vite que la réalité.

Poussée à son extrême, cette tricherie peut réserver de bien mauvaises surprises. Prenons l'exemple de justice d'Anthony Larroche. Habitant à Nice, il publie sur son profil la photo d'un beau gosse, style top model de 37 ans, en se faisant passer pour l'homme parfait. Après quelques semaines d'échanges fort prometteurs, il invite ses matchs à un premier date chez lui. Joueur, il propose d'en fixer la règle en suggérant aux femmes qui l'acceptent de se dévêtir et se bander les yeux pour vivre une expérience extraordinaire avant même de le voir… Et pour cause, Jack Sion, de son vrai nom, n'a pas de tablettes de chocolat, est petit, décati et ventripotent, il a 68 ans au moment des faits. Ce cas judiciaire a fait grand bruit. Après plusieurs années de tergiversations judiciaires, la Cour de cassation a finalement retenu la qualification de viol par surprise[4].

Histoires vraies

Erreur de casting. Je suis allée dans un café. Je me suis assise en face d'un homme avec qui j'ai discuté un moment (il attendait un rdv pro) avant que je m'aperçoive que mon vrai date me faisait des signes à trois tables de là. Je lui ai demandé à pouvoir lui faire la bise afin de me sauver la face et j'ai fait croire à mon date que c'était un vieux pote…

Bis repetita. Premier date avec un jeune homme, je n'ai pas mes lunettes. Je le vois arriver, je le salue très chaleureusement… Sauf que mon vrai date, juste à côté, ne manque rien de la scène, gros fou rire ensemble. Il m'a vanné pendant toute la rencontre.

Tricherie sur le lieu de résidence. Nombre de membres qui cherchent l'amour au cœur d'une grande ville semblent ne pas connaître la différence entre extra et intra-muros. À Paris par exemple, cette différence peut représenter jusqu'à une heure de route en plus. C'est le second grand classique de la tricherie qui s'explique par la réticence de bien des membres à envisager une relation trop lointaine de chez eux. Nombre d'urbains ne veulent pas trop s'éloigner de leur zone de vie, alors que ceux qui n'en sont pas, en banlieue ou plus lointainement installés par exemple, reluquent le choix et la concentration de candidats au sein des grandes villes. La rencontre de ces deux tendances pousse bien des candidats à se présenter comme Parisiens ou Lillois alors qu'ils habitent à 20 ou 30 km de là. Cela m'est arrivé

---

4. *Affaire Anthony Larroche*, Cour de cassation, 2020 : viol par surprise suite à la tromperie sur l'image dans un contexte de rencontre en ligne.

un très grand nombre de fois. J'ai narré l'histoire de Marie-Sandrine du Chesnay. J'y ai aussi et notamment croisé Marion et Virginie, les « Parisiennes » de Maurepas ou de Villeneuve-Saint-Georges. Le *dating* m'a fait beaucoup voyager et mes recherches sur Paris m'ont aussi amené sans le vouloir à Versailles, Vincennes, Bois-Colombes, jusque dans la banlieue de Chartres. J'ai visité le joli musée du Vitrail de Chartres grâce à un date avec une Parisienne. « J'ai mis Paris parce que j'y vais un jour par semaine pour le boulot » m'explique Natasha de Rambouillet.
Je connais bien le sujet, car j'habite à temps partiel à une heure trente de Paris tout en fouillant les profils parisiens en raison de mes attaches, notamment professionnelles, sur la capitale. Le choc est violent lorsque des femmes semblent s'intéresser à votre profil mais se débinent dès lors que vous habitez à 150 km de là. Cela peut se comprendre évidemment. Mais la multiplication des tricheries sur petites distances est exaspérante. Pour autant, le débat sur la distance est symptomatique du réflexe profilatoire. « Je veux un Parisien, je veux moins de 10 km de mon domicile, je ne veux pas faire de déplacements importants » etc. Est-ce cela l'amour ? Certains de nos témoignages montrent tout au contraire que lorsque la relation est réelle et forte, la distance n'est plus une contrainte et devient une composante de l'histoire, voire la source d'enrichissement de la relation, elle se gère comme tous les autres attributs du couple.

Tricheries matrimoniales. Grande spécialité de la gent masculine pour qui tout semble possible quand il s'agit de choper. Dans ce domaine, tout y passe : des hommes séparés qui ne le sont pas, des hommes divorcés toujours mariés, des utilisateurs qui ont oublié qu'ils avaient des enfants, des hommes qui chassent plusieurs femmes en même temps etc. Rien que dans notre enquête et sur 330 réponses, pour l'essentiel des femmes, 3,5 % d'entre elles déclarent avoir retrouvé leur conjoint sur un site de rencontre. Certains hommes mariés, s'amusent, paraît-il, à draguer sur les sites et sans passer à l'acte, histoire d'aller tester leur capacité de séduction. Par chance les sites sont là pour vous. Ils vous permettent de vous replonger dans une recherche effrénée de nouvelles rencontres.

On a beau nous dire que les sites ne sont que ce que nous en faisons, leur mécanique est par nature perverse, tout comme nombre de leurs usagers.

Tricherie sur la marchandise. Quitte à rechercher l'âme sœur à partir de critères très personnels, autant que la qualification de ces critères soit partagée par les deux parties. En cas contraire, c'est le missmatching assuré. Au-delà de l'âge, la grande tromperie, l'entrée sur les sites de rencontres se fait en toute priorité sur la photo qui est de fait un critère de choix essentiel. C'est d'autant plus vrai pour les sites tels que Tinder, sur lesquels le profilage est réduit à sa plus simple expression. Le sujet n'est pas de savoir si la recherche par le physique est suffisante ou pas, mais de faire le simple constat que, dans une grande majorité des cas, c'est la seule entrée qui est proposée. Mais voilà, les critères physiques décrits par les utilisateurs, qu'ils soient hommes ou femmes, varient considérablement d'une personne à l'autre. De plus, ces descriptions reposent souvent sur un mode déclaratif, laissant place à l'interprétation. Tout y passe aussi : des membres, hommes ou femmes, qui ont perdu 5 à 10 cm entre la création de leur profil et la rencontre réelle. Faut-il parler ici de « déflation verticale » ? Ou encore ceux qui, entre-temps, ont pris 10 ou 15 kg. Dans ce cas, devrions-nous parler « inflation abdominale » ou « rénale » ? Combien de temps me suis-je moi-même référencé comme svelte ou mince alors qu'en dix ans de pratique, un petit bide fort sympathique s'était emparé de mes formes magnifiques et mes cheveux bruns et longs sont devenus grisonnants courts. Les photos trafiquées (le jeunisme artificiel), etc. Je n'énumère pas là mes critères de préférence mais quelques pratiques courantes. Pour faire court, Mesdames, méfiez-vous des hommes sveltes ou minces qui ne montrent pas leur ventre en photo. Messieurs, méfiez-vous des femmes qui ne postent pas de photos plein pied. Le but n'est pas ici de se moquer de tel ou tel type de physique, mais de souligner l'impact négatif et la frustration causés par les décalages quasi systématiques entre le profil et la réalité. Il vaut mieux, dans ce cas, opter pour un profil plus modeste et surprendre, plutôt que l'inverse…

Histoires vraies

Pas de quartier. « Une jeune femme rencontrée sur un site avait par sa corpulence excessive fait pencher ma smart sur deux roues, m'empêchant de rouler normalement lors de notre première rencontre. »

Bucco-dentaire. « Une rencontre avec une femme plutôt charmante… Mais ses photos de profil étaient toutes réalisées bouche fermée… Surprise, lors de notre première rencontre : il lui manquait une dent de devant ! Bonus : elle est venue au rendez-vous avec sa fille de 8 ans, hyperactive et insupportable… Ô joie… »

Horror picture show

Le monde de la rencontre en ligne est une jungle dans laquelle tout est permis, une sorte de *no man's land*, une zone de non-droit. L'attitude de nombreux membres fait un peu penser à la lâcheté des internautes qui insultent quotidiennement ceux qui ne sont pas de leur avis. L'interposition d'un écran ouvre toutes grandes les portes des agressions les plus basses. Ce que personne n'oserait faire dans un contexte de rencontre sociale normale, dans un repas entre amis, dans un dîner professionnel, dans un train ou un bar par exemple, une gigantesque quantité de gens se le permet sur les sites de rencontres. Les plateformes opèrent comme si elles faisaient voler en éclats les filtres et les barrières du respect et de la dignité humaine. Béatrice Cuzin se désole sur les ruines de l'expression « tourner sa langue sept fois dans sa bouche avant de parler » : « Les blessures sont profondes chez les jeunes qui reçoivent certains messages sur les applis de rencontres ». Est-ce cela la privatisation de la rencontre ? Le témoignage de Julie en dit long sur l'ambiance qui y règne : « L'accumulation de toutes ces histoires altère clairement le mental et la vision des hommes, du couple etc. On finit par penser que chercher une belle histoire est soit un parcours du combattant, soit quelque chose qui n'existe pas. On m'a même dit plusieurs fois :

> « De toute façon ce n'est pas sur Tinder que je vais rencontrer une femme bien. »
> « J'ai tout viré, je ne rencontre plus personne en ligne mais au moins ça n'a plus de prise sur mon moral et ma confiance en moi. »[5]

Louisa Amara, lors de l'un de nos *dating anonymes*, ne retient pas ses anecdotes :

> « Un jeune homme m'a lancé : "Ça ne te dérange pas ? Je suis allé manger avant. Comme ça, il n'y a pas de risque que tu me demandes à manger". »

ou encore, on m'a déjà dit :

> « Tu es charmante mais il faudrait que tu perdes une ou deux tailles avant le premier rendez-vous » ou « Que fais-tu sur cette appli ? Perds 20 kg et reviens. »

Ça me peinait vraiment.

Dans le désordre alphabétique et sous couvert d'amour, le ghosting, Les tentatives d'arnaque, les faux comptes, l'orbiting, le harcèlement, la prospection, les agressions, les insultes et autres incivilités. Osons la question : Y aurait-il sur les sites de rencontres une proportion plus importante de gens agressifs et irrespectueux que dans la vraie vie ? Bien évidemment cette liste à la Prévert est un fourre-tout et les comportements listés ci-dessus ne relèvent pas tous de la même catégorie, certains relèvent directement de la responsabilité des sites, d'autres de leurs membres. Dans tous les cas, ils participent à minima d'un sentiment d'insécurité, d'agression et d'inconfort insupportable. Bien souvent, ils sont à la source de profondes blessures. Les sites semblent offrir à leurs usagers un reflet amplifié de certaines pratiques relationnelles négatives que l'on rencontre dans la vie courante. Le danger réside dans le fait de subir, en très peu de temps, une accumulation d'agressions que l'on ne vivrait normalement que de manière occasionnelle sur une période plus longue dans la vie réelle.

---

5. Témoignage de Julie, Dating Anonyme, Paris, 2024.

Horreur numéro 1 — Les faux profils

Les supermarchés mettent-ils en rayon des faux produits ? Les pharmacies des faux médicaments ? Les taxis des faux conducteurs ? Au nom de quoi est-il acceptable que les sites eux-mêmes aient recours à ce type de procédés en infraction totale avec l'obligation de moyen que nous évoquions précédemment ? Si nous appelons à une intervention des pouvoirs publics à propos du *dating*, ces pratiques devront clairement et expressément être interdites et contrôlées. Au-delà du fait qu'elles sont trompeuses et mensongères, elles font naître de faux espoirs chez des gens qui peuvent déjà être dans une forme de détresse ou de souffrance psychologique du fait de leur célibat subi.

En 2015, le site *Ashley Madison* défrayait la chronique, accusé d'avoir mis en ligne un robot générant plusieurs dizaines de milliers de faux profils. Onze millions d'hommes auraient discuté avec ces profils imaginaires. La chute du film *Her* n'est pas loin. Combien d'autres sites y recourent, à peine plus subtilement ? Au nom de quoi les faux profils sont-ils strictement et expressément interdits dans la réglementation relative aux agences matrimoniales et pas pour les sites de rencontres ?

Les faux profils sont parfois le fruit des membres eux-mêmes, qui s'amusent à construire des profils qui ne sont pas les leurs.

Les résultats de notre enquête sont sidérants : 56 % de nos sondés disent y avoir été confrontés. Chemin faisant de cette petite étude, nous décidons par exemple avec mon amie de tester le site *Hinge*. Elle crée un profil composé de six photos du canapé et de la cheminée de la maison. Notre profil est accepté comme tel avant d'être modéré et bloqué quelques heures plus tard. Quelques minutes après sa mise en ligne, nous recevons les messages de deux bellâtres, en short et torse nus, magnifiquement musclés dans des lieux de paradis qui nous adressent chacun un message de type : « Salut, ton profil est chouette, veux-tu qu'on échange ? »

Notre canapé ne manque pas de charme, il est vrai. J'ai souvenir sur *Attractive World* et sur *Adopte* de profils de femmes correspondant sur le papier parfaitement à mes critères. Présentes sur le site depuis des années, elles cumulaient les points par millions et qui ne répondaient jamais malgré les signaux de leur connexion H24. Certains de ces profils magnifiques vous adressent un message ou un match sans jamais donner suite, éveillant en vous le fol espoir que vous soyez l'Élu de leur cœur. Comment savoir s'il s'agissait de vrais ou de faux profils ? Impossible, bien sûr, mais les soupçons persistent et les témoignages abondent concernant ces faux profils, dont les responsables de certains grands sites ne nient même pas l'existence.

Histoires vraies

Sous-traitance. Cherchez des niches. C'est encore ce qui marche le mieux. Le marché est tellement saturé que certains sites emploient des filles pour discuter.

Hôtesse d'accueil. Sur les sites, on ne rencontre personne d'intéressant, sinon il n'y en aurait pas autant. Plein de photos de jolies jeunes femmes (on se demande ce qu'elles font là), vous payez pour discuter avec des animatrices qui vous racontent n'importe quoi, dans le meilleur des cas, ou alors vous vous faites aguicher par des profils qui font peur… De toute façon les sites sont payants, donc sont intéressés à vous faire payer l'abonnement durant plusieurs mois, et pas pour que vous rencontriez rapidement quelqu'un. Des animatrices vous font des éloges dans des discussions, mais dès que vous leur proposez de se rencontrer en réalité, personne n'est disponible. Elles essayent simplement de maintenir les clients accros pendant des mois.

Horreur numéro 2 — Le ghosting

On rentre ici dans le sujet du respect de l'autre. La pratique est malheureusement courante : des utilisateurs enclenchent une discussion ou pire, une relation, avant de subitement disparaître pour une raison que vous ignorez. Pas de chance si vous aviez l'impression d'échanger avec la femme ou l'homme de votre vie. Cette personne s'est envolée. L'une des principales causes de la

perte de confiance en soi chez de nombreux utilisateurs réside dans ce phénomène et plusieurs raisons peuvent l'expliquer : une déception lors des échanges, la pratique du « multiple fishing » qui consiste à draguer plusieurs personnes à la fois pour n'en conserver qu'une à la fin, ou encore la décision brutale de quitter le site sans prévenir, etc. Les résultats de notre enquête sont sans appel : 73 % des membres affirment avoir été victimes de ghosting, qu'il soit occasionnel ou régulier. Cela donne une idée de l'ampleur du phénomène.
Quelles qu'en soient les raisons, ce comportement manque de considération et peut être perçu comme irrespectueux. Pour ma part, j'ai toujours cherché à aborder ces situations avec bienveillance et chaque fois que je ne souhaitais pas poursuivre un échange, j'ai pris soin de le dire clairement. Dès lors que j'engageais une conversation avec une femme, je mettais un terme à ma recherche d'autres profils. Malheureusement, ce n'est pas le cas pour tout le monde, ce qui est regrettable. Ce phénomène n'est-il pas le reflet des difficultés actuelles dans nos interactions sociales ? C'est une question à se poser.

Histoires Vraies

Pas rancunière. J'ai retrouvé mon ghoster lors de ma mission de coaching collectif dans son entreprise. C'était bien drôle

Violent. Après quelques échanges épistolaires, nous décidons de nous rencontrer. J'attends à l'heure dite devant un café. Puis au bout de quelques minutes je reçois un sms disant "je suis passé, vous ai vu ; pas ma came" Ouf ! Outre la goujaterie, j'ai failli perdre du temps avec un gros connard et surtout un lâche qui n'a pas eu le courage de s'arrêter et dire les choses en face.

Par procuration. L'homme avec qui j'avais rdv a refilé le rancard à un copain avec qui ça ne s'est pas très bien passé. Il m'a insultée quand je suis partie.

Occasion manquée. J'ai matché avec un homme super, très intéressant, avec beaucoup de conversation, très authentique, qui s'est beaucoup confié sur son passé, son enfance, ses traumas et ses espérances. Cela a duré plusieurs semaines, nous avons raté plusieurs fois l'occasion de nous rencontrer. Pourtant il insistait encore et encore, cela a duré jusqu'à ce qu'il soit envoyé en mission à l'étranger, et que je ne reçoive plus aucune nouvelle. 1 an après, il m'a réécrit mais j'étais vexée et en couple avec un autre. Je ne pouvais pas lui en vouloir car son « excuse » tenait la route. Il était parti en mission opérationnelle pour l'armée et l'idée de partir en laissant un début de relation naître le rendait trop triste. Il a donc préféré tout suspendre en attendant de rentrer... Trop tard. S'il avait partagé sa crainte : j'aurais attendu son retour pour tenter notre chance. Dommage.

Horreur numéro 3 — Le harcèlement et les agressions

Certains membres semblent avoir une approche bien particulière des rencontres en ligne, allant jusqu'à dépasser les limites de l'acceptable. Certains névrosés utilisent les sites de rencontres comme un terrain de jeu, parfois au détriment de personnes qui, malheureusement, se laissent prendre dans ce piège.

Olivier Orna raconte l'histoire de Valérie, l'une de ses membres sur Theotokos, accrochée un jour par un homme qui ne l'attire pas. Elle ne répond pas à ses multiples messages, ce qui va lui causer bien des tourments. L'homme, obsédé par une rencontre, retrouve son nom et sa trace sur les réseaux sociaux. Il remonte sur son employeur pour lui faire passer des messages. Il en fait de même auprès de ses parents et sa famille. Le cercle vicieux du harcèlement obsessionnel. On frise parfois la mini-série *Mon petit renne*[6] produite et diffusée par Netflix. On peut aimer le *dating*, le défendre avec force et conviction, lui trouver des circonstances atténuantes etc. Mais une chose est certaine, il est tout sauf un espace de sécurité. Les sites de rencontres sont un concentré de ce que les femmes peuvent subir de harcèlements et d'agressions dans la vie courante. Si elles ne sont que rarement à l'abri d'un

6. *Mon petit renne* (titre original : *My Little Reindeer*, série télévisée produite par Netflix, 2023).

tel risque dans le métro ou au travail, pourquoi le seraient-elles lors de rencontres avec des quasi-anonymes ? Surtout quand il résulte d'une rencontre en ligne. Ces rencontres, nous l'avons vu, battent tous les records de rapidité entre les premiers échanges et le plongeon dans un lit.

Le risque de ne pas repérer un comportement répréhensible avant d'atteindre l'intimité est considérablement accru. Avant même le premier rapprochement, les situations de harcèlement et d'agression sont trop fréquentes. S'agit-il d'une surreprésentation de personnes ayant des comportements pathologiques ? D'un nombre élevé de frustrés ? Ou encore de la désinhibition liée à l'anonymat offert par Internet ? La nature privée des rencontres en ligne, souvent menées à l'écart des réseaux habituels des utilisatrices, joue-t-elle un rôle ?

Les causes sont multiples et génèrent plus que nulle part ailleurs une source de stress pour bien des femmes, dont un grand nombre refuse de s'y aventurer. Comme nous l'avons vu, l'on touche là aux limites et aux effets pervers de la privatisation de la rencontre. Salim Berrada, surnommé « le violeur de Tinder », fait la une des médias au printemps 2024. Il comparaît devant la cour criminelle de Paris pour viol et est condamné à 19 ans de prison, dont 10 années de période de sûreté. Son cynisme fait peur. Entre 2014 et 2016, 17 plaintes et signalements de victimes de son sordide manège. Son mode opératoire fait écho à tant d'autres. Inscrit notamment sur *Tinder, Bumble, Fruitz* et *Feeld*, il se fait passer pour un photographe de mode à la recherche de modèles féminins. En guise de consentement, les femmes qu'il invite dans son studio sont priées de boire un coup avant de tomber dans un état second et de se faire violer. Le comble étant qu'en 2019, après deux ans de détention provisoire et sous contrôle judiciaire, il recommence et se réinscrit sur Tinder. De nombreuses femmes le reconnaissent et lancent de multiples alertes sur les applis et les réseaux sociaux, en vain. Il reprend son œuvre prédatrice, de nouvelles plaintes sont en cours d'instruction. À chaque dénonciation, il ouvre de nouveaux faux comptes. Ces récidives posent clairement la question du contrôle des plateformes notamment lorsque des poursuites ont été intentées contre ces prédateurs ou qu'ils sont dénoncés à répétition par d'autres utilisatrices. Vous souhaitez en savoir plus ? Faites une recherche sur « viols et sites de rencontres » sur Google, les résultats sont choquants, au point de pouvoir y passer des heures. L'une des panélistes de notre enquête a d'ailleurs révélé avoir été victime d'un viol après une rencontre en ligne.

Horreur numéro 4 — L'orbiting

Certains membres prennent un malin plaisir à draguer et tourner autour d'autres membres sans jamais aller jusqu'au date. Juste pour le plaisir de triturer leur proie de faux espoirs, juste pour se prouver qu'ils ont du succès, juste pour le plaisir. On trouve pas mal d'hommes mariés dans cette catégorie de joueurs du dimanche. Cette pratique relève parfois de faux profils aussi, imaginés par certains sites et destinés à faire croire aux membres qu'ils ont un certain succès et qu'ils n'ont aucun intérêt à les quitter. Mon ami Baptiste, qui cherchait du boulot, s'est fait embaucher par on ne sait qui pour liker et bien noter, trente fois par heure sur Google, des produits dont on lui indique les références. Ces pratiques semblent courantes dans l'univers du *dating*. Christel, par exemple, me raconte l'un de ses matchs :

> « On s'entend super bien par messagerie, la relation devient même enflammée et il m'envoie des jolis poèmes tous les matins, je crois rêver. Lorsque je sollicite un premier *date*, il m'avoue qu'il s'est remis avec son ex et que ce ne sera donc pas possible. Pour autant, il continue à m'adresser ses messages enflammés, ce qui me laisse penser qu'un second *date* est possible. Second refus. J'habite Antibes et lui Nice. À l'occasion d'un déplacement là-bas et alors que nos échanges se sont poursuivis, je lui propose que l'on se voie. Emballé, il me propose d'aller boire un coup. À quelques kilomètres du rendez-vous, je reçois un message, son scooter est tombé en panne. Il n'y aura pas de quatrième tentative. »

Horreur numéro 5 — Les arnaqueurs

Après « Le violeur de Tinder », « L'arnaqueur de Tinder »[7]. Si vous n'avez pas vu ce film sur Netflix, courez-y. Ou comment un bellâtre israélien s'est amusé à escroquer des femmes inscrites sur Tinder pour leur subtiliser plus de 10 millions de dollars en quelques années. Un petit voyage en jet privé proposé aux victimes en guise de moyen de transport pour assister au premier date et l'affaire est enclenchée…

Mais pas besoin de jet privé pour vivre les affres des tentatives d'arnaques et d'escroqueries sur le *dating*. En 2016 aux États-Unis, un peu plus de 11000 plaintes avaient été enregistrées, près de 53000 en 2020. Les pertes liées aux arnaques via les sites de rencontres aux États-Unis étaient estimées à plus de 300 millions de dollars en 2020, 68 millions de livres sterling au Royaume-Uni. En France, qui semble se désintéresser du sujet du *dating* et n'a même pas mis en place un observatoire du *dating*, on ne dispose pas de chiffres. Mais le sujet est là, une constante dans les témoignages.

Des manipulateurs qui cherchent à vous vendre des produits douteux, des individus tentant de vous convaincre de leur envoyer de l'argent, des propositions d'investissements farfelus, des personnes cherchant à monnayer des services intimes, etc. Les formes de ces arnaques sont variées. Par exemple, bien que la fraude aux moyens de paiement soit en nette baisse en France, il reste des tentatives plus subtiles comme celles liées au vol de chéquiers, que certains cherchent à blanchir via les sites de rencontres. Ils essaient de vous convaincre d'encaisser un chèque volé et de leur transférer une partie de la somme par virement.

Au hasard de l'écriture de ces pages, je rencontre Aron, chef d'entreprise à succès et serial utilisateur des applications de rencontres. Personne sympathique, Aron possède un véritable sens de l'entregent et un réseau impressionnant. Il organise chez lui des

7. *L'Arnaqueur de Tinder* (titre original : *The Tinder Swindler*, série télévisée produite par Netflix, 2022).

dîners de célibataires qui attirent toujours du monde. Il explore en profondeur le sujet avec l'idée de lancer son appli et de trouver l'âme sœur. « On est plus heureux dans une relation sérieuse que dans l'enchaînement des histoires », reconnaît-il. Pour mieux comprendre et pour optimiser ses recherches, il s'est inscrit en même temps sur 15 plateformes ! Ça lui coûte plus de 400 euros par mois. En quelques semaines, il s'est trouvé confronté à une femme qui a essayé de lui vendre des placements en cryptomonnaie et deux autres qui ont tenté de lui soutirer 350 et 500 euros pour venir à un *date*.

Le sport (inter)national sur les sites nous vient d'Afrique ou d'Asie. Nathalie, coach en entreprise qui connaît bien le sujet, résume la technique.

> « Vous êtes abordé par une Africaine, arrivée récemment en France et qui se sent vraiment très seule. La pauvre ne connaît personne. Elle vous propose rapidement de sortir du site et de poursuivre vos échanges sur WhatsApp avant de clôturer son compte sur le site de rencontres. S'ensuivent de vibrantes déclarations d'amour. Vous devenez très vite l'homme de sa vie. Elle n'a jamais discuté avec une aussi belle personne que vous, etc. »

L'amour n'ayant pas de prix, vient alors le moment où la bienveillance de votre porte-monnaie est mise à contribution. Que dire des sites paneuropéens (de l'Est) ou asiatiques qui présentent des rencontres avec des femmes séduisantes, souvent décrites comme des « poupées slaves » ou « chinoises » ? Est-ce la cupidité ou la détresse qui pousse certaines Ukrainiennes à chercher des soldats bien payés sur la ligne de front pour leur demander un peu d'aide financière ? Rarement un véritable amour, mais plutôt l'espoir de maintenir un lien avec ces hommes qu'elles ne peuvent rencontrer, bloquées par les combats.

Même en période de guerre, ces applications de rencontres peuvent se transformer en armes redoutables, comme le souligne l'article du *Monde* du 9 avril 2024. Ce dernier révèle comment les deux belligérants utilisent la pratique des faux profils pour tenter de soutirer

des informations aux combattants : « Tu es où ? Tu fais quoi en ce moment[8] ? »
Comment enfin ne pas évoquer cette anecdote de Christine Barois. L'un de ses patients, représentant de commerce, accroche sur un site une femme de l'est avec qui il passe une journée à faire du shopping à Milan. Suite à cette première rencontre fort sympathique, elle l'invite à poursuivre leurs échanges sur *Telegram.* De fil en aiguille une forme de complicité s'instaure jusqu'à l'intimité numérique. Dans leurs joutes, il en vient à se dévêtir en ligne avant de recevoir un message lui expliquant que tout a été enregistré et sera diffusé à l'ensemble de ses contacts s'il ne verse pas une rançon dans les 48 heures.
Là comme ailleurs, on trouve des tentatives inacceptables de détourner ces plateformes à des fins mercantiles ou de manipulation. Il faut reconnaître sur ce sujet les efforts significatifs déployés par certains sites pour tenter d'éradiquer et de bloquer ces comptes parasites, leur cauchemar. Il fut une époque où sur *Adopte* vous étiez sans cesse harponnés par de très jeunes femmes aux profils aguicheurs et nouvellement créés qui enclenchaient des discussions rapidement érotiques pour vous proposer des rencontres tarifées. Qu'y avait-il derrière cela ? Le site *Disons Demain*, me dit Cristel, procède à un ménage sérieux quand ce type de pratiques lui sont dénoncées. Tous ne le font pas.

Histoires vraies

Business. Quatre hommes m'ont demandé de l'argent cette année sans même me connaître !

Agent immobilier. En plus de rencontres avec des hommes inutiles, abjects, etc. L'un d'entre eux a créé une annonce de vente d'un bien immobilier à prix cassé sur un site de vente entre particuliers… à mon nom. Je me suis retrouvée submergée d'appels jusqu'à ce que je puisse faire annuler l'annonce. Cela a continué pendant

8. *Le Monde*, « Les soldats pris au piège des sites de rencontres », édition du 9 avril 2024.

plusieurs semaines, notamment avec des professionnels (agences immobilières, cabinets de diagnostics...).

Cleptomane. J'ai rencontré quatre personnes en tout. Il s'est passé quelque chose avec deux personnes. Le premier était traumatisé par son divorce, il m'a volé des bijoux, ça a duré un mois. Et le second a été au départ une belle rencontre et à la fin un désastre, je l'ai quitté au bout d'un an mais il n'a pas accepté donc compliqué. Je pense qu'on ne doit pas forcer les rencontres, elles n'ont aucun lien avec un algo. Dans mon cas d'hypersensibilité et de problème de surempathie c'était limite dangereux ces rencontres pour moi. J'ai déjà les marginaux du quartier à écouter et aider. C'est l'extrême opposé de ce que je suis.

Le poids de l'horloge biologique

Ok, mettons cartes sur table. Pas de faux-semblants, allons droit au but et pardon par avance si certaines sensibilités sont bousculées. Mesdames, si vous vous tournez vers les sites de rencontres en espérant trouver un géniteur pour votre futur enfant, réfléchissez bien avant de vous lancer ou passez votre chemin. Le risque de déception est immense. Sur ces plateformes, on croise nombre de femmes dans la quarantaine qui, en quête de maternité, semblent davantage chercher le père de leur progéniture que l'amour durable. En plaçant leur désir d'enfant avant la construction d'une relation amoureuse authentique, certaines d'entre elles laissent un sentiment d'inquiétude. Celles qui le dissimulent habilement sont rares, et d'autres ne cachent rien. Cette fameuse horloge biologique, qui ne cesse de tourner

En avril 2024, France Inter diffuse une chronique sur l'expression « Faire un enfant dans le dos ». Et c'est exactement ce que Charles va vivre avec Lucie, rencontrée sur *Tinder*. Elle souhaite avoir un enfant, lui pas et ils s'accordent sur le fait de ne pas en avoir, jusqu'à ce que Lucie lui annonce sa grossesse. Là, elle le met au pied du mur : « Tu assumes ton rôle de père ou tu t'en vas ». Certaines femmes n'ont pas attendu les sites de rencontres pour en arriver là, je le sais,

et France Inter se moque de l'imprudence de Charles. Mais, sous un autre angle, on peut voir *Tinder* comme un véritable catalogue de géniteurs potentiels.
Une autre histoire que je vais vous raconter, cette fois avec une femme prénommée Marie. Nous nous entendions bien, nous partagions des niveaux sociaux et culturels similaires, de bonnes interactions, etc. Elle est très prise par son poste de consultante pour un grand cabinet. Nous passons un premier dîner vraiment sympathique au Floréal, à deux pas de Belleville, à Paris. Entre l'entrée et le plat de résistance, nous abordons le sujet des enfants, lorsque soudainement elle fond en larmes. Elle m'explique la pression sociale et familiale qui pèse sur ses épaules et l'angoisse dans laquelle elle vit de ne pas avoir trouvé le père de ses enfants. J'essaie de la consoler comme je peux. Le dîner se finit en douceur, l'ambiance reste belle malgré les larmes. Une femme très chouette. Nous décidons de nous revoir la semaine suivante. Même heure, même endroit... mêmes résultat. En plein milieu du repas, elle tombe à nouveau en larmes sur le sujet des enfants. J'ai du mal à la consoler, elle a 42 ans. Cette fois, je prends peur. Non pas que je sois hostile à l'idée d'avoir à nouveau des enfants, mais l'idée que cette obsession puisse lui faire choisir un homme qu'elle connaît à peine, dans la précipitation, est effrayante. Sa recherche est entièrement concentrée sur ce sujet. Quel risque ! Nous ne nous reverrons plus, malgré la qualité de nos échanges. Nous aurions dû changer de restaurant ! Le Dr Béatrice Cuzin s'insurge : « Ces situations illustrent ce que j'appelle les projets d'enfants bâclés. Ils sont mauvais pour tout le monde : les parents, si le couple est trop jeune ou pas assez solide et les futurs enfants qui vont en subir les conséquences »
C'est aussi sur les sites de rencontres que j'ai croisé le plus de femmes ayant congelé des ovocytes afin de gagner quelques années dans leur quête de l'homme idéal. Mais à quoi sert cette démarche louable si les statistiques montrent que la probabilité de commencer une histoire longue et solide via ces sites est aussi faible que 5 % ? À créer plus de frustrations et de désespérances encore ? J'ai apprécié mon amie Cécile, une scientifique. Elle a opté pour la stratégie du « découplage ». Plus de stress lié à la procréation qu'elle va essayer

de gérer seule grâce à une banque de spermes, en parallèle de sa recherche sur Internet d'un homme qui lui convienne vraiment. Rationnel, assumé, imparable... pourquoi pas.
Il existe aussi des femmes qui assument leur volonté, coûte que coûte, d'avoir un enfant et recourent à la coparentalité en ligne avec des sites tels que *coparentalys.com* ou *coparents.fr*. Des sites de rencontres de géniteurs prêts à une relation ou à un simple don de sperme sans aucune motivation à créer un couple au quotidien. Il n'y a pas de limites au pouvoir créatif du *dating*.

Une étude de novembre 2019 projetait qu'à l'horizon 2037, la moitié des naissances proviendrait de relations nées du *dating*[9]. Est-ce une bonne nouvelle ou plutôt l'une des briques de l'érosion généralisée du taux de natalité ? La question de la natalité, dont la résurgence dans le débat public n'en est qu'à ses débuts, est posée. Dans quelle mesure le *dating*, en favorisant des relations fragmentées, contribue-t-il, même de manière non exclusive, à ralentir la natalité ? Il est évident que si le *dating* se réduit à un enchaînement de rencontres superficielles, comparables à du *fast-food dating*, l'impact sur la stabilité des relations et la natalité ne peut être qu'inquiétant. Combien de femmes, influencées par l'image assez positive que font circuler les médias sur le *dating*, n'ont-elles pas pensé que c'est un bon moyen de retrouver le père de leurs futurs enfants ? Il contribue aussi à l'augmentation de la mono-conception et de la monoparentalité. C'est par exemple le choix assumé et affiché de Judith Duportail et bien d'autres, sortie des applis après les avoir tant combattues, qui affiche désormais son statut de maman solo. Mais combien de femmes, n'ayant trouvé d'autres moyens de rencontre que ces mêmes sites ou n'étant pas dans cette démarche, ne se retrouvent-elles pas dix ans plus tard, sans autre perspective que de regretter la multitude d'histoires éphémères qu'elles ont accumulées ? J'en ai rencontré un certain nombre et ce n'est pas une fiction ou un simple délire de mon esprit que d'affirmer cela.

9. Étude E. Harmony, *Projections démographiques et l'impact des sites de rencontres sur la natalité*, novembre 2019.

Il est donc temps, selon moi, de réformer ce secteur. Il est urgent de le faire passer d'une phase de désordre à une ère plus structurée et réfléchie, avec un soutien des pouvoirs publics. Cette réforme ne serait pas seulement bénéfique, mais nécessaire, notamment pour limiter les effets négatifs qu'il peut avoir sur la société, en particulier en ce qui concerne la natalité. Et tout cela, sans coûts excessifs !
Septembre 2024, je découvre dans *Le Parisien*[10] une proposition du sociologue Julien Damon qui attire mon attention : il suggère que la Sécurité sociale prenne en charge le coût de l'adhésion aux sites de rencontres, dans une optique de soutien à la natalité. Une telle idée, aussi provocante qu'originale, semble toutefois négliger les limites structurelles du *dating* en ligne. Car orienter des célibataires désireux de fonder une famille vers un outil qui, dans sa forme actuelle, peine à favoriser des relations stables et durables, pourrait bien aller à l'encontre de l'objectif visé.

Adultère et services à la personne

Le chiffre n'est pas passé inaperçu. Une enquête de 2023[11] révèle que 63 % des utilisateurs de *Tinder* seraient déjà en couple lorsqu'ils utilisent l'application et 50 % d'entre eux ne seraient pas en recherche d'une histoire réelle. De quoi refroidir ceux qui y cherchent vraiment l'âme sœur. Mais alors, que font-ils là ? Même si les bases et la méthodologie de cette étude sont contestées par ailleurs (d'autres parlent de 30 %), le phénomène a de quoi interpeller.
Dans le grand bêtisier de la rencontre en ligne, les anecdotes les plus fréquentes concernent l'épouse qui découvre sur le smartphone de son mari les alertes d'un site de rencontres. Ou bien une amie ou une collègue de ladite épouse qui retrouve l'homme en question sur un site, ou plus drôle encore, l'épouse qui s'inscrit discrètement sur un site pour y retrouver son mari qui l'a précédée. Une pratique

10. *Le Parisien*, Maxime Poul, édition du 3 septembre 2024.
11. Recherche publiée en juin 2023 et menée par des chercheurs des universités de Picardie et de Stanford, ainsi que des hôpitaux de Genève et de Lausanne, sur un échantillon de 1 387 utilisateurs âgés de 18 à 74 ans.

courante chez bien des hommes consiste à entretenir plusieurs histoires en même temps. Cela explique le succès de la communauté *Are We Dating The Same Guy ?* sur Facebook, où les femmes viennent y vérifier le sérieux des hommes qu'elles fréquentent. Les résultats et les témoignages y sont atterrants. Je discute pendant des jours avec Myriam, rencontrée sur *Tinder*, mais qui, peu avant notre premier rendez-vous, m'avoue que sa photo n'est pas la sienne, mais celle d'une copine, de peur que son mari ne la découvre en ligne. Incroyable ! N'aurait-elle pas pu me le dire plus tôt ? Nanda ne décolère pas : « Combien d'hommes se présentent comme des ingénieurs célibataires, nous font croire qu'ils sont divorcés pour finir par nous insulter et nous traiter de tous les noms. L'un d'entre eux m'affirmait être divorcé, avant que sa femme débarque en m'engueulant et hurlant dessus, marié lui aussi. Ça fait peur ».
Quant à notre enquête, elle révèle que 3,5 % des sondés ont retrouvé… leur conjoint sur un site de rencontres.
Le *dating* pourvoyeur et facilitateur de divorces ? Les sites peuvent être pour certains un véritable terrain de jeu puisqu'ils permettent de draguer en dehors de l'écosystème du couple ou du conjoint. C'est alors qu'apparaît *Gleeden*, une application qui officialise le *dating* adultère ! Un site, imaginé par des femmes, totalement décomplexé et promoteur d'adultère en ligne. Mue par la curiosité, je suis allé voir à mes heures perdues alors que je n'étais pas en couple. Tout y est fait pour préserver la discrétion et sécuriser l'adultère, avec le recours à un pseudo, à des profils cachés ou à l'accès privatif aux galeries photos. On y trouve de tout : des gens mariés qui veulent tromper l'autre ou prendre un peu l'air, des couples en quête d'un troisième partenaire pour pimenter leur vie sexuelle, des célibataires qui s'éclatent à entrer dans les histoires des autres, etc. Jacques, un de mes amis, me l'avoue : « La seule expérience que j'ai des sites de rencontres, c'est avec *Gleeden* il y a quelques années de cela. Ça a été le seul coup de canif dans mon mariage. On est restés amis puis je suis rentré dans le rang. » L'aurait-il fait sans *Gleeden* ?
Le témoignage de Marine est saisissant. Elle reçoit l'appel d'une de ses amies :
« C'est drôle, j'ai vu ta photo sur *Tinder*.

– Comment ça ? Je ne suis pas sur *Tinder* mais sur *Bumble.* »
La photo a été prise quelques mois auparavant, en duo avec Lucas, lors d'un weekend entre amis. Pour s'inscrire sur *Tinder,* il ne s'est pas embarrassé de recentrer la photo ou d'y flouter Marine. Marine se souvient parfaitement de ce weekend, celui-là même où Lucas et sa femme avaient annoncé à tout le monde qu'elle était enceinte.
Si l'on prend un peu de recul, il est légitime de se poser cette question : les sites de rencontres favorisent-ils l'adultère ? Est-ce qu'ils encouragent plus de tromperie que dans la vie réelle ? Sont-ils un catalyseur d'infidélités, voire un accélérateur de séparations ? Cette question mérite d'être posée clairement, surtout au vu des nombreux témoignages que je reçois, qui font état d'hommes utilisant les sites comme terrain de jeu pour tromper ou expérimenter le polyamour. Nous éviterons de tomber dans les jugements de valeur, mais il est indéniable que ces pratiques alimentent la confusion, le stress et contribuent à la dévaluation et au manque de respect envers les femmes et les hommes qui s'y retrouvent.
Même si les marques généralistes ne sont pas en reste, des sites tels que *Gleeden, Place Libertine, JM Swipe* ou *Nous Libertines* sont également de véritables alternatives à la prostitution. Si l'on tire le fil, plus j'avance dans cette étude, plus j'ai le sentiment qu'un grand nombre d'hommes utilisent les sites de rencontres comme un marché de néoprostitution, recherchant sous couvert de rencontres sérieuses, des relations sexuelles éphémères et jadis tarifées. Combien de femmes se sont fait avoir à leur corps défendant, jetées comme des objets après usage, renvoyées à leur solitude et leurs illusions ?
Une enquête de 2008 montrait que plus de 18 % des hommes français, parfois mariés avec enfants, avaient eu recours à la prostitution au moins une fois dans leur vie[12]. À l'heure de la pénalisation de l'acte de consommation de la prostitution (loi du 13 avril 2016), combien d'entre eux ont-ils basculé dans leur quête de sexe tarifé sur des applis de rencontres ? Le constat dressé par de nombreuses membres sur la rencontre avec des hommes en fait mariés serait-il le révélateur d'un usage des sites en alternative à la prostitution ? Au fond,

12. Rapport d'information du Sénat, n° 46 (2013-2014), déposé le 8 octobre 2013.

c'est confortable, dépénalisé, sympa, moins sale, discret, gratos, plutôt sécurisant, etc. Sara Bauer ne dit pas autre chose :

> « On a vraiment l'impression que les sites sont remplis d'hommes qui y cherchent une forme de prostitution gratuite et facile. »

Lors d'un *Dating* Anonymes, Justine, comme de nombreuses autres membres, est encore plus catégorique :

> « Les sites de rencontres sont bourrés d'hommes qui nous prennent pour des putes. »

Les propos d'Hannah Anthony dans son roman *Factice* illustrent joliment le propos :

> « ... Parce que de nos jours, pour tirer un coup, on swipe aussi. Comme les maisons closes n'existent plus, il a fallu se rabattre sur quelque chose. Les applications de rencontres sont parfaites pour ça, elles sont la version virtuelle des bordels et c'est ce qui leur confère la mauvaise réputation de supermarché du cul. Certains hommes sont honnêtes et le concèdent dès le début, mais ils possèdent un point commun avec le tigre du Bengale, ils sont en voie de disparition. De nombreux individus arpentent les applications de rencontres pour y assouvir leurs besoins charnels. Au lieu d'être transparents, ils camouflent leur objectif sexuel derrière d'habiles sérénades pétries de bienveillance et vous tombez dans le panneau, avide d'attention, d'amour et d'affection. »

Emprise et manipulation

Dans son roman *La promesse*, Camille Laurens[13] explore un sujet qui mérite réflexion. Ce n'est pas la première fois que nous nous y intéressons dans le cadre de notre travail de recherche. Le recul de la « masculinité » sociale ne serait-il pas l'une des causes de la montée des comportements de manipulation et d'emprise de certains

13. Camille Laurens, *La Promesse*, Éditions Grasset, 2021.

hommes sur les femmes ? Une forme de revanche d'un machisme et d'un masculinisme qui ont perdu leur pouvoir. Et si, par un étrange paradoxe, les sites de rencontres devenaient le terrain idéal pour ces jeux de domination ?

Factice, la fiction de Hanna Anthony[14], semble inspirée d'une expérience vécue, ou peut-être même celle de son quotidien lorsqu'elle travaillait comme matchmaker pour une application de rencontres. Elle me le confiera plus tard. En la lisant, j'ai l'impression d'entendre l'histoire de toutes mes amies passées par le monde du *dating*. La rencontre en ligne avec Raphaël, un bel homme qu'on est fier d'exhiber aux copines, le vide affectif qui se comble et l'histoire idéale qui s'enclenche jusqu'au jour où le beau gosse se dévoile. Méchant, autocentré, manipulateur, narcissique et surtout, maître du jeu dès lors qu'il a ferré sa proie.

Le concept de pervers narcissique est à la mode, comme si l'on découvrait soudainement que la France en est truffée. La mode du pervers narcissique est telle que la moindre névrose agressive, au grand dam des psychologues, est qualifiée de perversion narcissique, même si cela n'a rien à voir avec une faille narcissique. À croire qu'il n'y a que cela autour de nous. En particulier chez les hommes, mais aussi, chez les femmes (je peux en attester). Pour autant, j'entends autour de moi, depuis que je fréquente les sites et que je creuse le sujet, une multitude d'histoires similaires à celles d'Hannah Anthony et de Fanny.

J'ai conscience ici de remettre à nouveau les pieds sur un terrain sensible et je ne veux heurter personne en écrivant les lignes qui suivent. J'ai aussi à l'esprit qu'il s'agit d'un sujet délicat à gérer par les sites et que les utilisateurs font de leurs rencontres ce qu'ils veulent. Pascal Lardelier[15] fut l'un des premiers à poser ouvertement la question : « Les sites de rencontre sont-ils un ramassis de gens détraqués ? » Christine Barois renchérit : « Il y a sur les sites de rencontres une grande masse de naufragés de la relation qui ne vont pas très bien dans leur tête et y errent pendant des années. » Le sujet est

14. Hanna Anthony, *Factice*, Éditions Kiwi Romans, avril 2021.
15. Pascal Lardelier, *Les Réseaux du cœur*, Éditions François Bourin, 2012.

tellement brûlant que la grande mode aux États-Unis consiste pour les femmes à vérifier que leurs crush numériques ont déjà réalisé un travail sur eux-mêmes. La psychanalyse serait devenue un vrai plus dans l'attractivité des hommes. Il devient difficile d'éluder la question : existe-t-il sur les sites de rencontres une proportion plus élevée de personnes perturbées dans leur rapport à l'autre ?
Si tel est le cas, les sites pourraient-ils tout de même agir contre cela ? Par exemple, en créant des mécanismes de notation des candidats ou en agissant fermement dès qu'un signalement anormal leur est réalisé. Peuvent-ils en amont, notamment à l'inscription, s'engager sur le sujet ? Faire signer des chartes de bonne pratique et de respect ? Éditer des petits guides sur la détection des névroses les plus graves ? Au minimum un utilisateur averti en vaut deux et certain(e) s d'entre vous s'y retrouveront forcément. Le sujet est d'autant plus sensible qu'il n'est pas concevable de ne pas permettre à des personnes qui ont des problèmes psychologiques de tenter leur chance. Pourtant, ceux qui en sont victimes peuvent voir leur vie profondément affectée.

J'imagine que les sites et certains spécialistes en sciences de la psychologie démystifieront le sujet en nous expliquant qu'il n'y a pas plus de déviances et d'autres névroses profondes sur les sites que dans la société. Et pourtant la question mérite d'être posée : Y a-t-il une moindre étude sur le sujet ? Je n'en ai point trouvé. Côté utilisateur, l'impression est tenace. Le sentiment que sur les sites, on rencontre un très grand nombre de personnes qui ne semblent pas aller très bien dans leur tête : des dépressifs, des pervers, des manipulateurs, des narcissiques, des autoritaires, des égocentrés, des bipolaires, etc. Le problème ne serait pas trop gênant si ces névroses pouvaient être identifiées lors du premier rendez-vous. Au pire, ce serait un rendez-vous de plus raté. Mais dans un univers où le temps entre le premier rendez-vous et le passage à l'intimité se rétrécit, elles sont souvent plus vicieuses et peu détectables immédiatement. Là est le piège, là est le danger.
On pourrait être tenté de croire que les applis sont spécialement conçues pour eux. Ceux-là mêmes qui, à force de manipuler et d'exercer un contrôle insidieux, se voient offrir un terrain de jeu

idéal pour séduire et exploiter les plus vulnérables. Des âmes seules, souvent en souffrance, qui rêvent d'une vie de couple heureuse et épanouie. Ils savent y faire et savent détecter les victimes parfaites. Pire, ils peuvent agir en toute discrétion et en toute impunité, derrière un écran, à l'abri de tous et protégés d'une réputation qui circulerait dans leurs réseaux proches. En soi, la privatisation de la rencontre telle qu'imaginée par Marie Bergström est un danger redoutable, ouvrant de gigantesques espaces de chasse pour les personnes malintentionnées qui peuvent y sévir en toute impunité sociale.

Histoires vraies

Démasqué. Je suis tombée sur un pervers narcissique que j'ai identifié dès la première rencontre. Connaissant ce type de profil, il ne m'a pas du tout impressionnée et je me suis gentiment moquée de lui. Ça l'a complètement déstabilisé et j'ai cru à un moment de notre déjeuner qu'il allait me frapper (gros silence – il s'est contenu)... Un moment très dur. Puis il s'est levé et a quitté le restaurant. J'ai eu très chaud. Il a voulu me recontacter mais j'ai bloqué son numéro. La pire des choses pour un pervers narcissique, c'est l'ignorance.

Allo la police ? J'échange via une de ces applis avec un homme exerçant dans la police. Le premier échange téléphonique est parfait : bonne expression, attentif, captivant. En raccrochant après une heure de discussion je suis conquise. Le lendemain, il se montre différent : agressif, il exige que notre première date ait lieu à son domicile, balayant toutes mes autres propositions. Ce revirement me paraît très étrange et inquiétant. J'ai écouté mon instinct qui m'a incité à le bloquer... Il continue à me laisser des messages sur mon répondeur. Ce type est un prédateur et j'espère qu'il ne fera de mal à personne.

Doudou. J'ai rencontré une fille très belle, splendide, sur *Adopte* il y a longtemps. J'étais alors étudiant. Le bémol, elle avait des habitudes et troubles psychologiques assez invalidants. Elle dormait encore avec des bouts de son doudou (en charpie, puisqu'elle avait plus de 20 ans). Elle s'est mise à me tenir les jambes en pleurant pour me retenir chez elle quand je lui ai dit que je préférais que l'on arrête de se voir, après quelques semaines à prendre sur moi en me disant que j'étais peut-être la personne qu'il lui fallait pour aller de l'avant et dépasser toutes ses "reliques infantiles". J'espère de tout cœur qu'elle va mieux.

Récidive. J'ai rencontré un homme sur Facebook. Il s'était fait passer pour un prince charmant avant de me mettre sous emprise. Un grave manipulateur narcissique. Je l'ai quitté. Dans la semaine qui suit (tout en essayant de me récupérer par un écrit enflammé) il envoie des messages identiques à une vingtaine de femmes sur trois sites de rencontres : 60 en tout. Ces sites sont un formidable catalogue de proies pour les détraqués qui les utilisent. Et comme ces tordus ne sont pas identifiables facilement, ils y auront toujours libres accès. De quoi se guérir définitivement de la recherche de l'homme de sa vie sur un site de rencontres.

Grand Amour. J'ai rencontré un jeune homme sur une appli. Après une rencontre et pas mal de discussions par message nous nous revoyons une deuxième fois. La rencontre se déroule très bien mais lorsque nous nous sommes séparés, il s'est un peu trop vite emballé au point de me crier "je t'aime" sur du quai en face du métro (nous prenions la même ligne mais pas la même direction). S'en est suivi des SMS enflammés me décrivant comme la femme de sa vie. J'ai compris au fur et à mesure des messages qu'il n'était pas très stable émotionnellement. Lorsque je lui ai dit que je ne voulais pas continuer il a commencé à me faire du chantage affectif me disant que je lui faisais perdre foi en l'amour et que sa vie n'avait plus de sens. Il m'a envoyé de nombreux messages au point que j'ai commencé à paniquer. Il savait où je travaillais et j'avais peur qu'il vienne y faire un scandale. Depuis, je ne donne plus d'informations précises sur mon lieu de travail ou mon habitation lors des premiers rdv.

Dévaluation et perte de confiance

Les sites de rencontres sont-ils dangereux pour la santé ? C'est la chance de l'auteur de pouvoir émettre des hypothèses sur le papier avant même de les confronter au regard de ses lecteurs. C'est aussi, et surtout, une petite musique qui résonne au fur et à mesure que je fouille dans le monde du *dating*. Judith Duportail parle dans son ouvrage de la *dating fatigue*, rapidement retranscrite en *dating burn-out*. J'entends ici et là et je lis des articles qui mentionnent des symptômes physiques ou psychologiques que l'évidence attribue à la pratique des sites de rencontres. Si la liste n'est pas exhaustive, elle mérite d'être examinée de plus près. Certaines relèvent de la violence psychologique.

Addiction, état dépressif, perte de confiance en soi, dévaluation, isolement, etc. La liste et les termes ne sont pas anodins et c'est l'une des raisons qui nous amèneront à interpeller avec véhémence les pouvoirs publics sur ce sujet. Ces phénomènes sont loin d'être marginaux et il a suffi d'une petite enquête dans notre entourage ou lors des *Dating* Anonymes pour qu'ils ressortent systématiquement. 40 % des personnes ayant répondu à notre enquête reconnaissent, par exemple, que les sites de rencontres ont engendré chez elles des problèmes de confiance en elles. Les sites de rencontres seraient-ils source de dévaluation et de perte de confiance en soi ? Ce reproche ressort sans cesse de mes échanges avec des utilisateurs, dans nos *Dating Anonymes* tout particulièrement. Comme nous l'avons évoqué, le taux d'échec très élevé lors des rendez-vous est générateur de frustration et potentiellement de réaction de mise en cause de soi-même et de perte de confiance. Le phénomène a été maintes fois constaté et documenté. Une étude de 2016 aux États-Unis a montré que les jeunes qui utilisaient *Tinder* avaient plus de problèmes avec leur image corporelle que les autres[16]. Ce sont eux qui avaient le plus bas niveau d'estime d'eux-mêmes. La perte de confiance en soi s'explique aussi par le gigantesque décalage entre le rêve affiché et la probabilité qu'il se réalise réellement. Afficher et « promettre » en vitrine le grand amour, c'est culpabiliser le grand nombre de ceux qui ne le trouveront jamais en ligne. On retrouve dans la communication de ces sites l'approche que nous dénoncions dans l'émission « Mariés au premier regard » : nous maîtrisons la

16. *The Impact of Online Dating on Self-Esteem and Body Image*, étude présentée lors de la Convention annuelle de l'American Psychological Association, 2016, rapportée par *The Times*. L'étude a été réalisée auprès d'un groupe de 1 300 étudiants.

science de la rencontre, elle va vous permettre de rencontrer l'amour, le reste ne dépend que de vous.
Les sites de rencontres sont également, envers et contre tout, un outil de mise en rivalité physique. Pourquoi un utilisateur n'a-t-il que peu de succès dans un catalogue de produits en hyperconcurrence ? Est-ce dû à son physique, aux détails de son profil ? Le raccourci est vite fait avec les conséquences que cela peut avoir sur la confiance en soi. Pire, lors de la rencontre, chacun sera systématiquement comparé à d'autres, voire à des dizaines d'autres, déjà approchées, voire séduites, par la personne en face de soi. Que devient l'idéal féminin de celui qui a couché avec 800 femmes en 15 ans grâce au *dating* ? L'entrée dans le monde de la rencontre en ligne place rapidement l'utilisateur dans une situation complexe, mettant à l'épreuve sa confiance en soi. Cette dynamique peut être vue comme une triangulation dangereuse : d'une part, il y a soi-même, l'estime que l'on a de soi ; d'autre part, il y a la personne rencontrée lors du rendez-vous, dont l'opinion de nous – parfois exprimée avec violence ou irrespect – peut profondément nous affecter ; enfin, il y a la masse d'autres utilisateurs, avec lesquels la personne en face de nous nous compare constamment, créant une pression supplémentaire. Ces multiples éléments se mêlent pour façonner l'expérience de la rencontre en ligne, en exacerbant souvent les doutes et les incertitudes.
La sexualisation de la relation n'est pas sans effet non plus sur la confiance et la dévaluation que peuvent ressentir certains utilisateurs. La relation objet, dont nous parlions précédemment et dans le cadre de laquelle l'entrée en relation se fait essentiellement par le physique, met une énorme pression sur les hommes et les femmes qui doivent avant tout séduire grâce à leur physique, faute d'avoir le temps de séduire grâce à leur personnalité. Cette pression met tout le monde dans une posture dangereuse, celle d'un engagement physique dont les suites restent très aléatoires, possiblement génératrices de dévaluation.

Boîte de nuit, épisode 2

Dans le cadre de cette étude, une petite voix semble monter alors que je ne l'entendais pas il y a quelques années. Que dit-elle ? « Avant c'était mieux, ça a beaucoup changé, c'est un peu la faune maintenant », « *Meetic*, c'est plus ce que c'était, c'est devenu n'importe quoi, plein de noirs et de migrants, c'est truffé d'arnaqueurs, racaille en ligne » etc. Cette antienne me fait penser à l'une de mes théories marketing préférées, la théorie des boîtes de nuit, épisode 2.

Elle explique aussi l'arrivée régulière sur le marché de nouveaux sites.
Ma jeunesse dans le nord de la France a été marquée par les boîtes de nuit, les boîtes de conserve n'existaient pas encore. Lycéen et étudiant à Lille, il suffisait de traverser la frontière pour y retrouver une multitude de discothèques belges, branchées et sympas. Même si j'étais d'une immense timidité et guère brillant dans l'exercice, on ne draguait pas en ligne. Pas le choix, il fallait se bouger, rencontrer, forcer le destin, oser aborder des filles inconnues pour de vrai, parfaire son discours d'approche, se faire repousser devant tout le monde, prendre le risque d'un râteau, d'une explication. C'était tellement plus vrai, direct, cash. Tellement loin de l'anonymat, de la distance et de la lâcheté promus par les applis. Lorsque l'on décidait de se lancer, c'est qu'on était attiré en amont. On avait peur d'aborder, quand aujourd'hui on robotise à l'aveugle la prospection. Je n'entends plus autour de moi « on s'est rencontrés en boîte » mais de plus en plus souvent « on s'est rencontrés sur internet », changement de monde et de génération.
Les boîtes de nuit m'ont inspiré une seconde théorie, celle de leur cycle de vie : Comment évolue et se développe une discothèque ? Elle se crée souvent auprès de ce que l'on appelle les *early adopters*, généralement les populations de jeunes et d'étudiants, considérés comme branchés et à l'avant-garde des tendances et des modes du moment, des pratiques sociales et sociétales, des mouvements de pensée, etc. Ce faisant, les nouvelles boîtes de nuit du nord de la France étaient envahies par cette population de branchés. Il fallait

en être, y être. « Tu vas à la Grignote vendredi, toi ? Non, j'ai plutôt envie d'aller aux Bains. »
Par la promotion de leur succès et le bouche à oreille, ces temples de la nuit commençaient après quelques années à attirer une population de jeunes (et moins jeunes) un peu plus large. Progressivement, il ne fallait plus y aller le samedi, mais le vendredi soir, où les branchés restaient majoritaires. Vous l'aurez compris, la boîte de nuit subit souvent une évolution sociologique qui la tire progressivement vers le grand public et le bas de l'échelle sociale, par le succès et l'attractivité de sa marque. La troisième étape de cette évolution mène parfois la boîte de nuit à sa perte, lorsque la racaille y arrive et fait fuir tous les autres clients. Quelques bagarres à l'entrée ou à l'intérieur et la boîte se désertifie très vite au profit d'autres plus récentes, qui ont endossé les attributs de nouvelle boîte branchée. Combien de Macumba en France sont passées du statut de haut lieu de la branchitude à un parking désert ?
Face à cette évolution naturelle, les boîtes imaginent un certain nombre de parades, dont la sélection sociale à l'entrée ou la renaissance. La boîte de nuit fermée se refait une beauté, change de nom et réouvre à une nouvelle génération d'étudiants qui n'ont pas connu la débâcle.
Serait-il possible que les sites de rencontres soient victimes ou touchés par la théorie du cycle de vie des boîtes de nuit ? J'entends ça de toutes parts : *Meetic* n'est plus *Meetic*, *Attractive World* n'a plus rien de sélectif. « Il y a de la cacophonie partout en ligne maintenant, les migrants ont envahi le *dating* », me balance Virginie. L'expérience d'*Attractive World* est symptomatique : un site qui se veut hypersélect, par le tri de ses membres à l'entrée et par le parrainage. Cela lui donne une identité forte. Mais progressivement, le site dévoile des profils qui ne correspondent plus à sa politique de filtrage. La notoriété (*Attractive World* était aussi connu que *Meetic* à une époque) a créé un appel d'air dans lequel tous les types de population se sont engouffrés sans filtrage réel de la plateforme. Très vite, ceux qui y sont venus pour le caractère élitiste et avant-gardiste de la boîte s'en vont voir ailleurs et progressivement, la boîte décline pour sortir des radars. *Meetic*, bien que toujours très important et soutenu par

des investissements marketing et publicitaires énormes, semble victime du même phénomène, et nombre d'utilisateurs semblent regretter le bon vieux temps, l'époque où l'on avait l'impression d'y trouver des gens de « leur » niveau.

Nous l'avons vu, l'universalité d'un site de rencontre est d'une certaine manière sa force, elle permet au site d'offrir à ses membres une palette et un choix de candidats très large. À l'inverse, elle crée un mélange des masses antagonistes avec les aspirations endogamiques des membres qui y cherchent notamment des gens qui socialement leur ressemblent. Ce n'est pas totalement un hasard si *Meetic* a créé *Disons Demain*, réservé aux plus de 50 ans. Penser la courbe de vie d'un site de rencontres, c'est savoir aussi où l'on met les pieds, le type de candidats que l'on va y rencontrer. Cela permet, en y regardant de plus près, d'éviter pas mal de désillusions socioculturelles.

Alors que *Tinder* perd de ses membres payants, les nouvelles boîtes de nuit branchées portent des noms tels que *Once, Fruitz, Hinge*, etc. Jusqu'au jour où elles seront elles aussi *has been*, remplacées par celle d'Aron ou de Pierre-Édouard Stérin. Elles contribuent à créer une forme de lassitude envers les plateformes historiques et mainstream, amorcée quelques années plus tôt par des early adopters. Ces nouvelles plateformes ne vont pas révolutionner le marché, mais juste dans une démarche de marque, recréer la place de marché adaptée et attractive pour les branchés (et souvent les plus jeunes). Du clonage ripoliné. Ce n'est pas un hasard si ces nouvelles plateformes sont rapidement rachetées par les géants du secteur (*Match Group, Bumble, Match.com…*) qui, par ce biais et à coups de millions de dollars, vont ainsi récupérer leurs clients perdus par ailleurs.

Histoire vraie

Radicale. Je connais Meetic car il me semblait le plus sérieux il y a plus de 20 ans… Cela a bien changé. Sa population aussi. J'ai eu plusieurs ex via Meetic. Des relations sérieuses dont le père de mon fils… Après, les aléas de la vie… Il n'y a pas de différence derrière un écran ou devant.

Revenant à ce site. Il a bien changé… il camoufle un nombre incalculable d'étrangers. Le site est forcément au courant. Ces types vont même jusqu'à payer des abonnements pour escroquer. Finalement quelques euros pour en plumer quelques-unes… c'est un investissement… Et puis le site gagne en notoriété… comme d'autres certainement. Il faut bien faire monter les valeurs boursières… Plus il y a d'adhérents et mieux c'est.

Boîte de chocolats et *dating* detox

Si votre probabilité de gain par le *dating* est proche de celle du loto, votre risque d'y tomber en addiction est peut-être bien plus important. L'image ne vient pas de moi, mais d'un patient du Dr Christine Barois. Lors d'une consultation, il compare les sites de rencontres à des boîtes de chocolats : « Ce n'est pas compliqué, tu l'ouvres, tu en manges un, puis un autre, et tu n'arrives plus à t'arrêter. » Lors d'un *Dating Anonyme*, Nicolas reprend une image similaire à propos de l'usage de plusieurs sites à la fois : « C'est simple, tu es devant la vitrine d'une pâtisserie et, si rien ne te plaît, tu vas voir la suivante et ainsi de suite, c'est plus fort que toi. »

J'entends de toutes parts que les sites de rencontres sont addictifs. Notre petit sondage le fait clairement ressortir. Parmi les reproches faits aux sites par nos sondés, 37 % affirment ressentir ou avoir ressenti un effet addictif.

L'addiction aux sites de rencontres peut revêtir plusieurs formes. La première, bien entendu, en phase de recherche de l'âme sœur, se matérialise par une tendance à ne plus pouvoir se détacher de son application. J'ai clairement vécu ce phénomène, connecté 24 h/24 sur les applications dont j'étais membre, aspiré par le besoin de surveiller sans cesse, nuit comprise, s'il n'y a pas une notification. Se jeter sur son appli au réveil (voire dans la nuit) pour voir s'il n'y a pas un nouveau *match*. *Addict* à l'idée que l'amour puisse vous tomber dessus à tout instant. Il m'est arrivé, en pleine réunion de travail, d'entendre la petite sonnette de notification d'*Adopte* devant tout le monde alors que j'avais oublié de mettre mon smartphone en mode silencieux.

Notre enquête révèle des temps de pratique très significatifs et qui pourraient expliquer des phénomènes addictifs pour certains. En effet, si la majorité des utilisateurs (40 %) y passent entre une heure et 3 heures par semaine, près de 20 % des sondés reconnaissent passer plus de 5 heures sur les applis de rencontres. Pire, 7 % d'entre eux y passent plus de dix heures.
Cette addiction n'est pas sans lien avec la décharge de dopamine générée par l'amorce d'une rencontre ou d'un nouveau match. Qui n'a pas vécu ce petit moment d'excitation lorsqu'une femme ou un homme qui vous plaît accroche votre compte, vous envoie un like ou un message ? Cette simple prise de contact déclenche en vous le fol espoir qu'une nouvelle relation puisse commencer et provoque un effet de survalorisation qui envahit votre corps et votre esprit. Ça y est, j'attire ! Ses effets narcissiques sont indéniables. Cette sensation est assez indescriptible pour qui ne l'a pas vécue et engendre des effets d'addiction pour ceux qui pratiquent les sites sur le long terme. Elle peut relever, à la longue, du besoin et du manque physiologique.
Obsédés par l'idée de rencontrer une autre personne, il n'est pas concevable d'être déconnecté de l'application, au risque de manquer une opportunité, voire l'homme ou la femme de sa vie. En concurrence avec tous les autres candidats, on a parfois le sentiment qu'une rencontre peut se jouer à trois fois rien, notamment le fait de n'avoir pas été connecté au bon moment. Nous l'avons vu, certains membres en sont tellement assoiffés qu'ils en sacrifient leur vie sociale, certaines soirées du vendredi ou du samedi soir avec leurs amis, etc. Ce phénomène d'addiction est renforcé par un phénomène que j'appellerais de « rémanence addictive », ou le besoin d'y revenir que peuvent ressentir certains membres sur la durée. Les sites de rencontres créent-ils une forme d'addiction à la drague en ligne ? Stéphane Rose illustre par l'exemple le nombre de membres qui, après avoir noué un joli contact, voire un début de relation, ne peuvent s'empêcher de rester en ligne et d'échanger avec d'autres femmes[17]. On frise le vaudeville lorsque les deux se contrôlent mutuellement : « Pourquoi

17. Stéphane Rose, *Misère sexuelle.com*, Éditions la Musardine, 2013.

es-tu encore connecté ? », « Bah et toi alors ? ». On a du mal à y croire, près d'un tiers des utilisateurs resteraient connectés sur leurs applis de rencontres après avoir rencontré quelqu'un. Et cette peur sourde, bien connue des utilisateurs, au début de chaque nouvelle histoire : « *A-t-il·elle bien clôturé son compte ?* » Elle fait partie de la panoplie des émotions nées du *dating*.

Après dix années de pratique et alors que j'avais grâce à eux enclenché des relations plus ou moins longues, j'avais parfois l'impression qu'à chaque histoire, l'utilisation des sites me manquait de plus en plus rapidement. C'est une étrange sensation que celle de ressentir cette envie d'y retourner, tout en étant heureux d'en être sorti, et alors même que vous êtes déjà embarqué dans une histoire. Certains ne savent indéniablement pas résister à cette tentation.

Était-ce une simple déviance de mon esprit, une manifestation du TDAH relationnel ? Un trouble narcissique ? Le révélateur d'histoires en demi-teintes ? Ou l'émergence d'une tare addictive générée par l'usage intensif des sites de rencontres ? Si mon ressenti est juste, cela pourrait contribuer à l'idée selon laquelle les relations générées par les sites de rencontres sont fragilisées du fait des effets addictifs et durables de l'outil. Ils donneraient plus ou moins consciemment l'envie d'y retourner et favoriseraient l'échec d'histoires en cours. Les sites sont-ils des diffuseurs d'une odeur de croissants frais ?

Subrepticement, les sites de rencontres distillent en vous l'idée qu'il est tellement facile de « choper » que cela relativise la dramatisation d'une rupture. Celle-ci est rapidement compensée par une sorte de « plaisir » ou d'envie de repartir à la chasse sur le site.

J'ai également ressenti cette impression en utilisant les sites de rencontres comme un outil de consolation, juste après une rupture. Plonger dans le catalogue d'un site après une séparation est un moyen formidable de tourner la page et de passer à autre chose, ou encore de jauger à nouveau sa capacité de séduction. Un anesthésiant contre la douleur ? Ce réflexe est sournois, pervers et dangereux. Il vous amène, par exemple, à tenter de replonger dans une histoire alors que vous n'avez pas encore fait le deuil de la précédente et que vous n'êtes donc pas prêt pour la suivante. Combien de fois ne l'ai-je pas fait ?

Le psychologue Benoît Galland fait un parallèle avec le monde du travail : « Cela me fait penser à ceux qui, après avoir perdu leur emploi, se ruent sur une nouvelle recherche sans avoir pris le temps de digérer le précédent. En voulant combler un vide, ils font souvent un mauvais choix. » Burn-Out, ghosting, infidélité, harcèlement, inégalité de genre, etc. Lorsque l'on tire le fil de la comparaison entre le monde du travail et celui du *dating*, on est pris d'effroi. Les similitudes entre les deux univers sont saisissantes. Les mêmes causes produiraient-elles les mêmes effets ?

Cette addiction au *dating* amène certains à ne plus savoir se déconnecter des sites ou à ressentir perpétuellement le besoin d'y retourner, et ce, quelle que soit l'évolution de leur situation. Elle menace les fondements mêmes de la relation et peut-être la capacité que nous avons tous, plus ou moins, de défendre, travailler et construire une relation, qu'elle soit en devenir ou en difficulté. Cette forme d'addiction fait écho, nous l'avons vu, à l'un des maux évoqués par Eva Illouz dans son livre *La Fin de l'amour*[18]. Selon elle, le consumérisme de la relation a créé une relation négative, fragile et par nature éphémère et destructrice.

Le phénomène d'addiction est évidemment bien connu des toxicologues, tout comme sa déclinaison lors d'une rupture amoureuse. Vous savez, cette envie irrépressible de rester connecté à l'autre lorsque l'on vient de se faire larguer ? Une rupture sentimentale génère des effets similaires à ceux du « sevrage » que les toxicomanes ressentent lorsqu'ils arrêtent la drogue. Le corps de la personne larguée lui demande encore de consommer l'ocytocine, la dopamine et la sérotonine que lui procurait la relation sentimentale, en vain. Il a également été montré que le sevrage nécessitait trois mois de nettoyage du cerveau, qui élimine progressivement les enzymes du plaisir dont il est imbibé. « L'amour dure trois ans et le chagrin trois mois », pourrait-on dire en déclinant le titre du célèbre roman de

18. Eva Illouz, *La Fin de l'amour. Réflexions sur l'impact du néolibéralisme sur les relations amoureuses*, Éditions Payot & Rivages, 2019.

Frédéric Beigbeder[19]. Est-ce le temps qu'il faut aussi pour se sevrer de l'addiction au *dating* ? J'écoute avec amusement le témoignage de Hanna Anthony, qui raconte sur le podcast de Louisa Amara qu'il lui fallut se faire violence pendant trois mois lorsqu'elle décida de se libérer de l'emprise des applis de rencontres.
Quelle solution ? Traiter cette forme d'addiction comme d'autres ? Notamment par la rencontre et le partage de ses victimes entre elles ? Les *Alcooliques anonymes* ou sa récente dérivée pour les drogués du capitalisme ont inspiré les *Dating Anonymes.* Faut-il les généraliser, pousser les sites à les proposer à leurs usagers ? Ou comment vaincre la mal-rencontre par la rencontre thérapeutique ?
C'est Edwige Lefort, qui m'accompagne sur notre chantier *dating*, qui suggère l'idée : « Pourquoi ne pas organiser le mois sans *dating* au même titre qu'il existe déjà le mois sans alcool ou sans tabac ? » Idée géniale qui raisonne tellement avec le conseil que prodiguent tant de psychologues à leurs clients abîmés du *dating* : « Décrochez, prenez le large, offrez-vous une *dating* detox. »
Mais le phénomène d'addiction n'en est peut-être qu'à ses débuts. Qu'en sera-t-il dans l'univers du *virtual dating* ? Retour dans le film *Her* de Spike Jonze[20] et l'emprise de Samanta, l'avatar aux 8000 partenaires et 615 amoureux. Le film, sorti en 2013, relevait alors de la fiction. Les IA conversationnelles et relationnelles sont désormais une réalité, permettant de se trouver un ou une partenaire virtuel pour 20 euros par mois. Dès que je fouille un peu, mes réseaux sociaux sont envahis de pubs pour ces nouvelles boutiques de rencontres virtuelles : *Replika, Dialogue, Emotica, ChatFleet, Dream Companion*, etc.
On imagine certains naufragés du *dating*, par désespoir, se jeter dans les bras d'une fake lover. Comme dans le film, elles vont leur faire perdre la réalité de ce qu'est une vraie relation, les plongeront dans l'addiction et sous emprise psychologique et financière, les couperont du monde, etc. Ne leur suffira-t-il plus qu'à se rendre

19. Frédéric Beigbeder, *L'Amour dure trois ans et le chagrin trois mois*, Éditions Flammarion, 2004.
20. *Her*, film réalisé par Spike Jonze, Warner Bros. Pictures, 2013.

(à trois) chez une péripatéticienne pour cocher la case physiologique ? N'est-ce pas ici la définition même de l'amour et de ses parties prenantes qui va être mise sur la table ? Les psys ont de beaux jours devant eux.

L'isolement

« Je ne me suis jamais sentie aussi seule que depuis que j'utilise les sites de rencontres », le jugement de Catherine est sans appel. Les sites de rencontres sont-ils, en contradiction avec leur nature, générateurs d›isolement et de solitude aggravée ?
On est en droit de le penser lorsque l'on songe aux comportements obsessionnels de ceux tellement accrochés à leurs applis ou à leurs sites de rencontres qu'ils préfèrent ne pas sortir entre amis de peur de manquer une opportunité de rendez-vous en ligne. Même si l'explosion du trafic a lieu le dimanche, lorsque les gens sont seuls, les augmentations de trafic des vendredis et des samedis soirs accréditent cette idée. Il faut être connecté pendant ces trois moments forts... Des moments où l'on peut être chez soi, des moments où l'on a le temps d'entamer une première discussion derrière l'écran, des moments où l'on est moins dérangé par le bruit du quotidien.
Nous l'avons, le *dating* est parfois vécu comme un remède à la solitude après un divorce. Cette séparation est d'une immense violence et peut entraîner une profonde modification de votre tissu relationnel.
Quels sont ceux de vos amis que vous gardez ? Que deviennent les amis communs du couple, ceux que l'on s'est faits à la sortie de l'école par exemple ? Ces relations, quand elles ne disparaissent pas, basculent bien souvent d'un côté ou de l'autre et ne sont plus partagées. Ce séisme relationnel pousse certains à plonger dans le *dating* et à s'exposer, de surcroît dans un moment de faiblesse ou de fatigue, aux affres de ses effets délétères, et en ce qui concerne notamment le risque d'isolement.
Le Dr Béatrice Cuzin évoque une forme de double peine pour les sexagénaires célibataires : « Lorsque leur vie bascule dans la

retraite, ils perdent une grande partie de leur tissu relationnel. Seuls, ils le sont soudainement encore plus et en appellent parfois aux sites de rencontres (quand ce ne sont pas leurs enfants qui les y inscrivent en toute bienveillance) sans se rendre compte du risque de souffrance additionnelle auquel ils vont s'exposer. Je recommande toujours aux célibataires en recherche de se consacrer à des activités de groupe qui reconstituent du lien social et rendent des histoires possibles. »

Bien des jeunes, qui passent 5 ou 6 heures par jour sur leurs écrans, se trouvent embarqués dans leur quête sentimentale par Internet, dans un puits d'isolement numérique. Cette immersion prolongée peut toutefois engendrer un sentiment de solitude croissante, malgré l'hyperconnectivité apparente. J'y vois une forme d'« isolationnisme numérique » : une dynamique dans laquelle les outils technologiques, conçus pour relier les individus, finissent parfois par fragmenter ou affaiblir les liens réels. La détresse psychologique d'un grand nombre d'entre eux est dénoncée depuis des années par les professionnels de la psychologie. Les sites de rencontres sont dangereux en ce qu'ils peuvent créer des bulles d'enfermement. Ils opèrent comme les plateformes de streaming qui font tout ce qui est possible pour aspirer votre temps, votre attention, votre sens critique et votre argent. Le phénomène, poussé à l'extrême, vous fera oublier qu'il existe d'autres plateformes ou des programmes de très grande qualité en dehors d'elles. Le *dating* opère de telle façon qu'il fait oublier, lui aussi, qu'il existe bien d'autres moyens de rencontrer, dont certains sont tellement plus efficaces ou qualitatifs. La courbe d'évolution des moyens de rencontre aux États-Unis en est une parfaite illustration. Plus le *dating* monte, plus le recours aux autres moyens de rencontre s'effondre. Pour ceux qui n'y trouvent pas rapidement l'âme sœur, ils peuvent devenir de véritables prisons addictives dont il est, pour certains, difficile de s'évader.

Détresse et état dépressif

Judith Duportail, dans son témoignage, parle de « *dating fatigue* ». Son expression fera rapidement le tour du landerneau médiatique français. Une impression de déshumanisation et de robotisation des rencontres, jusqu'à l'épuisement ? Le témoignage de Judith semble avoir agi comme un révélateur, tant les langues se sont depuis déliées à propos de ce dommage collatéral des sites de rencontres, sans doute longtemps tu par honte. Une sorte de #MeToo du *dating*, toutes proportions gardées.

Comment avouer à son entourage qu'on est embarqué dans une telle fatigue et que, à force de rejets ou de désillusions, on peut sombrer dans une forme de dépression qui ne dit pas son nom ?

Lors des *Datings anonymes*, cette impression d'usure et de grande fatigue revient sans cesse. Ce ne sont pas, en soi, les échecs ponctuels d'une rencontre qui font mal, mais leur accumulation. Sandrine le résume à sa manière : « À chaque échec, tu te prends un petit coup de canif dans le bras, mais à force de les accumuler, cela devient une plaie béante. »

À 37 ans, Thibaut est plutôt beau gosse, un peu timide, il a l'air gentil. Il s'exprime peu en public, mais lorsqu'il m'écrit sur WhatsApp, sa souffrance saute aux yeux : « Personnellement, je n'ai rien vécu de très choquant sur les applis. Je n'ai pas d'histoires de femmes menteuses ou psychopathes. Dans le pire des cas, des filles qui ne ressemblent pas à leurs photos, d'autres aux exigences démesurées, du ghosting, quelques propos pas très sympathiques, etc. Donc pas d'expérience "traumatisante", mais une accumulation incroyable de *dates* sans lendemain qui fait très mal sur le long terme, avec une véritable érosion de l'estime de soi au fil du temps. J'ai traversé de véritables périodes de désespoir : "J'ai un problème", "Je suis incapable d'intéresser une fille quand elle me voit en vrai", "pourquoi les autres trouvent et pas moi ?" »

Marina, qui a dû suivre une thérapie après son expérience des applis de rencontres, résume ainsi son ressenti : « J'étais devenue une sous-femme, la meuf des applis » (voir *infra*). Sa passion pour l'art (elle est *dealeuse d'art* sur Instagram) l'a aidée à sortir du gouffre dans lequel elle plongeait. Aggravée par un sentiment d'addiction, l'impression de déshumanisation des rencontres est symptomatique de cet épuisement. Un ras-le-bol de toujours reproduire le même schéma après un échec. Une course sans fin pour combler un vide sentimental.

Dans un contexte d'hyper-concurrence et d'injonction à l'amour, recommencer sans cesse à zéro, se méfier de l'autre, refaire connaissance, tout raconter à nouveau, expliquer pourquoi on est là, évoquer les anecdotes vécues sur les sites, ce qu'on recherche, ce qu'on refuse, pourquoi cela n'a pas marché auparavant, etc. Pire encore : tenter de se convaincre que la personne qui ne nous plaît qu'à moitié pourrait malgré tout convenir, en s'accrochant aux conseils de vos bons amis qui vous assurent tous que l'amour peut émerger et se construire sur la durée. Un peu comme lorsqu'on cherche un appartement à louer : il y a vingt personnes dans la file pour visiter un logement minable. À peine entré, on doit feindre l'enthousiasme pour avoir une chance de l'obtenir. C'est aussi ça, le *dating*.

Mais attention à la généralisation. À l'image des « pervers narcissiques », tout devient un peu « *dating* burn-out » ou « *dating fatigue* », une attaque facile et fourre-tout contre le secteur. Pierre-Edouard Stérin (le richissime prosélyte d'extrême droite) a décidé d'investir dans le *dating* et cherche à monter une équipe pour lancer *Destiny* (ou racheter une appli existante), un hybride entre agence matrimoniale et application de rencontres. Ne s'embarrassant ni de nuances ni de subtilité, il n'hésite pas à déclarer en 2024 sur les réseaux sociaux que deux tiers des utilisateurs d'applis seraient victimes de *dating burn-out*. Ce chiffre relève de la pure fantaisie et n'est étayé par aucune étude. Il met néanmoins, au service de son ambition, le doigt sur un problème bien réel.

Christine Barois nuance son propos sans le contredire : « La dépendance et l'enfermement dans les sites de rencontres peuvent être l'un des éléments d'un état dépressif. La dépression est rarement mono-causale ; elle résulte d'un ensemble de facteurs dans la vie du patient qui, cumulés, peuvent déclencher la maladie. J'ai clairement des patientes pour qui la dépendance aux sites et les difficultés rencontrées via ces plateformes ont contribué à la chute dans la dépression. »

CHAPITRE IV

Out of the Box

Au rayon « rencontre », les étagères débordent. Boîtes joliment étiquetées, packaging coloré, slogans prometteurs : « L'amour en 3 clics », « 100 % compatible », « Satisfait ou ghosté ». Mais à force d'ouvrir des conserves tièdes aux ingrédients douteux, certains clients commencent à demander le ticket de caisse. Et si on passait enfin en cuisine ? Ce chapitre sort du rayon traiteur pour imaginer d'autres recettes, moins industrielles, plus humaines, parfois radicales, parfois poilantes, mais toujours nourries d'une même idée : l'amour mérite mieux qu'un menu en conserve.

Quels services pourraient rendre un site de rencontres respectueux des gens ? Telle est la question que nous posons, en ce soir de mars 2024, à Chat GPT :

> Un site de rencontres respectueux des gens pourrait offrir une variété de services visant à garantir la sécurité, le respect et le bien-être de ses utilisateurs. Voici quelques exemples de services que de tels sites pourraient proposer :
> **1. Vérification des profils** : Effectuer une vérification des profils des utilisateurs pour s'assurer de leur authenticité et réduire les risques de faux profils ou d'arnaque.
> **2. Modération active** : Avoir une équipe de modération active pour surveiller les comportements inappropriés, les discours de haine, le harcèlement ou les comportements abusifs, et prendre des mesures appropriées en conséquence.
> **3. Système de signalement** : Mettre en place un système de signalement facile à utiliser, permettant aux utilisateurs de signaler rapidement tout comportement suspect ou abusif, avec une réaction rapide de la part de l'équipe de modération.

4. Confidentialité et protection des données : Garantir la confidentialité et la protection des données personnelles des utilisateurs, en respectant les lois sur la vie privée et en mettant en place des mesures de sécurité adéquates pour éviter les fuites de données.
5. Sensibilisation et éducation : Fournir des ressources éducatives et des conseils sur la sécurité en ligne, les relations saines et le consentement, afin d'aider les utilisateurs à naviguer de manière responsable dans le monde des rencontres en ligne.
6. Options de filtrage avancées : Offrir des options de filtrage avancées permettant aux utilisateurs de spécifier leurs préférences et leurs critères de recherche, afin de mieux trouver des correspondances compatibles et éviter les interactions indésirables.
7. Assistance aux victimes : Mettre à disposition des ressources et un soutien aux utilisateurs victimes de harcèlement, d'abus ou d'autres formes de violence, en les orientant vers des organismes d'aide professionnelle si nécessaire.
8. Engagement envers la diversité et l'inclusion : Promouvoir activement la diversité, l'inclusion et le respect de toutes les orientations sexuelles, identités de genre, origines ethniques et cultures, en créant un environnement accueillant et respectueux pour tous les utilisateurs.

En offrant ces services et en mettant en place des politiques strictes de respect et de sécurité, un site de rencontres peut contribuer à créer une communauté en ligne saine et respectueuse, où les gens peuvent se connecter de manière positive et épanouissante.
Globalement, les constats décrits dans cet ouvrage sont rudes et amers. Peut-être ne seront-ils pas partagés par tous, notamment par les chanceux de la loterie du *dating* en ligne, trop fiers (et, pour le coup, à juste titre) de pouvoir exhiber leurs succès au grand jour. Encore moins par les sites eux-mêmes, accrochés comme des sangsues à leur modèle d'emprise. Ce n'est pas s'exprimer en frustré ou en « mal baisé » des applis que de dire que cela relève de la plus simple évidence factuelle, autant que de la statistique.

Mais que faire de ce constat ? En rire et voir le verre à moitié plein, ou bien le décrire et le dénoncer, comme se sont évertuées à le faire les trois premières parties de ce livre ?
Mais critiquer sans proposer n'est pas constructif. Il faut dépasser le coup de sang et aller plus loin. Ma pratique des sites de *dating* s'est accompagnée, toutes ces années, d'une réflexion parallèle.
Si les applis et les sites fonctionnent si mal, alors que le numérique est un outil incontournable pour connecter et faire partager les individus, pourquoi n'y aurait-il pas la place pour un outil plus efficace que le *deceptive dating* ? Que faudrait-il changer dans les pratiques ou dans la technique pour que le taux d'échec, de frustration – et donc de souffrance – soit sensiblement réduit ? Comment faire évoluer ce métier pour que tous ceux qui n'osent pas s'y lancer, à force de n'entendre que des horreurs à son sujet, puissent s'y engager en confiance ? Comment mieux prévenir pour ne pas avoir à guérir ? Faut-il renverser la table ou réformer tout cela à fleuret moucheté ?
Vous l'aurez compris, je ne crois ni à la spécialisation des sites ni à l'efficacité de leurs innovations techniques, pour la simple et bonne raison qu'aucune de leurs fonctionnalités ne s'attaque réellement, ni ne remet en cause, les dysfonctionnements structurels de leur mécanique : le triptyque déceptif, la stratégie de la boîte de conserve, le mirage du profilage et la femme objet. Nous connaissons les causes du mal, et aucun site existant ne s'y est véritablement attaqué. Par ailleurs, les pratiques nauséabondes, qu'elles viennent des sites ou de leurs usagers, ne sont pas sérieusement traitées.

Pour celles et ceux qui ne sont pas encore sortis de cet essai ou de leur application de rencontre, tentons quelques réponses :
Lors de mes discussions avec Caroline B (celle du T-shirt arrosé), qui a souffert d'une histoire très difficile sur un site de rencontres, je lui demande quelles seraient les cinq fonctionnalités qu'elle aimerait trouver sur un site afin de s'y sentir en sécurité. Ses réponses ne se font pas attendre et je vous les livre telles quelles. Elles sont symptomatiques de l'ambiance et du ras-le-bol général. Elles confirment les enseignements de notre enquête :

« Il faudrait pouvoir bloquer (et que ça marche!!). Car quand tu le fais et que tu revois passer les profils toxiques par la suite, ce n'est pas normal. Les gens ne devraient plus pouvoir créer d'autres profils. L'idée de vérifier la pièce d'identité serait donc géniale ou tout autre moyen permettant d'assurer un compte unique avec un vrai prénom et des infos *vérifiées*, pour qu'il puisse y avoir des répercussions si quelqu'un se comporte mal.
Ensuite, il faudrait pouvoir signaler les hommes quand l'histoire dépasse un simple échec relationnel – notamment quand il faudrait vraiment bannir un homme dangereux pour d'autres femmes.
Il faudrait également que les membres soient cooptés, avec des parrains responsabilisés et *pénalisés* si leurs filleuls se comportent mal.
Enfin, j'aime bien que ce soit la femme qui valide le *match* et autorise la conversation, comme sur *Bumble* ou *Adopte*. »

Désacraliser le profilage

Nous l'avons vu : le profilage et l'approche par moteur de recherche sont antinomiques avec la notion d'altérité, pourtant essentielle à la construction d'une relation. Même si les réflexes endogamiques ont toute leur place dans les pratiques de *dating*, et nous l'avons constaté, le profilage relève de l'illusion : celle de faire croire aux utilisateurs qu'ils pourront trouver leur double à travers un profil parfait et fantasmé.
Rappelons également les dangers, identifiés par de nombreux psychologues, que représente cette approche. Elle est d'autant plus pernicieuse qu'elle paraît naturelle. Il semble en effet logique, avant d'entrer en contact avec un inconnu, de chercher chez lui des points d'accroche ou de proximité. Les sites d'hyper-profilage exploitent cela et vous incitent à remplir votre profil au maximum, soi-disant à votre service, mais en réalité pour vous fidéliser.
Savoir se départir de la logique de profilage strict est une bonne manière de sortir de cette illusion. Que faire alors ? Conserver une option de profil allégé, ou le supprimer complètement ? Cette

fonctionnalité ne doit plus laisser croire qu'elle permet de trouver *le* candidat idéal. Si elle reste demandée par les membres, il faut au moins la désacraliser.
Il existe mille façons de repenser le profilage, de manière à ce qu'il en dise davantage sur l'état d'esprit des membres que sur leur simple CV. Mettre en avant le sens de l'humour ou de la dérision (plébiscité par quasiment toutes les femmes), casser la rigidité du profilage par des critères comme des fourchettes d'âge ou de taille, travailler plus subtilement l'endogamie via quelques marqueurs culturels non exhaustifs...
Le profil ne doit plus être un outil d'idéalisation dans la recherche, mais laisser place à l'imaginaire, à l'acceptation de l'autre tel qu'il est, à la reconnaissance des différences, voire des défauts, à une présentation bienveillante des imperfections, etc. Autant de pistes simples à envisager, souvent ludiques et disruptives, face à la pseudoscience du taux de compatibilité profilatoire.

La vidéo face au triptyque déceptif

Une autre solution nous apparaît comme une évidence : l'usage généralisé de la vidéo et en particulier du profil vidéo. Même si elle n'est pas parfaite, la vidéo répond assez bien au décalage entre le mirage des photos et la réalité déceptive de la rencontre. Elle présente plusieurs vertus essentielles comparativement à la galerie photo. Elle permet notamment d'observer une grande partie des modes d'expression du candidat : ses sourires, sa voix, ses expressions. La vidéo a également l'avantage d'être plus difficile à truquer, du moins pour un novice en outils de transformation. Elle est enfin un bon moyen de limiter les tricheries sur l'âge.
Certains répondront que la vidéo est déjà largement utilisée par certains sites et qu'il n'y a rien de révolutionnaire à cela. C'est à la fois vrai et faux. Des sites tels que *Tinder*, *Meetic* ou *Hinge* proposent déjà le recours à la vidéo. Il convient toutefois de s'interroger sur le moment où la vidéo est insérée dans les interactions entre les membres. La vidéo s'est en effet largement diffusée sur de nombreux

sites lors de la pandémie de la COVID, période durant laquelle les célibataires ne pouvaient se rencontrer physiquement. Le choc fut rude pour les plateformes de rencontres, frappées de plein fouet par la distanciation sociale. L'inclusion du tchat vidéo sur certains sites et applications permit d'y remédier avec une efficacité relative. Néanmoins, il n'est pas certain que l'ajout de la vidéo en tchat réponde totalement à la problématique de la déception. En effet, dans ce cas, la vidéo vient simplement remplacer la rencontre physique interdite. Mais, intervenant après une première approche via le profil classique et la fameuse galerie photo, elle ne supprime pas le risque de déception. Tout au plus réduit-elle l'intervalle entre l'illusion et la désillusion. On ne fait que substituer un *date* vidéo à un *date* physique : le problème reste entier.

Le second usage de la vidéo consiste à permettre, dans le profil, l'insertion d'un contenu vidéo parmi les éléments de présentation, en plus de la galerie photo et des données textuelles. Cette option, telle qu'elle est proposée sur *Hinge* ou *Tinder*, a du sens dans la mesure où elle intervient au moment de la recherche du candidat et de la découverte des profils disponibles sur la plateforme. Elle pourrait donc permettre un meilleur tri et une réduction du taux de déception. Pourtant, lorsqu'on examine les profils sur *Tinder*, très peu d'utilisateurs y ont recours. Pourquoi ? Par timidité ? Pudeur ? Par addiction au *swipe* instantané ? Certaines de mes amies utilisatrices, m'ont fait part de leur réticence face à ces formats vidéo, de peur de ne pas savoir s'y présenter naturellement.

Pour autant, notre sentiment – appuyé par les résultats sans appel de notre enquête (65 % des sondées y sont favorables) – est que la vidéo pourrait être utilisée à froid et en remplacement du profil traditionnel. Permettre aux membres de « faire leur marché » à partir d'une entrée unique (et non optionnelle) de profil vidéo paraît une alternative intéressante, qu'aucun site n'a vraiment explorée. Remplacer la galerie photo par un *selfie vidéo* de 60 secondes permettrait d'en voir et d'en savoir beaucoup plus sur l'autre avant de se risquer à une prise de contact directe. Là encore, entendre, écouter, regarder, ressentir un *selfie vidéo* est infiniment plus parlant que de faire défiler une galerie de photos trompeuses, anciennes ou

retouchées. Difficile de tricher avec une vidéo. Personne n'a de *selfie vidéo* datant d'il y a dix ans.
Deux initiatives retiennent notre attention sur ce sujet : le site *Tutti Flurty* et l'application *ShowYourself*. Les deux se sont lancés, avec des budgets divers, dans l'idée que le profil vidéo est la fonctionnalité la plus fidèle à la réalité de son auteur. *ShowYourself* n'a pas percé – notamment par manque de moyens –, mais Marie de Clauzade, sa cofondatrice enthousiaste, n'en démord pas :
« La valeur ajoutée du profil vidéo est énorme. Les gens, chez nous, étaient heureux de pouvoir montrer ce qu'ils sont vraiment, à travers une fonctionnalité d'expression naturelle et vivante… »

Accompagner et sensibiliser

Oserions-nous dire que le *dating* en ligne n'est pas un outil à mettre entre toutes les mains ? Notamment pas entre des mains non averties ? Ceux qui y recourent ne sont pas seulement de jeunes gens en quête d'amusement ou d'histoires sans lendemain, mais bien souvent des personnes en détresse, espérant y trouver l'âme sœur. J'ai rencontré, à plusieurs reprises, des femmes profondément tristes d'un échec de plus.
Dans quel état psychologique étaient-elles réellement, et depuis combien de temps ?
Les sites ne devraient-ils pas – comme certains le font déjà un peu – accompagner leurs membres en détresse et créer des dispositifs d'aide, en amont comme en aval de leur utilisation ?
En aval de l'inscription, je n'ai jamais vu quoi que ce soit ressemblant à des alertes ou des messages de prévention sur les risques inhérents au *dating*. Encore moins des questionnaires de sensibilisation. Des tutoriels, ou des rubriques détaillant les éventuels risques pour les plus sensibles ? Et pourquoi pas, par exemple, une hotline permettant aux utilisateurs de discuter directement avec les équipes du site sur ces sujets ? Rien ne l'interdit. Après tout, rappelons que 85 % vont enchaîner rejet sur rejets lors de leurs prochaines rencontres : ce n'est pas rien, surtout si cela devient systématique.

Comme dans l'émission *Mariés au premier regard*, pourquoi les sites ne s'engageraient-ils pas à proposer une assistance psychologique à leurs membres ? Une mise à disposition ponctuelle de psychologues, par exemple.
Interrogez ces derniers : il n'en est pas un qui ne soit confronté, dans sa pratique, aux effets secondaires des sites de rencontres.

Basculer dans l'univers du coopératif et de l'économie sociale et solidaire

Raisonner *membership*, c'est œuvrer au respect des utilisateurs dans leur rapport au *dating*, de leurs genres autant que de leurs objectifs. C'est également une bonne manière de leur donner la juste impression de ne pas être embarqués dans une mécanique frustrante et inégalitaire vis-à-vis de ceux qui seraient prêts à payer davantage. S'agissant de trouver l'âme sœur en ligne : vive le collectivisme et le coopératif !
L'approche coopérative, que l'on connaît si bien dans le monde bancaire et l'économie sociale, ne serait-elle pas, humainement parlant, le modèle le plus approprié à la rencontre en ligne ?
Si l'on tire le fil : imaginons un site dont les membres seraient en partie propriétaires, et participeraient à la gouvernance, à la définition des objectifs, à la transparence, à la conception des fonctionnalités, etc.
Ils sont les premiers concernés par l'outil dont ils ont besoin, et sont aujourd'hui placés sous la dépendance – pour ne pas dire l'emprise – d'un contrat d'adhésion et d'investisseurs privés et mercantiles, souvent cotés en Bourse.
Certes, ce n'est pas juridiquement condamnable, mais au regard de leur offre et de leur inefficacité, cela demeure psychologiquement et sociologiquement contestable.
Nous l'avons vu : le sujet du célibat subi, et non volontaire, est une cause d'intérêt général et de santé publique. Ses conséquences sur le tissu social ont été largement documentées : honte, désespoir, suicides, souffrance psychologique, précarité financière et sociale,

impact sur la natalité, sur l'espérance de vie et sur la santé, etc. Pourquoi la question de sa résorption devrait-elle être confiée à de pures entreprises capitalistes, de surcroît américaines et cotées en Bourse ?
L'odeur des fossoyeurs[1] ne flotte pas très loin... Pourquoi l'économie sociale et solidaire, en France, ne s'emparerait-elle pas du sujet, alors qu'elle a déjà investi depuis de nombreuses années les domaines de la finance, de la retraite ou de l'insertion ?

A-t-on, pour autant, vu les pouvoirs publics s'emparer du sujet ? A-t-on songé, ne serait-ce qu'un instant, qu'il faudrait peut-être s'intéresser à un outil souvent générateur de souffrance ?
Le député de ma circonscription semble rejeter l'idée. Au nom de quoi ? Parce que cela relèverait de la seule sphère privée et intime ? Au nom de la liberté d'Internet ? Ah bon ?

- A-t-on jamais envisagé de se pencher sur les questions de transparence et de sincérité, comme cela se fait dans d'autres secteurs à risque ? Non.
- A-t-on jamais songé à créer un observatoire des pratiques du *dating*, comme il en existe dans bien d'autres domaines sociaux ? Non.

Certains magazines de défense des consommateurs ont tenté de mettre le sujet sur la table. Pour quels résultats ?
Recentrer le sujet sur sa dimension et ses effets sociaux serait bienvenu, non dans une logique de régulation obsessionnelle (des lois leur sont déjà applicables), mais dans un esprit de responsabilisation et d'assainissement du secteur.
Cela rendrait donc service aux sites et aux applications de rencontres !

De nombreux secteurs sont régulés en raison des dangers qu'ils font courir à leurs usagers : le crédit à la consommation, l'alcool, le *crowdfunding*, les jeux d'argent ou les paris en ligne, par exemple. Nous l'avons vu, le *dating* n'est pas en reste en matière de dommages collatéraux. Pourquoi ne pas y jeter un œil de plus près ?

1. Référence à Vincent Castanet, *Les Fossoyeurs*, Paris, Fayard, 2022.

Il ne paraîtrait pas déraisonnable d'imposer aux sites de rencontres quelques contraintes de bon sens : la transparence tarifaire, la transparence statistique, l'obligation d'avertissements sur les effets pervers possibles (risques d'addiction, de burn-out, d'isolement, etc.), la mise à disposition de professionnels de l'accompagnement, etc.

Autorégulation

Les industries et les services disposent généralement d'une association professionnelle de régulation et/ou de contrôle. Elles permettent à un secteur d'autoréguler ses (bonnes) pratiques et aux utilisateurs de disposer d'un intermédiaire d'information et de modération en cas de problème. Rien de tel n'existe pour les sites de rencontres, qui drainent pourtant près de 4 millions d'utilisateurs actifs en France et 21 millions en cumul historique. Il existe bien un site se présentant comme la « Fédération nationale des sites de rencontres » — la bonne blague : un site *trou noir* qui aspire ses visiteurs vers quelques sites annonceurs.

Osons le dire : les sites et les applis de rencontres ne sont pas (que) les amis des célibataires et personne ne les contrôle – ni eux-mêmes, ni l'État.

Sans même parler du conflit d'intérêts dans lequel ils nagent en permanence. Leur bienveillance se limite bien souvent à leurs slogans enjoliveurs et enjolivés, sans aucune considération pour leurs éventuels effets pervers.

Leurs membres le sentent et le savent de plus en plus, à force de les fréquenter.

Mais ils demeurent dans une impuissance totale face à ceux qui leur imposent les règles de leurs contrats d'adhésion, leurs mécaniques biaisées et leur stratégie de *boîte de conserve.*

Il est grand temps de le dire.

Sans autorégulation, il y a peu de raisons qu'émergent, à un niveau macro, les outils de nettoyage pourtant indispensables à l'assainissement du secteur : chasser les escrocs, la prostitution, la triche, les incivilités, etc. Cela ne relèverait pas du luxe, mais bien du plus petit

dénominateur commun nécessaire à l'ensemble de la profession. Elle permettrait, au passage, de désinhiber une large part des célibataires qui, par peur, refusent encore de s'y aventurer.
Voilà pourquoi nous appelons à la création d'une association professionnelle du *dating* en France. Nous pourrions la dénommer « Association française de la rencontre intermédiée » (AFRI) et intégrer dans le périmètre de sa couverture l'ensemble des métiers de la rencontre : des sites de rencontres aux agences matrimoniales, en passant par les professionnels du *meeting* ou du *love coaching*.

Une question de transparence

À l'heure de l'hyper transparence, où de nombreux secteurs sont de plus en plus soumis à des exigences d'information, de prévention et de traçabilité, les sites de rencontres, eux, échappent encore largement à toute obligation équivalente. Ni une réglementation française, ni des textes européens ne leur sont réellement applicables. Et même lorsqu'ils sont censés respecter certaines réglementations, telles que le RGPD[2], c'est à peine s'ils s'y conforment.
Comment est-il possible qu'une plateforme comme *Tinder* puisse conserver indéfiniment les données et l'historique de conversations – parfois très intimes – d'une femme comme Judith Duportail ? Comment est-il concevable qu'un site ne dévoile pas ses règles de fonctionnement ?
Au-delà des chiffres d'inscriptions grandiloquents affichés par les grands sites (et que personne ne peut vérifier), je mets au défi quiconque d'identifier, à un instant donné, le nombre exact de membres actifs sur le site qu'il utilise. Et pourtant, ne s'agit-il pas là d'une donnée essentielle dans le choix du consommateur ?
Suis-je en train d'entrer dans une petite boutique (avec toutes les qualités qu'elle peut offrir), ou dans un supermarché ?

2. Règlement général sur la protection des données (RGPD), règlement (UE) 2016/679 du Parlement européen et du Conseil du 27 avril 2016, entré en application le 25 mai 2018. Il encadre le traitement des données personnelles sur le territoire de l'Union européenne.

Plus les sites ont un grand nombre de membres, plus ils ont tendance à l'afficher, et inversement. On peut le comprendre. Néanmoins, si l'idée de cumuler des *dates* sans suite est déjà frustrante pour qui cherche l'âme sœur, payer pour du vide ne l'est pas moins.
C'est, bien évidemment, difficile à entendre pour un petit site. Pour autant, ce n'est pas forcément pénalisant si la qualité de ses membres compense son manque de profondeur.
Attractive World, à ses débuts, était une plateforme intéressante. *Theotokos*, avec sa communauté bienveillante, l'est également. Je vois souvent, sur les forums et en dehors des plateformes majeures, cette éternelle critique :

> « Ce site est vide, il n'y a presque pas de membres, on tombe toujours sur les mêmes profils. »

Bien souvent, l'annonce du nombre de membres est totalement trompeuse et ne reflète en rien la quantité de profils réellement actifs. Les sites trichent sur leurs statistiques. Certains même annoncent leurs membres « cumulés », par exemple. D'autres évoquent leurs membres « contemporains » ou « européens », sans préciser qu'un énorme pourcentage n'est plus actif, ou ne se connecte plus.
Il est d'ailleurs amusant de fouiller sur un site comme *Adopte*, où les profils mentionnent la date de la dernière connexion. Lors d'une recherche par filtres, on réalise assez vite si l'on perd son temps avec un membre non connecté depuis six mois.
Les sites devraient offrir la plus grande transparence statistique à leurs membres, à moins que des motifs moins avouables ne justifient cette opacité. Le fait que l'on ne vous donne pas accès à l'ensemble du catalogue en serait-il la cause ?
Il est clair que si l'algorithme d'un site est conçu pour ne pas vous donner accès à tous les profils, il devient délicat de vous fournir le chiffre exact du nombre de personnes connectées dans votre zone de recherche. Imaginons que *Meetic* compte 50 000 Parisiennes connectées au moment où je me connecte, mais que son moteur soit programmé pour ne m'en montrer que 300 : il vaut mieux, dans ce cas, ne pas trop en dire, c'est sûr.

La transparence sur l'algorithmie devrait-elle devenir une obligation légale imposée aux sites de rencontres ?
Je suis en droit de savoir, lorsque je me connecte pour une session de recherche, quels critères de résultats sont associés à mon profil. L'algorithmie est nécessaire puisqu'un site ne peut pas vous afficher dix mille profils d'un coup. Il lui faut bien ordonner et agencer les mises en avant. Mais payer pour un système de recherche dont les résultats ne me conviennent pas n'est pas plus acceptable.
Il s'agit là encore d'un élément constitutif de l'offre, que je dois pouvoir connaître, au même titre que j'ai accès aux caractéristiques du moteur lorsque j'achète une voiture.

Le grand ménage des emmerdeurs

Pourquoi ai-je le droit de signaler mes locataires sur Airbnb, mais pas celui de le faire sur un site de rencontres ?
Caroline B. m'explique qu'elle a vécu une histoire très dure avec un homme rencontré en ligne, visiblement très marquée par cet épisode sombre.
En discutant avec d'autres femmes, elle découvre que cet homme leur a fait subir les mêmes violences. Forte de ses certitudes quant à la toxicité de cette personne, elle le signale aux plateformes. En y retournant quelques mois plus tard, elle constate qu'il est toujours là.
À quoi bon proposer une fonctionnalité de signalement si elle n'est suivie d'aucun effet ?
Ce genre d'histoires est légion chez les utilisateurs de sites de rencontres. Et l'on a envie de croire qu'une approche par le *rating* ou la mise en place de procédures d'exclusion effectives à l'encontre des membres malfaisants contribuerait à un vrai nettoyage du portefeuille utilisateurs.
Le retour de Sélim Barada sur les applis, lors de sa première libération, avait notamment été dénoncé en vain par plusieurs membres.
J'entends les contre-arguments à cette idée et le refus catégorique des sites de la mettre en œuvre. Noter les gens, c'est ouvrir la porte à l'arbitraire.

C'est permettre à des personnes très bien d'être démolies en ligne pour une simple maladresse. C'est ouvrir la voie aux règlements de comptes émotionnels, aux frustrations, aux insultes ou aux déceptions converties en notes de mépris.
C'est exact. Le sujet est délicat.
Néanmoins, nous sommes ici face à un arbitrage crucial : Faut-il laisser librement agir une cohorte d'individus toxiques, dont les comportements nuisent aux autres membres et détériorent l'image des plateformes ? Ou bien faut-il imaginer des outils de *rating* ou d'exclusion, qui agiraient comme des armes de dissuasion face aux incivilités et au non-respect de l'autre ? En d'autres termes, doit-on donner une prime à la médiocrité ou protéger les utilisateurs respectueux ?

Il existe d'autres voies à explorer, notamment dans le cadre d'une concertation entre les sites pour l'établissement. Par exemple, pourquoi ne pas considérer une « charte de bonne conduite du *dating* », dont la signature numérique pourrait être exigée de tous les utilisateurs ? Elle définirait les grands axes du respect dans la relation numérique et servirait de base aux éventuelles exclusions de membres déviants.
En ce sens, la création d'une association professionnelle du secteur s'impose : seule une telle structure serait capable de fédérer ses acteurs dans une démarche d'assainissement des pratiques aujourd'hui largement dénoncées.

Nettoyage tarifaire

Nous l'avons vu : le grand racket de la relation en ligne est devenu intenable – trop cher, profondément injuste, opaque et structurellement discriminatoire. L'essence même de ces plateformes relève davantage de la recherche de rentabilité à tout prix que d'une réelle logique de valorisation d'un quelconque service en rapport avec le niveau de satisfaction du client.
Faire payer pour un service qui ne répond pas aux attentes de ses utilisateurs est mortifère et l'érosion du portefeuille client de

Tinder devrait alerter l'ensemble du secteur. Il y a urgence à revoir le modèle tarifaire des sites, dans le sens de la parité, de l'adhésion non discriminatoire et abordable. Le déséquilibre – un membre payant pour quatre non payants – exerce une forte pression sur ceux qui financent le service, car ce sont eux qui portent à eux seuls la rentabilité du modèle. Les sites n'ont aucun intérêt à ce que ces derniers tombent amoureux et les quittent. À tout le moins, cela entretient une profonde défiance envers les plateformes et leur manière opaque de faire fonctionner les algorithmes. Cela doit cesser.
L'approche par une adhésion fixe et annuelle nous semble, en la matière, la solution la plus juste et la plus équilibrée.

L'IA va-t-elle tuer les applis de rencontres ?

La question est loin d'être anecdotique et les développements en cours font quelque peu froid dans le dos.
Faute pour le *dating* de servir l'amour en grand aux célibataires, l'IA pourrait bien leur proposer une solution radicale : ne plus avoir à chercher un homme ou une femme, mais leur offrir le conjoint de leurs rêves : un avatar numérique conçu sur mesure.

Des plateformes américaines commencent déjà à proposer ce genre de services : un ou une partenaire en ligne, totalement artificiel(le). L'âge, la voix, l'intelligence, l'écoute... Il ne resterait plus qu'à connecter le tout à un mannequin en silicone à la japonaise. Ce n'est plus de la science-fiction, ce n'est qu'une question de temps. L'IA barbare du *dating* ? Qui sait ? Cela résoudra-t-il, pour autant, le problème du célibat subi ? On peine à l'imaginer.
Avant d'en arriver là, l'IA va progressivement envahir le *dating* contemporain.
Certains sites ont déjà lancé des assistants de tchat. Lorsqu'ils sont activés, et à chaque message reçu, l'application propose trois ou quatre réponses préfabriquées.

Plus besoin de réfléchir : il suffit de cliquer sur la réplique qui vous plaît. Un peu comme *Waze*[3], qui vous propose trois itinéraires quand vous entrez une adresse de destination.
J'en parle un soir lors d'un dîner entre amis et les avis sont partagés : « Pense aux timides qui ne savent pas bien écrire ni quoi répondre, c'est utile non ? » me dit l'un d'eux.
Cette fonctionnalité est hallucinante. Une fois de plus – et en écho à mes propos –, elle relève d'un artifice de plus, destiné à alimenter les échanges en ligne et qui sait, à faciliter l'obtention d'un *date*. Mais tout comme la tricherie couramment pratiquée sur les sites, elle éloigne l'utilisateur de la réalité, de sa réalité. Ce faisant, elle augmente mécaniquement le risque de décalage entre l'illusion des échanges et la réalité de la personne. Elle alimente donc le risque d'échec de la rencontre ou de la relation, si elle devait s'enclencher.
Toujours le même sujet. Le timide, soudainement devenu prolixe ou drôle grâce à l'IA, ne le sera pas plus qu'avant lors du *date*. Les sites sont devenus des machines à déformer la réalité qui, pour nourrir leurs flux et vos espoirs, vous aident à paraître ce que vous n'êtes pas. Dès lors, qui s'étonnera qu'elles génèrent un tel taux de déceptions ou d'histoires écourtées ?
Comme le dit Olivier Orna : « Si l'IA répond à votre place, il ne vous reste plus qu'à vous mettre en couple avec l'IA. » Ça arrive, Olivier. De nombreuses fonctionnalités du *dating* pourraient bientôt être gouvernées par l'intelligence artificielle : le choix des profils, la rédaction du vôtre, l'évaluation de votre taux de compatibilité, ou encore votre probabilité de former un couple durable avec quelqu'un. C'était déjà la vision de la série *Osmosis*[4], qui imaginait une puce permettant de trouver votre partenaire idéal.

3. Waze est une application mobile gratuite de navigation GPS communautaire, développée initialement par la société israélienne Waze Mobile, rachetée par Google en 2013. Elle permet aux utilisateurs de signaler en temps réel les conditions de circulation, les accidents ou les contrôles routiers.
4. *Osmosis* est une série télévisée française de science-fiction, créée par Audrey Fouché et diffusée sur Netflix en 2019.

Ce sera bien l'objectif de l'IA : croiser et mouliner les données de ce que vous êtes avec celles de ce qui est, statistiquement, le plus compatible avec vous.
Même si cela pose la question de la fiabilité de la collecte des données autant que de leur traitement, gageons que les milliards de pages d'informations précieusement conservées par les sites de rencontres ne resteront pas au placard.
Elles en disent long sur votre style, vos goûts, votre profil endogamique ou vos pratiques sexuelles et nourriront demain des cerveaux numériques chargés de dénicher votre mouton à cinq pattes.
Et vous paierez pour cela.
Faut-il y croire ?
Autant que l'on croit à la capacité du profilage à remplacer l'irremplaçable : l'alchimie entre deux corps. L'IA, même si elle ne doit pas être rejetée par principe, risque fort de générer une nouvelle illusion monétisable.
De plus en plus fines, les recherches d'un nouveau partenaire seront facilitées, nourrissant davantage encore le *zapping* relationnel et le *fast-food dating*.
Plus c'est facile à trouver, plus il devient facile de rompre.

L'océan bleu de Clémence

Réfléchir sur l'efficacité du *dating* et son avenir nécessite de savoir sortir du cadre, de raisonner différemment des standards habituels. C'est une conviction qui m'habite depuis le début de ce travail d'écriture. Comme l'explique si bien Marie Bergström, les sites et applications de rencontres se reproduisent comme des lapins, par simple mimétisme. Mais pourquoi les cloner sans cesse, alors que leur inefficacité a été largement démontrée ?
Comme nous l'avons vu, l'envolée du *meeting* est une forme de différenciation dont le succès s'explique par le ras-le-bol généralisé vis-à-vis du *dating*, et par la volonté d'aborder le sujet autrement.
L'histoire de la stratégie d'entreprise a montré qu'il est parfois pertinent de sortir des sentiers battus pour réussir. Et si la solution

consistait à faire le contraire de ce que tout le monde fait ? Je pense à la théorie de « l'océan bleu » (*Blue Ocean Strategy*)[5], l'une des plus belles théories marketing qui soient. Lorsque je donne des conférences en école de commerce, j'enrage chaque fois de constater qu'elle n'est pas enseignée en première année.

L'océan bleu part d'un postulat simple : lorsqu'on est entrepreneur et qu'on souhaite s'attaquer à un marché, il existe deux façons de créer de la valeur : soit en copiant les autres, soit en créant un produit et un marché qui n'existent pas encore. Imaginons la marque *Mercedes* : elle sait qu'en créant une nouvelle voiture, plus puissante, plus écologique, plus connectée et plus confortable, elle captera une part de marché prévisible, avec un risque limité. Ce faisant, elle peut planifier ses coûts, sa production, ses revenus et sa rentabilité avec une relative facilité. En revanche, elle nage dans un « océan rouge », un espace saturé par la concurrence des autres marques de véhicules de luxe. Elle aura donc plus de mal à accroître ses parts de marché.

À l'inverse, un entrepreneur peut choisir de raisonner autrement, et lancer un produit qui n'existe pas encore. Imaginons par exemple une voiture à trois roues et deux étages. Le risque d'échec est évident, car nul ne sait si un tel véhicule trouvera son public. Mais si le concept réussit, l'entreprise créera un nouveau marché et en captera la quasi-intégralité, bien avant que la concurrence ne suive. Elle nagera alors comme un poisson libre dans un océan vierge de concurrents : « l'océan bleu ». Dans cette hypothèse, la valeur ajoutée et la richesse créées par l'innovation seront bien supérieures à celles issues d'un produit né dans un océan rouge.

En d'autres termes, créer un produit qui n'existe pas encore, sortir des sentiers battus, voire faire le contraire des autres, est souvent gage de richesse et de succès.

Les exemples « d'océans bleus » sont nombreux et tous illustrent la pertinence de cette stratégie : la *Wii* dans l'univers des consoles,

5. *Blue Ocean Strategy: How to Create Uncontested Market Space and Make the Competition Irrelevant*, W. Chan Kim et Renée Mauborgne, Harvard Business Review Press, 2005. Traduit en français sous le titre *Stratégie Océan Bleu : Comment créer de nouveaux espaces stratégiques*, Pearson France, 2005.

le Cirque du Soleil face aux cirques traditionnels, le scooter à trois roues, le packaging révolutionnaire de Michel et Augustin, etc. Qu'ils soient de fond ou de forme, les « océans bleus » ne passent jamais inaperçus.

Lorsque, avec Aurélie Duthoit, nous avons lancé *Babyloan*, un outil de philanthropie numérique par le prêt, nous révolutionnions sans le savoir des siècles d'approche du don. Même si la paternité de cette mécanique revient à l'américain *Kiva*, notre approche était une forme « d'océan bleu ». Cela explique son immense succès à ses débuts, et les 2500 parutions médiatiques dont *Babyloan* fit l'objet en quelques années.

Après des années de lecture, d'observation, de réflexion et désormais d'écriture sur les bons et les mauvais côtés du *dating* et après avoir mûri en parallèle un projet d'application de rencontres innovante que je pourrais moi aussi lancer, je tombe de ma chaise en ce samedi d'avril 2024. Je viens de passer trois heures au téléphone avec une femme étonnante.

Clémence (c'est son pseudonyme) est la fondatrice d'un concept de rencontres qui me paraît revêtir tous les atours d'un « océan bleu ». Femme de militaire, elle connaît tous les affres d'un tel statut. Ils ont fait les comptes : son compagnon est absent 50 % du temps, me dit-elle. Elle connaît donc les galères de cette vie qu'elle a choisie et qu'elle assume pleinement : l'éloignement de son amoureux, les enfants en bas âge à gérer, un accouchement en solo, etc.

Active sur Instagram, elle publie en 2021 la lettre d'un officier en quête d'âme sœur. Sa démarche, pleine d'humour, rappelle davantage les petites annonces du *Chasseur Français* des années 1970 que toute approche marketing contemporaine.

> *Bonjour,*
> *Âgé de 28 ans, je suis militaire dans la région Rhône-Alpes.*
> *Je suis métissé, de physique musclé et tatoué (style polynésien) et je mesure* 1 m 73.
> *Mes journées sont assez actives et physiques, car je suis quelqu'un qui aime bouger et profiter de la vie.*

J'aime et je pratique la musculation, la natation et le ski. J'aime aussi voyager, me promener, cuisiner et découvrir de nouvelles choses. J'ai beaucoup d'humour, mais je suis aussi quelqu'un de très maladroit. Par exemple, je dis souvent ce que je pense, ce qui peut parfois être vexant. Je suis non-fumeur et je bois très rarement. J'ai été en couple pendant six ans, je sais donc ce qu'est une relation durable.

À sa grande surprise, de nombreuses femmes lui répondent, désireuses d'entrer en contact avec lui. Il finira par épouser l'une d'entre elles. Intriguée, Clémence décide de développer le concept et l'expérimente à plus grande échelle. Elle baptise son initiative – désormais incarnée par un site Internet : *lafemmedetonchef.com*. L'idée est simplissime : elle reçoit des lettres de demande émanant d'hommes travaillant dans l'armée ou les forces de sécurité françaises (soldats, pompiers, gendarmes, policiers, etc.), dont le métier rend souvent difficile la recherche de l'âme sœur. Après quelques échanges et conseils prodigués au candidat à l'amour, elle publie sa lettre sur ses réseaux sociaux puis sur un site dédié.

Très rapidement, le succès de la première expérience se confirme. En trois ans, elle aura publié plus de 300 lettres pour un taux de réussite supérieur à 60 %.

La mécanique qu'elle a mise en place fonctionne à rebours total de celle des sites de rencontres. Le site est rudimentaire et les lettres de candidature des hommes constituent la seule porte d'entrée dans son catalogue de célibataires : pas de photos, pas de nom ni de prénom, juste un numéro de matricule (192, par exemple), pas de profil détaillé, pas de profils féminins, pas de vidéos. Rien.

Pour qui connaît le *dating*, on frôle le blasphème.

Son site semble tout droit sorti de la fin des années 1990, aux premières heures d'Internet et ose ce qu'aucun site de rencontres digne de ce nom ne se risquerait à faire aujourd'hui.

Clémence a, sans le savoir, fait exploser tous les standards du *dating* et synthétisé, en un concept unique, la frise des méthodes historiques de la rencontre :

- Les petites annonces des années 1960 (par la publication des lettres de demande),

- Les agences matrimoniales des années 1980 (par le filtrage qu'elle opère et les conseils qu'elle prodigue),
- Les sites de rencontres contemporains (par les interactions et la promotion numérique).

Si aucune de ces méthodes ne semble réellement fonctionner à elle seule, Clémence est en train de démontrer qu'en les combinant, cela peut fonctionner.
C'est déroutant, cela peut sembler désuet, et pourtant, *lafemmedetonchef* affiche des taux de succès à faire pâlir d'envie — ou de rage – *Meetic* ou *Tinder*.
Olivier Orna, le patron de *Theotokos*, ne dit pas autre chose lorsqu'il explique qu'à leurs débuts, il n'y avait pas de photos sur les profils et que cela fonctionnait particulièrement bien. Acculé par la pression du modèle imposé par les grands sites, il s'était résigné à introduire la photo.
Il est assez singulier, et pour le moins contre-intuitif, de constater que le *dating* sans photos est peut-être plus efficace que le superprofilage photographique.
Et pourtant...
Mieux encore – et vous l'aurez remarqué –, la mécanique de Clémence se concentre uniquement sur les hommes. Malgré la pression, elle refuse par exemple de publier des lettres de femmes militaires.
Comme nous l'avons vu, les sites de rencontres traditionnels ont souvent transformé les femmes en produits, au service d'hommes chasseurs-payeurs.
Les résultats de cette approche sont dramatiques pour elles : objectivées, malmenées par des cohortes d'hommes qui ne les respectent pas.
Avec Clémence, c'est tout l'inverse : l'homme est placé au centre du dispositif, mais dans une posture de demandeur, non de chasseur. Les rôles sont inversés et cela change tout dans l'appréciation et l'approche que les femmes développent à leur égard.
Les femmes, qui n'ont pas de profil en ligne, ne peuvent plus être la cible de prédateurs ou d'hommes peu sérieux. Elles sont donc, cette fois, totalement protégées.

Pour la première fois dans l'histoire du *dating*, la femme n'est plus un produit exposé en vitrine, mais une cliente masquée et anonyme, à qui l'on donne la possibilité de parcourir une sélection d'hommes avec lesquels elle aimerait entrer en contact. Il fallait simplement y penser et c'est une véritable révolution.
De plus, la complexité même de la mécanique mise en place (écrire une lettre, soumettre une candidature, échanger avec elle en amont, etc.) agit comme un filtre naturel, qui écarte les hommes peu sérieux. Les femmes le perçoivent très clairement et plébiscitent le concept.
L'océan bleu de Clémence est à peine croyable, tant il prend à contre-pied tous les attributs du *dating*. Elle a créé un service improbable, inimaginable même pour le moindre connaisseur du secteur, y compris le vôtre.
Son explication du succès tient en quelques mots :

> « La lourdeur de ma mécanique est telle que cela filtre les hommes comme les femmes. Ne participent donc que des candidats sérieux, prêts à jouer le jeu.
> Les femmes en ont marre des hommes pas sérieux sur les sites.
> Par ailleurs, j'ai montré que lorsque les gens le veulent vraiment, ça marche, y compris sans photos ni profilage. »

Sa joie est communicative, car sa seule motivation est de rendre les gens heureux.
Intellectuellement brillante, elle a mis en œuvre une mécanique efficace, née à la fois de son instinct et d'une expérience humoristique sur un compte Instagram.
Cela confère à sa démarche une dimension sincère, authentique et profondément humaine que je n'ai retrouvée nulle part ailleurs et que ses premiers succès viennent logiquement consacrer.
On a envie d'être une petite souris pour observer ce que deviendra *lafemmedetonchef* dans quelques années et l'on imagine déjà les déclinaisons possibles de son concept auprès d'autres catégories d'hommes authentiques et sincères dans leur recherche amoureuse : agriculteurs, artisans, médecins, et tant d'autres professions dont les conditions de vie et l'accès à l'amour ne sont pas toujours simples. Si son ambition est à la hauteur de son enthousiasme, cela promet.

Clémence et son « océan bleu » sont une sorte de synthèse des réflexions et des recherches contenues dans cet essai et cela ne tient peut-être pas seulement du hasard si je l'ai rencontrée en tout dernier ressort, alors que je pensais ma rédaction achevée.
Son initiative est un condensé des constats formulés dans *Boîtes de conserve* : le ras-le-bol du *dating* traditionnel, l'aspiration des femmes et des hommes à des interactions et des relations sérieuses, l'envie mutuelle de s'investir dans un couple, l'inutilité du profilage et de la photo, etc.
C'est notamment par ce type de réflexions et de stratégies, pensées hors du cadre, que le *dating* pourra évoluer et se réformer dans le sens d'une plus grande réussite et d'un véritable service rendu à ses usagers.
Clémence en est la preuve par l'exemple. Respect !

Appel aux pouvoirs publics, l'urgence d'une réglementation

Le niveau de défiance des membres envers le *dating*, en particulier des femmes, est aujourd'hui beaucoup trop élevé et le secteur doit d'urgence œuvrer à la restauration de la confiance. Les initiatives prises par *Tinder* et d'autres, visant à imposer la vérification d'identité dans certains pays, sont à ce titre révélatrices. En France, ils viennent d'annoncer la mise en ligne d'une fonctionnalité permettant de partager des informations sur vos *dates* avec des amis proches ou protecteurs (lieu, heure, personne rencontrée, etc.). Face à la chute des cours en bourse, il semble bien que la prise de conscience commence à émerger. C'est, en soi, une première bonne nouvelle.
L'initiative de *Meetic*, qui a lancé son « *Dating Lab* » à grand renfort de communication médiatique, est également symptomatique des interrogations qui germent désormais au sein même des plateformes.
Dans bien des cas, l'injonction paradoxale dans laquelle ces plateformes se trouvent — tiraillées entre, d'une part, leur rentabilité ou

leur cours de bourse et d'autre part, l'intérêt bien compris de leurs membres — ne les incite pas à se transformer.
Puisqu'il en est ainsi depuis des années, aidons-les à évoluer par la contrainte légale.
Nous appelons donc ici même à l'adoption urgente d'une réforme sur le sujet du *dating*.
Comme nous l'avons évoqué dans les pages précédentes : pourquoi les agences matrimoniales sont-elles soumises à une réglementation (loi de 1989) et pas les sites de rencontres ?
La rencontre en ligne est censée répondre à une lourde problématique sociétale : celle du célibat subi. Étonnamment, aucune enquête n'a jamais interrogé les utilisateurs sur leur éventuelle adhésion à l'idée d'une réforme du secteur.
Notre enquête dévoile un chiffre qui, à lui seul, légitime l'ensemble des propos tenus dans cet ouvrage : 88 % des personnes interrogées se disent favorables à une loi sur le *dating*. Lors de chaque *Dating* Anonymes où nous émettons l'idée, le résultat est le même. Cela relève du plébiscite et se passe de commentaire.
L'adhésion à cette idée est telle qu'elle séduit bien au-delà des seuls insatisfaits : elle touche aussi celles et ceux qui ont vécu des histoires réussies.
À dire vrai, il n'était pas très difficile d'imaginer ce résultat – mais dans de telles proportions, c'est sidérant.
Ce seul chiffre devrait immédiatement faire réfléchir les plateformes et les pouvoirs publics. Mieux encore, il dessine les contours d'une initiative populaire, consensuelle et porteuse, pour un gouvernement ou des parlementaires qui souhaiteraient s'en saisir.
Un(e) candidat(e) ?
Dans une approche de bon sens, nous proposons dans les lignes qui suivent treize mesures concrètes qu'un texte de loi, *a minima*, devrait intégrer.
Nous demandons notamment :

1. Une obligation de transparence tarifaire.
2. Une obligation d'avertissement sur les risques
3. Une obligation de transparence sur les algorithmes.

4. Une interdiction de limiter l'accès des profils consultables en ligne
5. Obligation de visibilité de la désinscription et de transparence sur le traitement des données personnelles
6. Une obligation de transparence sur les chiffres d'activité
7. Une obligation de mise à disposition d'un accompagnement psychologique pour les personnes en détresse liée au *dating*.
8. La création d'une association professionnelle auto-régulante
9. Une obligation d'affichage de la politique de prévention du site
10. La mise en œuvre d'une politique effective d'exclusion des membres déviants
11. Une interdiction relevant du pénal de création de faux comptes par les plateformes
12. Une interdiction de la pratique des faux *chats* :
13. La carte d'identité obligatoire à l'inscription (voire justificatif de domicile).
14. Interdiction des engagements de paiement automatiques mensuels supérieurs à 12 mois sans réengagement contractuel et/ou en réponse à une évaluation de l'année passée.

Précisons maintenant les détails de ces demandes.

1. Une obligation de totale transparence tarifaire

Il est parfois complexe de comprendre les grilles tarifaires des sites et les multiples options de paiement proposées aux utilisateurs. Une obligation de transparence s'impose sur le sujet.
De la même manière, la question de la validité de certaines modalités tarifaires mérite d'être examinée, afin d'évaluer dans quelle mesure elles sont compatibles avec l'obligation de moyens qui incombe à tout site.

2. Une obligation d'avertissements sur les risques

Les sites se doivent d'avertir leurs utilisateurs des risques que peut entraîner une pratique intensive ou non encadrée de ces services.
Il est essentiel d'informer.

Nous demandons que les sites soient tenus, comme c'est déjà le cas pour l'alcool, le tabac ou les jeux d'argent, de mentionner clairement l'existence de ces risques sur leurs supports et dans leur communication.
Ces mentions devraient être accompagnées d'une explication, voire d'une description pédagogique, incitant leurs membres à adopter une approche lucide et mesurée du *dating*.

3. Une obligation de transparence sur les algorithmes.

L'on touche ici au cœur du système. La transparence et l'honnêteté de l'algorithme, au regard de ce que les membres sont en droit d'attendre d'un site de rencontres.
Ils doivent pouvoir comprendre comment leur profil sera mis en avant, ou ce que le site leur proposera en termes de quantité et de typologie de profils à consulter.
Aborder cette question ne relève pas uniquement de la contrainte réglementaire : ce serait également un formidable levier d'image pour les plateformes, leur permettant de rassurer les plus méfiants et d'attirer de nouveaux utilisateurs en quête de confiance et de clarté.

4. Interdiction de limiter l'accès au nombre de profils consultables en ligne.

Nous touchons ici à l'obligation de moyens. Un site qui ne met pas à la disposition de ses membres payants l'ensemble des profils disponibles nous semble potentiellement en infraction avec cette obligation.

5. Obligation de visibilité de la désinscription et de transparence sur le traitement des données personnelles

La réglementation devrait garantir une transparence totale et un accès immédiat aux fonctions de désinscription ou de suppression de compte. Si les plateformes mettent en avant, dès leur page d'accueil, des boutons comme « Inscrivez-vous » ou « Identifiez-vous », il semble légitime que l'option « Se désinscrire » bénéficie d'une visibilité équivalente.

Par ailleurs, au moment de quitter le service, l'utilisateur devrait pouvoir exercer un choix explicite et compréhensible : conserver ses données ou les supprimer définitivement. Une telle clarté est aujourd'hui une condition essentielle du respect des droits numériques.

6. Une obligation de transparence sur les chiffres d'activité (nombre de membres, actifs, homme femmes, historique, etc.

Les sites doivent permettre à chaque membre de savoir de quoi est faite sa communauté. Certaines données paraissent essentielles, comme le nombre de membres historiques et surtout le nombre de membres actifs, en ligne depuis moins d'un mois par exemple. J'ai conscience du fait que ces demandes ne sont pas favorables aux petits sites, mais elles relèvent de l'honnêteté commerciale.
Il ne paraîtrait pas déraisonnable d'aller plus loin en leur demandant d'afficher quelques données sociologiques complémentaires telles que le rapport homme-femme, la durée moyenne d'abonnement, le taux annuel de désinscription, la localisation géographique des membres, etc.

7. Une obligation de mise à disposition d'un accompagnement psychologique pour les personnes en détresse liée au *dating*.

Face au risque de *dating burnout* ou aux troubles psychologiques pouvant résulter d'une utilisation intensive de ces plateformes, il semble légitime que celles-ci mettent à disposition de leurs membres – selon des critères de filtrage à définir – une assistance sociale et/ou psychologique adaptée.

8. La création d'une association professionnelle autorégulante

Nous l'avons vu : le *dating* est, en France, l'un des seuls secteurs à ne pas disposer de sa propre association professionnelle. C'est une aberration, s'agissant d'un domaine socialement aussi sensible. Cela renforce l'impression de naviguer dans une jungle où tout est

permis – d'autant plus lorsque deux acteurs, américains de surcroît, détiennent à eux seuls près de 60 % du marché.
Quel serait le rôle d'une telle association dans le secteur du *dating* ? Cela relèverait bien sûr du travail parlementaire que de le définir. Mais le champ des possibles est vaste. On pourrait notamment en dégager six grandes missions...

- **Connaître et informer**
  L'association professionnelle jouerait un rôle de centralisation des données et des statistiques de ses membres. Cela permettrait de publier, en toute transparence, un « observatoire annuel du *dating* », fondé sur des statistiques uniformisées (avec des critères communs minimaux appliqués à toutes les plateformes), des réflexions partagées, des constats sur les réussites et les échecs du secteur, etc. Elle serait fondamentalement contributive à l'amélioration des pratiques de chacun, et permettrait aux professionnels de mieux savoir où ils mettent les pieds.

- **Autocontrôle**
  Le débat est toujours vif lorsqu'il s'agit de créer une association professionnelle. Doit-elle être autorégulatrice ? Autrement dit, l'association doit-elle – en concertation avec les pouvoirs publics et sur la base des dispositions d'une éventuelle « loi *dating* » – endosser le rôle de gendarme de son propre secteur ?
  Cela impliquerait notamment l'inspection de ses membres, la vérification de la conformité de leurs processus avec les cadres réglementaires et législatifs, etc.
  Au regard des dérives et pratiques décrites ici même, imposer au secteur du *dating* d'assurer lui-même sa régulation n'a rien de superflu. Bien au contraire.

- **Autorégulation**
  Au-delà des dispositions réglementaires et législatives que nous appelons de nos vœux, l'association aurait notamment pour mission d'édicter un code de bonnes pratiques du secteur, sorte de charte qui, adoptée par tous, s'imposerait à tous ses membres.

- **Sensibiliser et protéger**
  Celle que nous appellerons ici « l'Association Professionnelle des Métiers de la Rencontre » (l'APMR), aurait pour vocation de contribuer à la sensibilisation des utilisateurs du *dating*. Elle veillerait à ce que les plateformes mettent en œuvre les avertissements et les actions de sensibilisation que nous appelons de nos vœux. Elle serait aussi à l'initiative de l'édition de recommandations publiques sur les pratiques et les effets potentiels des plateformes (risques d'addiction, de stress, d'isolement, de *dating* burn-out, etc.).

- **Assurer**
  L'association serait également chargée de vérifier que l'assurance responsabilité civile professionnelle, dont le périmètre de couverture serait défini par la loi, couvre bien l'intégralité des risques encourus par les plateformes dans leurs relations avec leurs clients.

- **Labelliser**
  L'existence d'une telle association professionnelle, même obligatoire, permettrait aux sites de regagner en légitimité et de rassurer leurs utilisateurs, en affichant leur appartenance à cette structure. Un logo officiel incarnant cette adhésion pourrait être mis en avant sur leurs plateformes.

- **Prévenir**
  L'association pourrait être à la base de la création d'un fichier centralisé des prédateurs du *dating*. Elle pourrait également être mandatée pour engager des actions en justice ou déposer plainte contre certains utilisateurs, identifiés et signalés par les plateformes en raison de leurs agissements illégaux (agression sexuelle, tentative d'arnaque ou de blanchiment, harcèlement, etc.).

9. Une obligation d'affichage de la politique de prévention du site (contre la prostitution, les fraudes et arnaques, etc.).

Dans le cadre de leur obligation de moyens, les sites doivent intensifier leur lutte contre les tentatives d'intrusion de personnes dont l'objectif n'a rien à voir avec la recherche sincère d'une relation. Les nouveaux membres doivent en être clairement informés et connaître, de manière explicite, les processus et dispositifs mis en place pour prévenir ces dérives.
Cela suppose notamment la désignation, au sein des équipes du site, d'un responsable dédié à la prévention des risques, chargé de veiller à leur signalement, à leur traitement, et à leur présentation transparente auprès de la communauté.

10. La mise en œuvre d'une politique effective d'exclusion des membres déviants

Nous demandons que les plateformes de rencontres mettent en place une politique claire de modération, reposant sur des outils d'alerte et de signalement permettant d'identifier les comportements à risque. Cette démarche pourrait s'accompagner, sous l'égide de la CNIL et en concertation avec les pouvoirs publics, de la création d'un dispositif partagé entre plateformes. Ce dispositif strictement encadré regrouperait les profils signalés de manière répétée sur plusieurs sites, ou concernés par des décisions judiciaires, afin de prévenir les comportements dangereux et de mieux protéger les utilisateurs.

11. Une interdiction relevant du pénal de création de faux comptes par les plateformes

Une telle pratique, qui relève du pénal pour les agences matrimoniales, n'a aucune raison d'être tolérée pour les sites et applications de rencontres.
J'entends déjà certains sites s'en défendre, avec une indignation presque automatique : « Des faux profils chez nous ? Absolument pas ! », « Ce sont des cas isolés ! », « Prouvez-le ! »...

Très bien. Si vous n'êtes effectivement pas concernés, alors vous ne devriez avoir aucune objection à ce qu'une réglementation encadre et interdise formellement de telles pratiques.
L'argument est d'ailleurs valable pour l'ensemble de nos propositions de réglementation :
Si certains sites ne se sentent pas visés et jurent dur comme fer qu'ils n'y ont pas recours, ils ne devraient nullement être dérangés par ce type de réforme.
Mais si l'idée d'une réforme prend corps, je souris d'avance à l'idée de voir le lobby des « boîtes de conserve » se précipiter auprès de nos législateurs.
Mieux encore, les sites auraient tout intérêt à afficher en grand sur leur plateforme et dans leur communication qu'ils approuvent ces demandes, dans l'intérêt du bien-être de leurs adhérents et de l'image du secteur dans son ensemble.
L'enjeu est de taille pour eux. L'une des problématiques, nous l'avons vu, est de recruter suffisamment de femmes pour assurer l'équilibre des forces sur leurs plateformes. Ce déficit de femmes ne tient pas à un problème démographique.
Il y a globalement plus de femmes célibataires que d'hommes. Mais il y a aussi davantage de réticences et de peurs chez les femmes à s'engager sur ce type de services.
Elles ne sont pas naïves, discutent avec leurs amies, lisent, s'informent...
S'agissant des faux profils générés par les utilisateurs eux-mêmes, le problème est évidemment d'une autre nature. De nombreux sites, d'ailleurs, les combattent activement pour préserver leur image. Il n'en demeure pas moins qu'il s'agit d'un fléau endémique.
C'est pourquoi nous demandons l'instauration de barrières de contrôle dès l'entrée sur les sites, comme le chargement d'une pièce d'identité vérifiée.
Les plateformes devraient également être tenues d'afficher de façon claire et transparente leur politique de prévention, ainsi que les moyens mis en œuvre pour lutter contre ce fléau.

12. Une interdiction de la pratique des faux *chats* :

Nous l'avons vu précédemment dans l'ouvrage, certains sites semblent s'adonner à la mise en ligne de faux interlocuteurs chargés d'échanger avec leurs membres.
Ces pratiques doivent être formellement interdites.
On pourrait tout à fait imaginer qu'une fonctionnalité d'échange et de discussion existe sur les sites, permettant aux membres de dialoguer avec des personnes dont c'est réellement le rôle. Une forme de support, de SAV, ou même un appui psychologique, présenté clairement comme tel — et non dissimulé derrière un faux profil. Un service de type *SOS Dating Amitiés* en ligne par exemple.

13. La carte d'identité obligatoire à l'inscription (voire justificatif de domicile)

Exiger le téléchargement, *a minima*, d'une pièce d'identité semble indispensable, et d'ailleurs, la CNIL, n'y est pas opposée. Nous avons effectivement pris les devants et déjà interrogé cette dernière. Cette obligation devrait agir comme un répulsif, certes imparfait, mais dissuasif auprès de toute une catégorie de personnes venues là pour tromper les autres.
La question pourrait d'ailleurs être élargie à l'exigence d'un justificatif de domicile, afin de limiter les fraudes liées à la localisation géographique.
D'autant plus que je suis convaincu que le premier site qui osera afficher clairement : « Chez nous, on ne triche pas — la carte d'identité est obligatoire » pourrait être agréablement surpris par le gain de notoriété et de confiance que cela génèrerait. En prime, un tel niveau d'exigence permettrait de filtrer en amont de nombreuses mauvaises intentions, réduisant drastiquement le besoin d'intervention humaine. Les sites réaliseraient ainsi d'importantes économies sur les équipes de modération, aujourd'hui l'un de leurs véritables talons d'Achille.

14. Interdiction des engagements de paiement automatiques mensuels supérieurs à 12 mois sans réengagement contractuel et/ou en réponse à une évaluation de l'année passée.

Les agences ont l'interdiction d'engager financièrement leurs clients pour une durée supérieure à un an, sans passer par une étape de renouvellement non tacite du contrat.
Le sens de cette mesure est clair : il s'agit pour le législateur d'éviter qu'une agence ne « piège » son client pendant des années, en prenant tout son temps sans lui présenter suffisamment de candidats au mariage.
Il est légitime de demander à ce que les utilisateurs puissent souffler et faire le point au moment du renouvellement annuel : Ils doivent pouvoir se demander si leur engagement est toujours pertinent, ou s'ils ne sont pas tombés dans une forme d'addiction insidieuse.
Le renouvellement d'une adhésion devrait, à ce titre, s'accompagner d'un questionnaire d'évaluation de l'expérience vécue sur la plateforme l'année précédente, incluant une dimension émotionnelle : frustrations, souffrances éventuelles, sentiment de solitude accru, etc.
Ces questionnaires seraient précieux – tant pour les sites, dans une logique d'amélioration continue, que pour les membres eux-mêmes, dans leur réflexion personnelle sur leur rapport au *dating*.

Conclusion

Vous l'aurez compris au fil de ces pages : le *dating* n'a rien d'un jeu. À l'heure où il monte en puissance et tend à se généraliser comme mode de création de relations, il est grand temps de faire un grand ménage dans ses méthodes et ses pratiques, afin d'offrir un service de meilleure qualité à ses utilisateurs – respectueux de leurs attentes, de leur intégrité et de leur confort psychologique.

Le fatalisme ambiant, qui consistait encore récemment à considérer les sites de rencontres comme une simple expression de l'évolution de nos mœurs, relève d'une vision simpliste et complaisante d'un phénomène bien plus grave et insidieux, que l'on retrouve dans de nombreux pans du numérique liés aux contenus et aux interactions.

Ces plateformes participent, en effet, au développement d'une forme d'aliénation des utilisateurs, dont les effets sur l'amour et les relations humaines sont profonds. Elles bousculent, subrepticement mais durablement, notre rapport à l'autre autant que notre rapport à nous-mêmes.

Les sites doivent répondre sincèrement aux besoins de leurs utilisateurs dans la recherche d'histoires belles, durables et épanouissantes, dans un cadre sécurisé et réconfortant. Leur éthique doit reposer sur des principes clairs : respect, bienveillance, protection et une réelle mise en œuvre de leur obligation de moyens.

Les utilisateurs ne portent pas plainte contre les sites de rencontres lorsqu'ils se morfondent après un énième échec amoureux, une rencontre en ligne avec une personne toxique ou encore lorsqu'ils sont victimes de tentative d'arnaque, de harcèlement ou, pire, d'agression sexuelle. Les usagers du *dating* sont seuls, livrés à eux-mêmes, face à des mécaniques qu'ils ne maîtrisent pas et qui, bien souvent, les dépassent.

Il est urgent de prendre des mesures fortes, capables d'assainir immédiatement cet univers sauvage, et dont les femmes restent les premières victimes.
Les constats sont implacables et l'heure n'est plus à la contestation des évidences, mais bien au traitement des plaies. Au-delà de l'étonnante bienveillance manifestée à l'égard des sites par certains médias ou auteurs, j'affirme qu'il est temps de laisser place à l'interventionnisme. Sous couvert d'une sacro-sainte liberté de la sphère privée, l'évolution de la rencontre intermédiée par Internet ne peut continuer à plonger dans l'indignité, au détriment de la relation amoureuse et de ce qu'elle représente.
Nous ne parlons pas ici de microprocesseurs ni de panneaux solaires, mais de l'harmonie sociale et relationnelle de notre société et de l'équilibre psychologique de millions de célibataires.
Le grand nettoyage du secteur des « boîtes de conserve » doit désormais être mis sur la table, comme une étape indispensable à l'assainissement de l'entrée en relation par Internet. Et qui sait, peut-être permettra-t-il de réorienter le *dating* vers ce qu'il n'aurait jamais dû cesser d'être : la recherche sincère d'une relation durable, vecteur d'apaisement, de sécurité, de santé, voire de natalité.
Il ne s'agit pas de revenir en arrière, mais bien d'inventer un modèle nouveau, plus humain, plus exigeant et plus respectueux de ceux qu'il prétend servir.
Le chantier est devant nous. À nous de l'ouvrir.

Et si, au lieu de continuer à remplir nos paniers d'espoirs en conserve, on repensait tout le rayon ? Moins d'emballages brillants, plus de contenu vrai. Le dating mérite mieux qu'un supermarché de l'amour discount. À quand une vraie révolution dans les rayons ?

Remerciements

Je tiens ici à remercier du fond du cœur ceux et celles qui m'ont accompagné dans le travail de recherche, d'enquête et de rédaction du présent essai.
Qu'ils fassent partie de mon entourage, de mes relations ou de rencontres nées de la présente étude, ils ont tous et toutes contribué à l'enrichissement des idées, des angles de vue et des analyses qui jalonnent cette enquête.
Je ne pourrais tous et toutes les citer, mais qu'ils en soient ici remerciés.
Je pense notamment à :

- Edwige Lefort, qui m'accompagne depuis plusieurs années sur mes projets de recherche et de développement. Elle fut stagiaire à mes côtés en 2022 et n'a cessé par la suite de m'accompagner et de me soutenir sur mes projets les plus iconoclastes, notamment sur le chantier *Boîte de conserve*.
- Mon adorable compagne et son immense patience; elle n'a pas son pareil pour challenger toutes mes idées et les confronter aux principes de réalité et du contradictoire.
- Louisa Amara, fondatrice du podcast *Single Jungle*, critique par nature et féministe comme pas deux, toujours alerte à mes constructions intellectuelles.
- Les psychiatres, psychologues et sexologues Christine Barois, Sara Bauer et Béatrice Cuzin, grâce à qui notre enquête s'est enrichie d'une dimension psychologique essentielle.

Tous ceux et celles qui m'ont fait l'honneur de leur temps lors de mes interviews ou des *Dating* Anonymes : parfois d'accord avec mes idées, parfois moins, ils m'ont tous été d'une immense valeur dans mon cheminement. Je pense notamment à Marina Stanek, Oliver Zagdoun, Pierre Schneidermann, Axelle Denis, Thierry Taboy, etc.

ANNEXE

Résultats de notre enquête (presque) sérieuse

Avertissement méthodologique : questionnaire viral et ouvert à réponses instantanées, uniques ou multiples. Panel non représentatif de la population moyenne des utilisateurs de sites de rencontres. Diffusion sur les réseaux sociaux de l'auteur et de certaines personnes, influenceuses interrogées par l'auteur. Diffusion sur 12 mois de mars 2025 à mars 2025, pour 333 réponses. Certaines questions à choix multiple expliquent une addition des taux de réponses supérieure à 100 %.

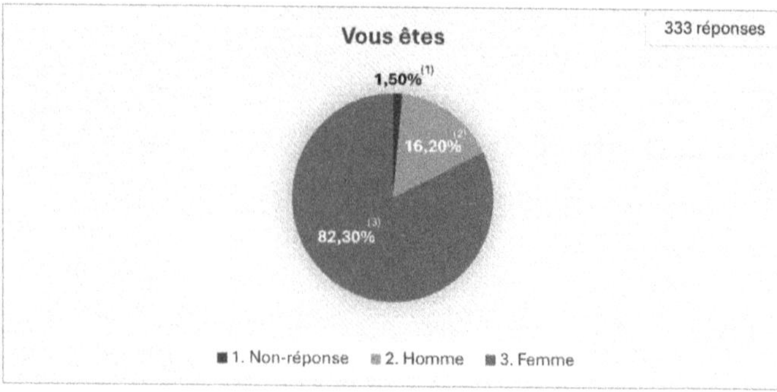
Vous êtes
333 réponses
1,50% (1)
16,20% (2)
82,30% (3)
1. Non-réponse
2. Homme
3. Femme

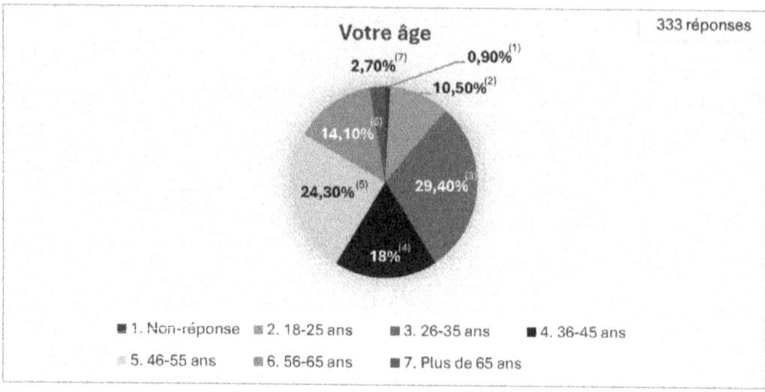
Votre âge
333 réponses
2,70% (7)
0,90% (1)
10,50% (2)
14,10% (6)
24,30% (5)
29,40% (3)
18% (4)
1. Non-réponse
2. 18-25 ans
3. 26-35 ans
4. 36-45 ans
5. 46-55 ans
6. 56-65 ans
7. Plus de 65 ans

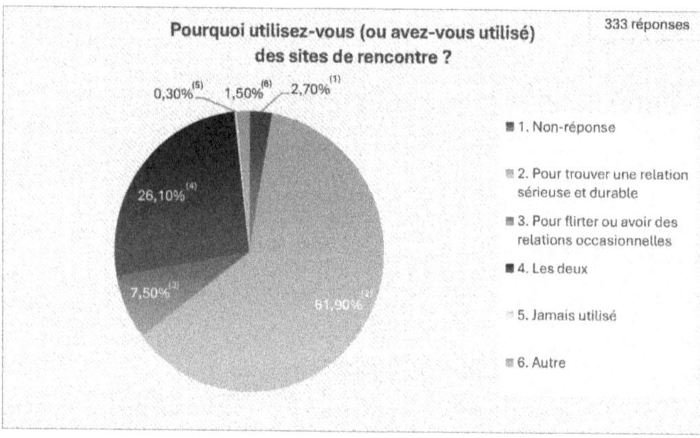
Pourquoi utilisez-vous (ou avez-vous utilisé) des sites de rencontre ?
333 réponses
0,30% (5)
1,50% (6)
2,70% (1)
26,10% (4)
7,50% (3)
61,90% (2)
1. Non-réponse
2. Pour trouver une relation sérieuse et durable
3. Pour flirter ou avoir des relations occasionnelles
4. Les deux
5. Jamais utilisé
6. Autre

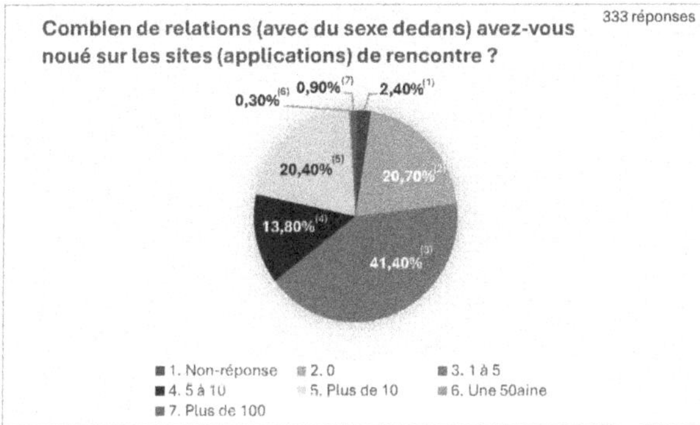
Combien de relations (avec du sexe dedans) avez-vous noué sur les sites (applications) de rencontre ?
333 réponses
0,30% (6)
0,90% (7)
2,40% (1)
20,40% (5)
20,70% (2)
13,80% (4)
41,40% (3)
1. Non-réponse
2. 0
3. 1 à 5
4. 5 à 10
5. Plus de 10
6. Une 50aine
7. Plus de 100

Avez-vous trouver sur les sites (applications) de rencontre :
333 réponses
1,80% (6)
2,70% (1)
20,70% (5)
28,50% (2)
8,10% (4)
38,10% (3)
1. Non-réponse
2. Rien
3. Que des histoires courtes (moins d'un an)
4. Relation(s) durable(s) mais pas sans effort
5. Relation(s) durable(s)
6. En cours de relation

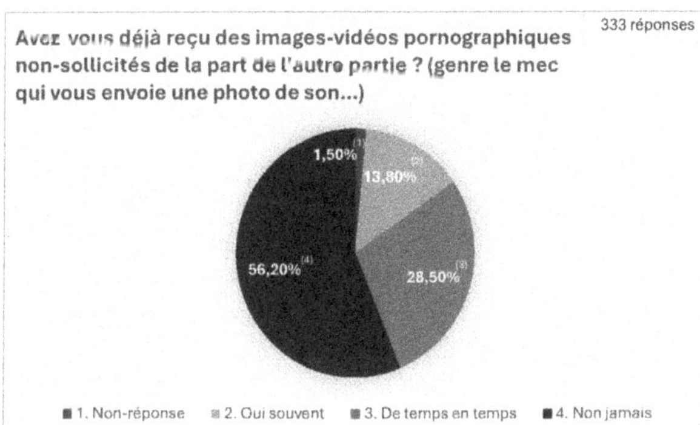
Avez vous déjà reçu des images-vidéos pornographiques non-sollicités de la part de l'autre partie ? (genre le mec qui vous envoie une photo de son...)
333 réponses
1,50% (1)
13,80% (2)
56,20% (4)
28,50% (3)
1. Non-réponse
2. Oui souvent
3. De temps en temps
4. Non jamais

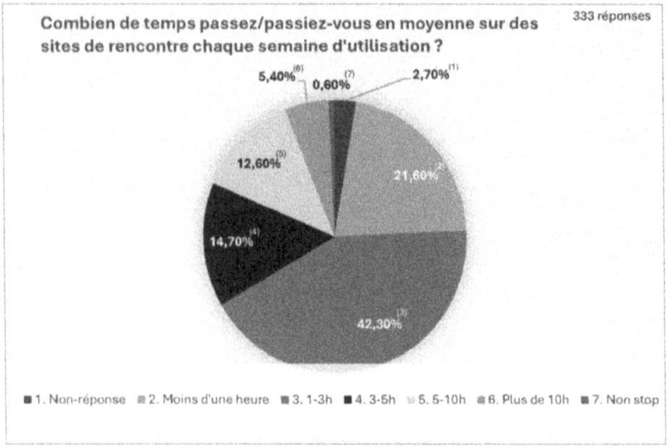
Combien de temps passez/passiez-vous en moyenne sur des sites de rencontre chaque semaine d'utilisation ?
333 réponses
5,40%
0,60%
2,70%
12,60%
21,60%
14,70%
42,30%
1. Non-réponse
2. Moins d'une heure
3. 1-3h
4. 3-5h
5. 5-10h
6. Plus de 10h
7. Non stop

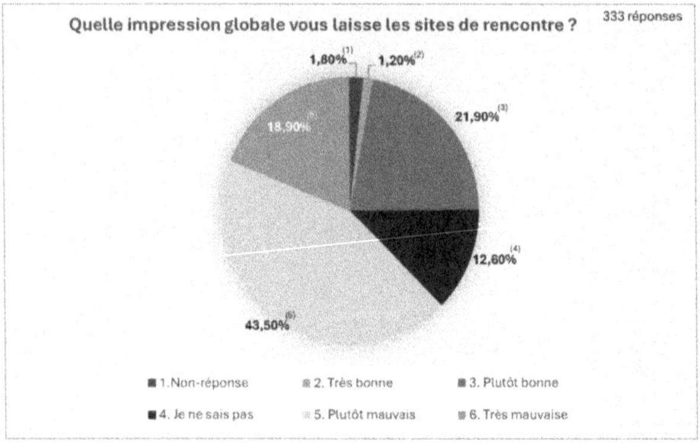
Quelle impression globale vous laisse les sites de rencontre ?
333 réponses
1,80%
1,20%
18,90%
21,90%
12,60%
43,50%
1.Non-réponse
2. Très bonne
3. Plutôt bonne
4. Je ne sais pas
5. Plutôt mauvais
6. Très mauvaise

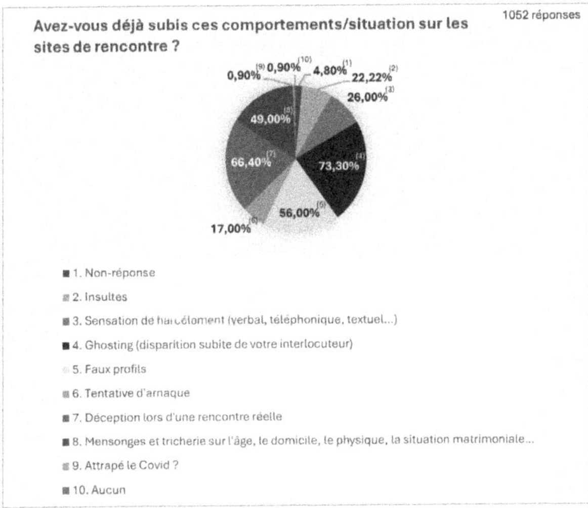
Avez-vous déjà subis ces comportements/situation sur les sites de rencontre ?
1052 réponses
0,90% (9)
0,90% (10)
4,80% (1)
22,22% (2)
26,00% (3)
49,00% (8)
66,40% (7)
73,30% (4)
56,00% (5)
17,00% (6)
1. Non-réponse
2. Insultes
3. Sensation de harcèlement (verbal, téléphonique, textuel...)
4. Ghosting (disparition subite de votre interlocuteur)
5. Faux profils
6. Tentative d'arnaque
7. Déception lors d'une rencontre réelle
8. Mensonges et tricherie sur l'âge, le domicile, le physique, la situation matrimoniale...
9. Attrapé le Covid ?
10. Aucun

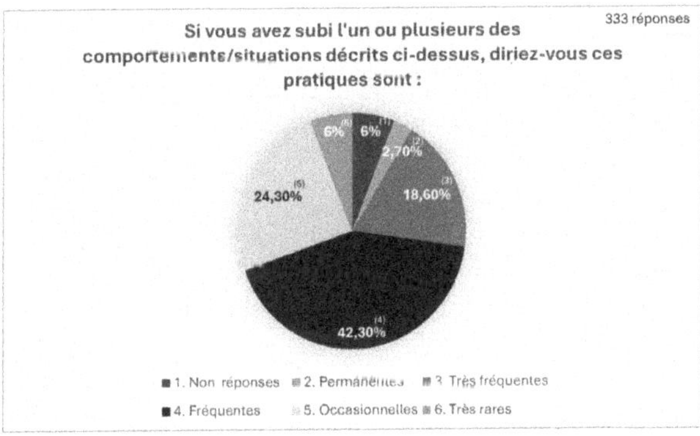
Si vous avez subi l'un ou plusieurs des comportements/situations décrits ci-dessus, diriez-vous ces pratiques sont :
333 réponses
6% (6)
6% (1)
2,70% (2)
18,60% (3)
24,30% (5)
42,30% (4)
1. Non réponses
2. Permanentes
3. Très fréquentes
4. Fréquentes
5. Occasionnelles
6. Très rares

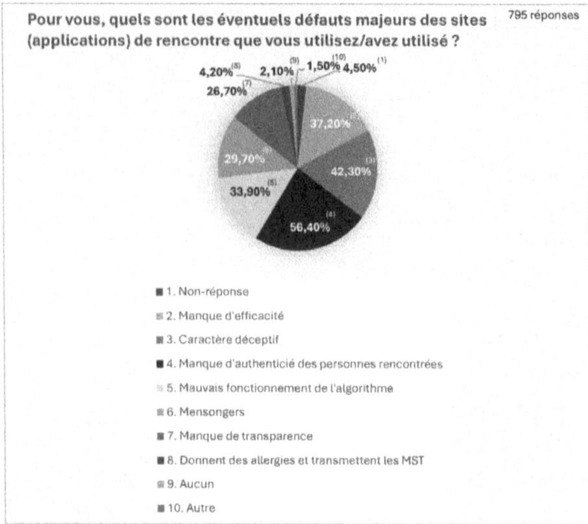
Pour vous, quels sont les éventuels défauts majeurs des sites (applications) de rencontre que vous utilisez/avez utilisé ?
795 réponses
4,20%
2,10%
1,50%
4,50%
26,70%
37,20%
29,70%
42,30%
33,90%
56,40%
1. Non-réponse
2. Manque d'efficacité
3. Caractère déceptif
4. Manque d'authenticié des personnes rencontrées
5. Mauvais fonctionnement de l'algorithme
6. Mensongers
7. Manque de transparence
8. Donnent des allergies et transmettent les MST
9. Aucun
10. Autre

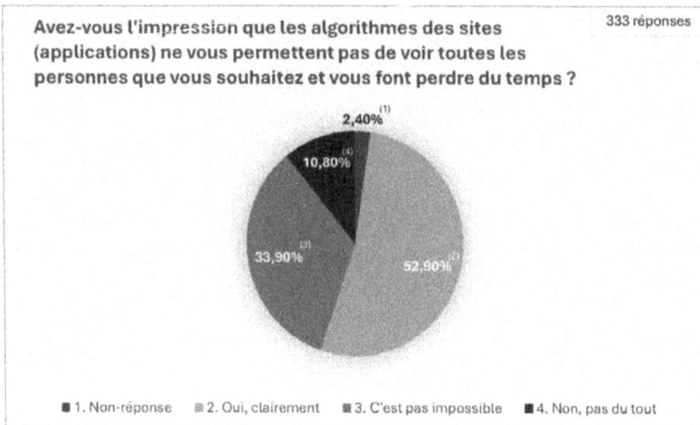
Avez-vous l'impression que les algorithmes des sites (applications) ne vous permettent pas de voir toutes les personnes que vous souhaitez et vous font perdre du temps ?
333 réponses
2,40%
10,80%
33,90%
52,90%
1. Non-réponse
2. Oui, clairement
3. C'est pas impossible
4. Non, pas du tout

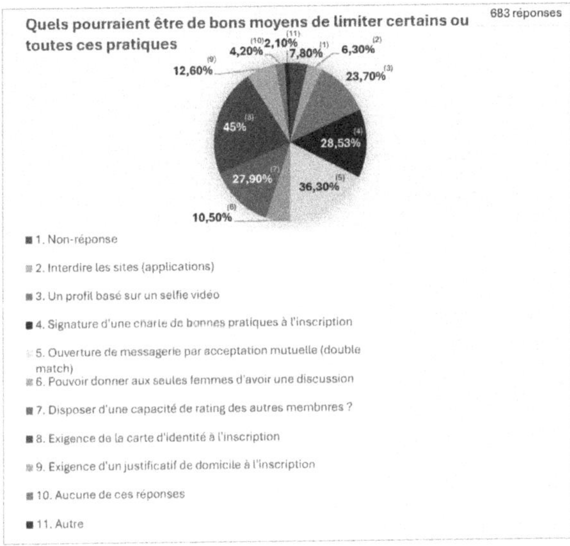
Quels pourraient être de bons moyens de limiter certains ou toutes ces pratiques
683 réponses
(11) 2,10%
(10) 4,20%
(9) 12,60%
(1) 7,80%
(2) 6,30%
(3) 23,70%
(4) 28,53%
(5) 36,30%
(6) 10,50%
(7) 27,90%
(8) 45%
1. Non-réponse
2. Interdire les sites (applications)
3. Un profil basé sur un selfie vidéo
4. Signature d'une charte de bonnes pratiques à l'inscription
5. Ouverture de messagerie par acceptation mutuelle (double match)
6. Pouvoir donner aux seules femmes d'avoir une discussion
7. Disposer d'une capacité de rating des autres membnres ?
8. Exigence de la carte d'identité à l'inscription
9. Exigence d'un justificatif de domicile à l'inscription
10. Aucune de ces réponses
11. Autre

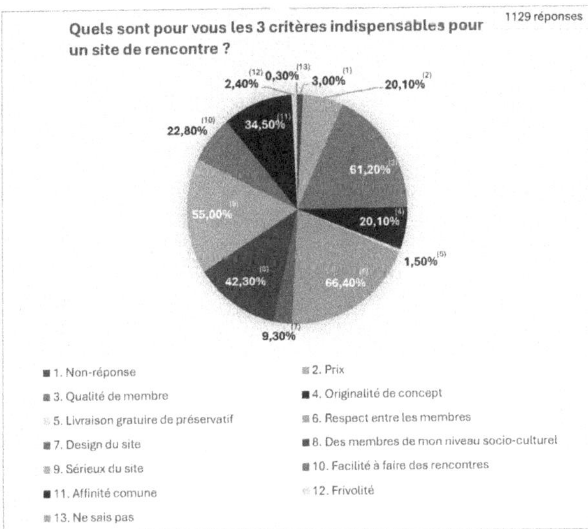
Quels sont pour vous les 3 critères indispensables pour un site de rencontre ?
1129 réponses
(12) 2,40%
(13) 0,30%
(1) 3,00%
(2) 20,10%
(3) 61,20%
(4) 20,10%
(5) 1,50%
(6) 66,40%
(7) 9,30%
(8) 42,30%
(9) 55,00%
(10) 22,80%
(11) 34,50%
1. Non-réponse
2. Prix
3. Qualité de membre
4. Originalité de concept
5. Livraison gratuire de préservatif
6. Respect entre les membres
7. Design du site
8. Des membres de mon niveau socio-culturel
9. Sérieux du site
10. Facilité à faire des rencontres
11. Affinité comune
12. Frivolité
13. Ne sais pas

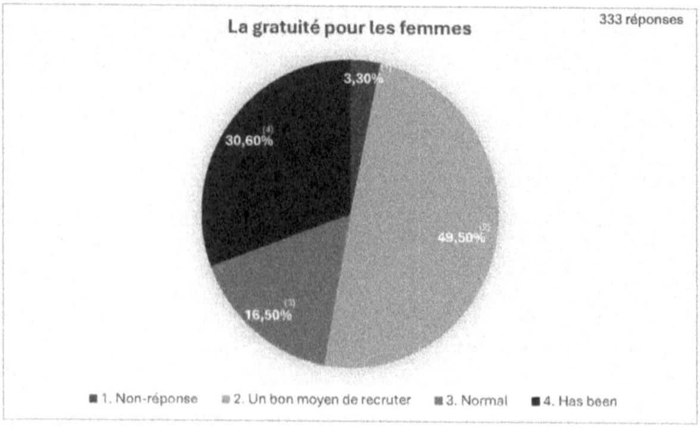
La gratuité pour les femmes
333 réponses
3,30%
30,60%
49,50%
16,50%
1. Non-réponse
2. Un bon moyen de recruter
3. Normal
4. Has been

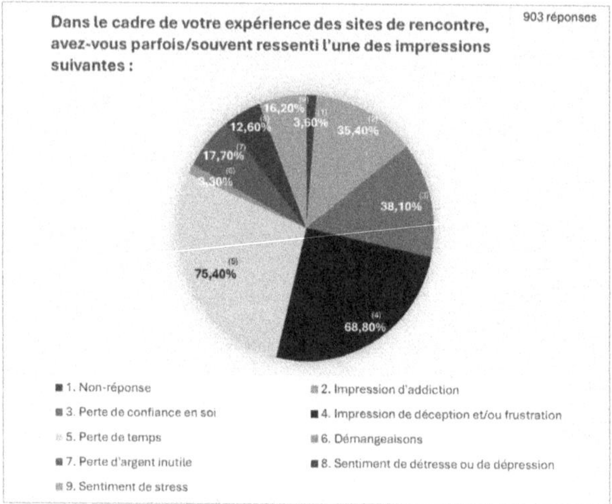
Dans le cadre de votre expérience des sites de rencontre, avez-vous parfois/souvent ressenti l'une des impressions suivantes :
903 réponses
16,20%
12,60%
3,60%
35,40%
17,70%
3,30%
38,10%
75,40%
68,80%
1. Non-réponse
2. Impression d'addiction
3. Perte de confiance en soi
4. Impression de déception et/ou frustration
5. Perte de temps
6. Démangeaisons
7. Perte d'argent inutile
8. Sentiment de détresse ou de dépression
9. Sentiment de stress

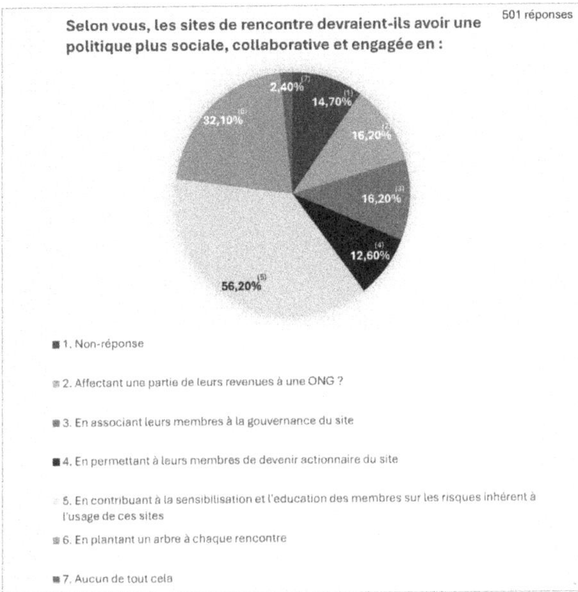
501 réponses
Selon vous, les sites de rencontre devraient-ils avoir une politique plus sociale, collaborative et engagée en :
2,40% (7)
14,70% (1)
16,20% (2)
16,20% (3)
12,60% (4)
56,20% (5)
32,10% (6)
1. Non-réponse
2. Affectant une partie de leurs revenues à une ONG ?
3. En associant leurs membres à la gouvernance du site
4. En permettant à leurs membres de devenir actionnaire du site
5. En contribuant à la sensibilisation et l'education des membres sur les risques inhérent à l'usage de ces sites
6. En plantant un arbre à chaque rencontre
7. Aucun de tout cela

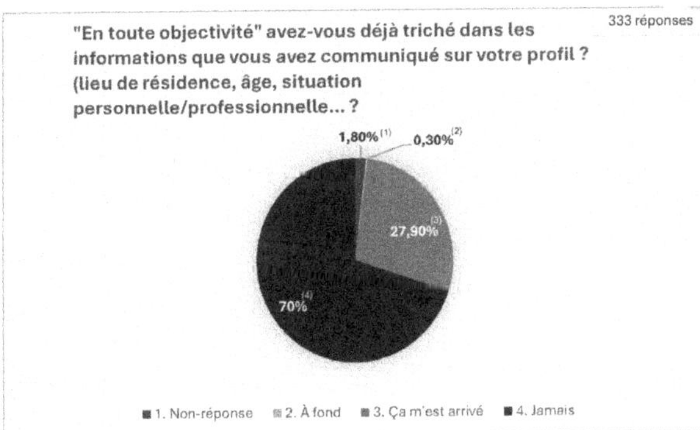
333 réponses
"En toute objectivité" avez-vous déjà triché dans les informations que vous avez communiqué sur votre profil ? (lieu de résidence, âge, situation personnelle/professionnelle... ?
1,80% (1)
0,30% (2)
27,90% (3)
70% (4)
1. Non-réponse
2. À fond
3. Ça m'est arrivé
4. Jamais

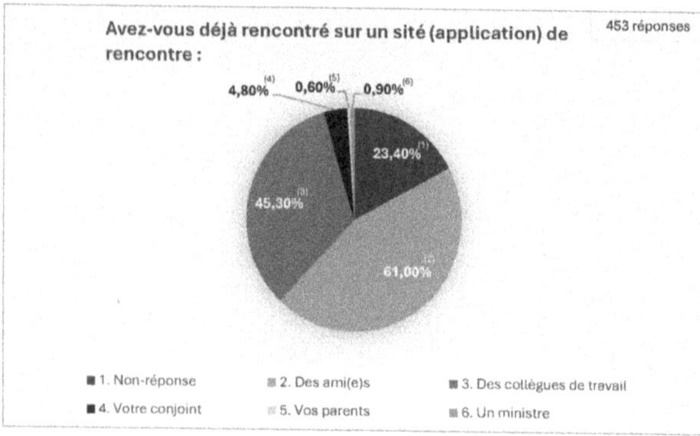
Avez-vous déjà rencontré sur un sité (application) de rencontre :
453 réponses
4,80% (4)
0,60% (5)
0,90% (6)
23,40% (1)
45,30% (3)
61,00% (2)
1. Non-réponse
2. Des ami(e)s
3. Des collègues de travail
4. Votre conjoint
5. Vos parents
6. Un ministre

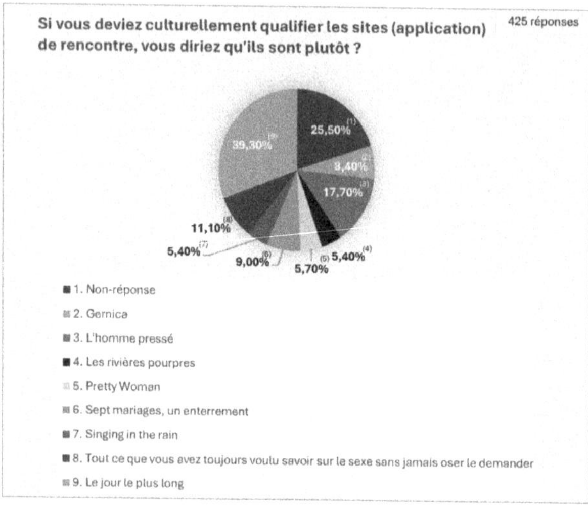
Si vous deviez culturellement qualifier les sites (application) de rencontre, vous diriez qu'ils sont plutôt ?
425 réponses
25,50% (1)
8,40% (2)
17,70% (3)
5,40% (4)
(5) 5,70%
9,00% (6)
5,40% (7)
11,10% (8)
39,30% (9)
1. Non-réponse
2. Gernica
3. L'homme pressé
4. Les rivières pourpres
5. Pretty Woman
6. Sept mariages, un enterrement
7. Singing in the rain
8. Tout ce que vous avez toujours voulu savoir sur le sexe sans jamais oser le demander
9. Le jour le plus long

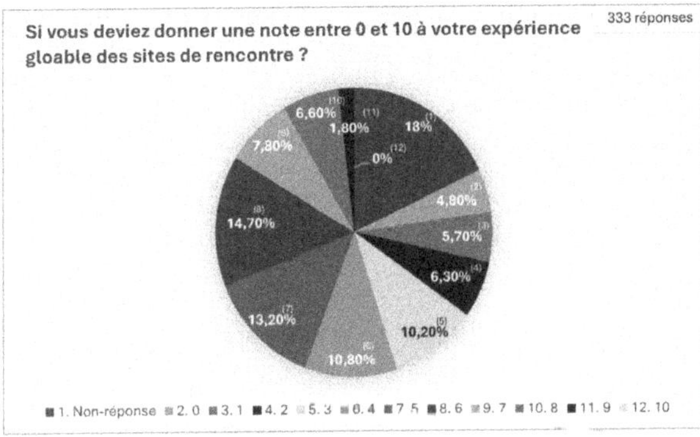
Si vous deviez donner une note entre 0 et 10 à votre expérience gloable des sites de rencontre ?
333 réponses
(1) 13%
(2) 4,80%
(3) 5,70%
(4) 6,30%
(5) 10,20%
(6) 10,80%
(7) 13,20%
(8) 14,70%
(9) 7,80%
(10) 6,60%
(11) 1,80%
(12) 0%
1. Non-réponse 2. 0 3. 1 4. 2 5. 3 6. 4 7. 5 8. 6 9. 7 10. 8 11. 9 12. 10

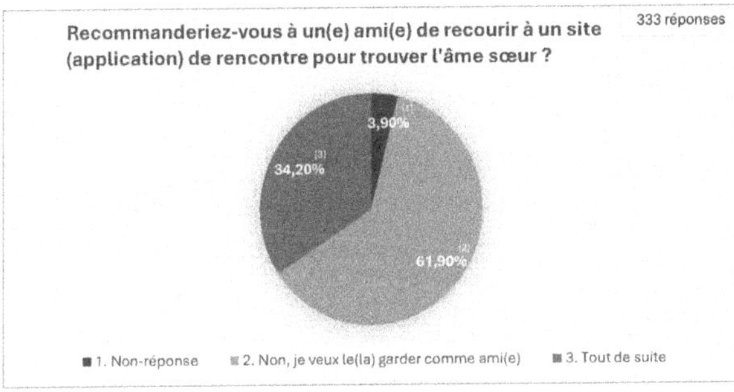
Recommanderiez-vous à un(e) ami(e) de recourir à un site (application) de rencontre pour trouver l'âme sœur ?
333 réponses
(1) 3,90%
(2) 61,90%
(3) 34,20%
1. Non-réponse
2. Non, je veux le(la) garder comme ami(e)
3. Tout de suite

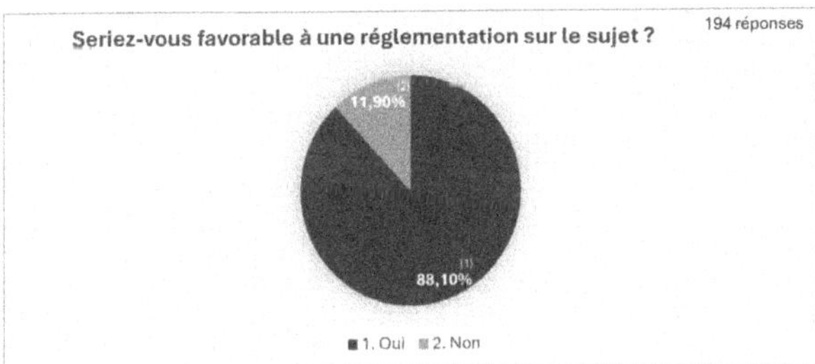
Seriez-vous favorable à une réglementation sur le sujet ?
194 réponses
(1) 88,10%
(2) 11,90%
1. Oui 2. Non

NOS COLLECTIONS

Angle

Cette collection regroupe des textes littéraires écrits à la périphérie de l'essai, de l'engagement par la différence.
Ces écrits sont atypiques, autant parfois que leurs auteurs.

L'art de la courbe
Covid-19 : tromperie graphique
Pascal Avazeri

La stratégie du cafard
Serge Kinkingnéhun

Devenez manager de métier !
Laurent Baley

Informez-vous !
David Fayon

Boîtes de conserve
Dans les filets des sites de rencontres
Arnaud Poissonnier

Charnières

Cette collection présente des textes avides de sens.
Elle propose une représentation authentique et directe, libérée de ses carcans.

Les grandes eaux
Transformations !
Georges Ferrando

Fragments

Fragments, car c'est un morceau, une partie de, un passage, une extraction, sans développement majeur.
Dans l'inconscient collectif, le mot « fragment » désigne également quelque chose de déchiré, de cassé, de morcelé. Déchiré, cassé, détaché comme le cri, comme l'exception, comme l'extract : un fragment de vie..., un fragment d'avis...

Voltaire Forever
Philippe Legrand

Trajectoires

Cette collection regroupe les témoignages, chemins de vie personnelle ou de vie professionnelle, voire les deux à la fois, selon.
Ces récits misent sur le discernement du contemporain pour faire état des leçons du passé.

L'amour caméléon
François-Xavier Bellest

Les équations amoureuses
Géraldine Beigbeder

Le temps des pourquoi
Juliette Klotz

Feu !
Sabrina Verrier & Claire Passy

Mes mille et une vies
Bud Spencer

Naufrages
Philippe Zaouati

Ma Francigena
Clara Gaymard

Chronique provinciale d'une descente aux enfers
Jean-Michel Cany

Vision

Cette collection présente des textes aux perceptions multiples.
Point de vue d'un auteur sur le monde extérieur, vision périphérique, perception imaginaire, hallucination visuelle.

Terreur dans mes roses
Joseph Camiglieri Sabattier

Achevé d'imprimer en mai 2025
sur les presses de l'Imprimerie Laballery
58502 Clamecy
Dépôt légal : mai 2025
Première édition
Numéro d'impression : 505213

Imprimé en France